Scarlet
스칼렛

www.bbulmedia.com

Scarlet
스칼렛
www.bbulmedia.com

그 남자의 신부

SCARLET ROMANCE STORY

밤과꽃 소설

그 남자의 신부

Contents

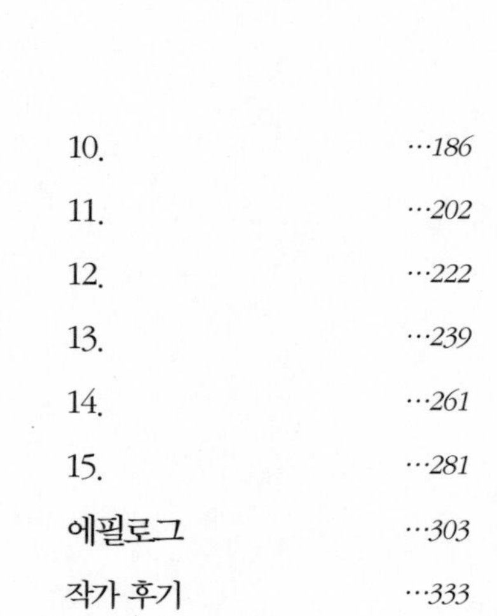

1.

[H&C와 명운그룹, 굴지 기업의 결혼으로 한국 경제는 새로운 국면을 맞을 것인가?]

[명운그룹 강이언 이사, H&C 윤혜인과 결혼 초읽기!]

[명운그룹, H&C와의 결혼으로 호텔 인수하나?]

[국내 최대 기업들의 결혼으로 인한 득과 실은?]

테이블에 가지런히 놓여 있는 신문들의 1면은 전부 명운그룹과 H&C에 대한 내용으로 빼곡했다.

여느 때 같으면 차분하게 앉아 각종 신문과 일간지를 정독했을 오전 시간.

하지만 은수는 신문에는 눈길도 주지 않고 바쁜 손길로 짐을 꾸렸다. 조금은 설레는 듯 불안한 듯, 말간 눈 아래 입술은 부드러운 호를 그리는 미소를 머금고 있었다.

"후아."

짐을 싸느라 내내 숙이고 있던 허리가 뻐근했다. 은수는 손등으로 하얀 이마에 송골송골 맺힌 땀을 훔치며 긴 숨을 내쉬었다.

마지막으로 베드 사이드 테이블에 놓여 있는 액자를 집어 들었다. 네모난 액자 안에는 아빠와 엄마가 어린 은수를 껴안고 크게 미소 지으며 유리 너머의 23살 은수를 바라보고 있었다.

그리움이 담뿍 담긴 손길로 은수는 사진 속 아빠와 엄마의 미소를 따라 그렸다.

"이제 정말 끝이야."

미련도, 아쉬움도 없다고 생각했는데, 가슴 한구석에 오래된 가시가 박혀 있는 것처럼 따끔거렸다. 뭉근하게 아려 오는 마음을 애써 외면하면서 차곡차곡 쌓인 옷가지 위에 액자를 내려놓았다.

"다신 이곳에 돌아오지 않을 거야."

똑똑.

캐리어의 지퍼를 닫고 잠금장치를 채우고 있는데 성마른 노크 소리 뒤로 백발이 성성한 안 집사가 나타났다.

은수가 안 집사를 돌아보며 빙긋 미소 지었다.

"준비 다 됐어요. 지금 내려가면……."

"아가씨."

"네?"

세월의 흔적이 켜켜이 쌓여 주름진 안 집사의 얼굴이 사뭇 경직되어 있었다. 동그란 안경알 너머로 보이는 눈동자는 긴장을 숨기지 못했다.

무언가 심상치 않음을 예민하게 감지한 은수의 표정도 딱딱하게 굳어졌다.

“무슨 일이 있나요?”

“일단…… 항공권부터 취소하셔야 할 것 같습니다.”

“왜요? 무슨 일이에요?”

순간적으로 머리에 떠오른 건 두 사람이었다. 이언과 혜준. 전자는 분명 오래되고 빛바랜 마음이 만들어 낸 착각이리라.

은수가 흔들리는 눈빛을 다시 강하게 다잡고 물었다.

“혜준 오빠인가요?”

“아닙니다, 상무님은 아무 말씀 없으셨습니다.”

“그럼 뭐죠? 왜 갑자기 제가 못 떠난다는 말씀이세요?”

“명운그룹입니다.”

순간 심장이 강하게 쿵 내려앉고 진동이 온몸으로 퍼지는 것처럼 은수의 다리가 휘청거렸다. 크게 뜨여진 말간 눈이 초점 없이 안 집사를 향했다.

안 집사는 꼿꼿한 자세로 묵묵히 말을 이었다.

“명운그룹 강이언 이사가 결혼을 발표했습니다.”

이미 아는 얘기였다. 며칠 전, 아니 몇 달 전부터 언론에서 호들갑을 떨며 앞다퉈 다루는 이슈 중에 이슈, 명운그룹 강이언과 H&C 윤혜인의 결혼설. 한 장의 파파라치 사진으로 시작된 결혼설이 그 누구의 해명도 없이 암묵적인 인정으로 몇 달째 이어져 오고 있었다.

은수는 이내 차분해진 얼굴로 어깨 너머 테이블 위에 놓인 신문들을 힐끗 바라봤다. 담갈색 눈동자에 고요하지만 싸늘한 빛이 서렸다.

"……그걸 모르는 사람도 있나요? 저더러 항공권 취소하고 결혼식에나 참석하라고 하던가요?"

"아닙니다."

두 사람 사이에 고여 든 정적 위로 무거운 공기가 방 안을 짓누르는 것 같았다.

그리고 정적을 깨뜨리는 안 집사의 목소리는 그보다 더 무거웠다.

"방금 전 강이언 이사가, 혜인 아가씨가 아닌 은수 아가씨와의 결혼을 발표했습니다."

⚜

굳게 닫힌 서재 문에 바짝 귀를 붙이고 있던 이경은 찻잔과 과일이 담긴 쟁반을 들고 서재로 들어가려는 여수댁을 덥석 붙잡았다.

"아줌마, 이리 주세요. 제가 들고 들어갈게요."

"갑자기 인천댁네 아가씨가 와서는, 둘이 뭔 일이래?"

"아휴, 그게……. 일단 그거 줘요, 아줌마. 저 둘이 왜 저러는지는 지금 뉴스 틀면 나올 거예요!"

이경이 얼른 아줌마의 손에서 쟁반을 빼앗아 들고 서재 문을 두드렸다. 그리고 서재 안으로 한 걸음 내딛는 순간, 이경은 숨이 막힐 듯한 적요함에 흡, 하고 숨을 들이마셨다.

이언은 여느 때와 같이 육중한 서재 책상에 앉아 서류를 들여다보고 있었다. 책상을 사이에 두고 마주 앉은 은수는 허리를 꼿꼿이 세운 채 고고한 인형처럼 이언을 바라보고 있었다.

커다란 창을 통해 서재 안으로 오전의 여름 햇살이 쏟아지는데도 불구하고, 이경은 싸하게 느껴지는 서늘함에 팔뚝 위로 소름이 돋는 것을 느꼈다.

정말 무시무시한 정적이다.

이경은 마른침을 꿀꺽 삼키며 두 사람 사이에 일부러 소리 나게 쟁반을 내려놓았다.

"으, 은수 왔어? 아침 일찍부터 왔네? 아유, 오늘 날씨가 어찌나 좋은지, 이런 날 같이 놀러 가면 딱 좋을……."

"언니, 나중에요."

"어, 어?"

"이사님이랑 할 얘기가 있어요. 자리 좀 비켜 주실래요?"

미소 지으며 말했지만 냉기가 서려 있는 목소리에 이경은 고개만 주억거리고 서재를 나왔다.

그때 마침 이 층에서 내려오던 이수가 입술을 꾹 눌러 닫고 서재를 나오는 이경을 발견하고 고개를 기웃하며 물었다.

"표정이 왜 그래?"

"지금 이 안에 무시무시해."

"무슨 소리야?"

"은수가 작은오빠 만나러 왔거든."

알 만하다는 표정으로 이수가 거실 테이블 위의 신문을 집어 들었다.

"흐음, 허공에 그물 치던 스캔들은 끝났네."

"난 진짜 작은오빠를 이해할 수가 없어. 은수는 얼마나 황당하겠냐고, 어? 게다가 그 윤가(家)네 또라이들이 가만있겠어?"

"글쎄, 이언이가 직접 발표했으니 대놓고 해코지는 못 하겠지."

"이 사람들 느긋한 것 좀 봐! 그렇게 간단한 게 아니라니까?"

이경이 연민을 가득 담고 바라본 서재 문 너머에는 여전히 싸늘한 공기가 두 사람을 휘감고 있었다.

얼음 같은 정적을 깨뜨린 건 은수였다.

"왜 갑자기 나예요?"

이언은 서류에서 눈을 떼지 않고 말했다.

"왜 네가 아니어야 하지?"

"원래 혜인 언니였잖아요."

"누가 그래?"

고저 없는 목소리로 냉담하게 받아치는 말에 은수는 숨을 고르듯 한숨을 내쉬었다.

"대한민국에 그걸 모르는 사람도 있나요? 몇 달을 언론에서 떠들었고, 이미 기정사실화된 거였어요."

“국문학 전공이라고 했던가?”

뜬금없는 질문에 은수는 맥락을 찾지 못한 표정으로 이언을 바라봤다.

“4년을 공부했을 텐데, 아직 ‘사실’이라는 단어의 뜻도 잘 모르나 보군.”

“나 지금 장난하는 거 아니에요.”

“내 입으로 윤혜인과의 결혼을 인정한 적 있나?”

은수가 입술을 꾹 깨물며 냉담한 표정의 이언을 노려봤다.

이 아침에 언론이 지글지글 끓는 냄비처럼 뜨겁게 달아오른 이유가 바로 그것이었다. 파파라치나 증권가의 찌라시로만 떠돌던 명운그룹 강이언 이사의 결혼설을, 이번엔 강이언 이사가 직접 인정했다는 것. 윤혜인이 아닌, 윤은수와의 결혼을.

은수는 이내 차분해진 눈으로 고고하게 턱을 들어 올리며 말했다.

“인정한 거나 다름없었죠. 그 수많은 파파라치와 떠도는 소문들, 명운그룹에서 막으려면 충분히 막을 수 있었어요. 언론을 통제할 수 있었는데도 하지 않았다는 건 어느 정도 사실로 인정한다는 뜻, 아닌가요?”

“영특하긴 한데 순진하군.”

이언의 손에 들려 있던 만년필이 탁, 소리가 나게 책상으로 떨어졌다.

이언은 의자 등받이로 기대앉으며 얼음장 같은 눈으로 은수를 내려 봤다.

눈이 마주치자 아주 차가운 얼음을 꿀꺽 삼킨 것처럼 가슴 깊은 곳이 냉하게 아려 왔다. 담담한 듯 눈을 마주하고 있던 은수는 이내 흔들리는 눈빛을 감추기 위해 이언의 셔츠로 눈길을 내렸다.

먹처럼 새카만 셔츠를 입은 그는 오만하고 냉담한 지배자 같았다. 쏟아지는 햇살 아래 있어도 절대 녹지 않고, 오히려 형형한 빛을 내는 얼음 같기도 했다.

한때는 이 사람의 다정한 목소리와 다감한 눈길을 기대했었다. 그 마음을 포기한 후에도 이 얼음 같은 사람을 녹일 햇살 같은 여자는 누구일까, 시샘하는 마음이 들면서도 지켜보고 싶었다.

하지만 혜인과 이언의 스캔들이 터진 순간, 은수는 알 수 있었다.

이 사람은 아무리 뜨거운 태양 아래 있어도 녹지 않겠구나. 녹아질 얼음이 아니라, 태양마저 얼려 버릴 겨울 같은 사람이구나.

혜인과 이언의 스캔들을 보면서 애초에 서로의 이득을 위한, 사랑 없는 결혼이 될 것임을 알았다. 사업장을 키우기 위한 전략으로써의 결혼이 될 거란 것도.

그것이 오히려 은수에게 마음의 위안이 되기도 했다. 이 남자가 누군가를 다정하게 바라보고 끌어안는 것을 볼 바에야, 애초에 누군가를 사랑할 수 없음을 보는 것이 낫겠다고.

하지만 그 사랑 없는 결혼의 주인공이 자신이 될 줄은 몰랐다.

은수가 속눈썹이 길게 드리웠던 눈을 들어 이언을 바라봤다. 이언은 여전히 까맣고 냉담한 눈으로 은수를 바라보고 있었다.

"그 스캔들로 명운그룹과 H&C의 주식이 얼마나 올랐는지는 알아?"

"언론에서 세기의 결혼이라 운운했으니, 어마어마하게 올랐겠죠."

"윤혜인은 거기까지야."

"언니를 그렇게 도구처럼 얘기하지 말아요."

"피차 마찬가지 아닌가? H&C도 그동안 명운그룹 이름으로 이득 많이 봤을 텐데."

찔러도 피 한 방울 나오지 않을 것 같은 냉혈한.

은수는 심장이 꽉 조여 오는 아픔에 입술을 깨물었다.

"그럼 결혼해서 끝까지 이득을 보든지, 아니면 아예 확실하게 끝을 내요. 할 거면 원래 그랬던 것처럼 언니랑 하라구요, 결혼."

"웃기는 소리 집어치워!"

순간, 이언의 까만 셔츠가 눈앞으로 다가온다 싶더니 강한 힘이 순식간에 은수를 앞으로 끌어당겼다. 휘둥그렇게 뜬 담갈색 눈동자가 형형하게 빛나는 검은 눈을 마주하고는 초점을 잃고 마구 흔들렸다.

이언의 손에 잡힌 어깨가 불에 덴 것처럼 뜨거웠다.

"난 처음부터……!"

잇새로 내뱉는 짓눌린 음성이 평소 이언의 것 같지 않았다.

그의 손이 어깨를 파고들 것처럼 강하게 조여 왔지만, 은수는 파르르 떨리는 입술을 깨물어 신음을 참았다. 대신 은수는 이언에게 도전적인 시선을 던졌다.

그래, 차라리 무슨 말이든 해 봐요. 화를 내든, 소리를 치든, 내가 납득할 만한 변명을 해 보라고요.

하지만 이언은 분노를 억누르려는 듯 끝내 입을 꾹 다물었다. 그 모습에 은수는 맥이 빠진 얼굴로 하, 짧게 헛웃음을 짓고 고개를 돌려 그를 외면했다.

"이거 놔요. 아파요."

차가운 목소리에는 체념과 실망이 섞여 있었다.

이언은 으스러질 듯 잡고 있던 은수의 어깨를 놓고 주먹을 쥐었다.

"5년 만이에요. 5년 만에 당신을 만나서, 이런 이야기를 하게 될 줄은 꿈에도 몰랐네요."

낮게 중얼거리는 말이 공기 중으로 흩어졌다.

이언은 깊이를 알 수 없는 검은 눈으로 은수의 옆얼굴을 바라봤다. 은수가 다시 그를 향해 고개를 돌려 마주했을 때, 담갈색 눈동자는 언제 그랬냐는 듯 흔들림이 없었다.

"무엇 때문에 갑자기 이러는지는 모르겠지만, 이사님 마음대로 할 수 있는 여자가 필요한 거면 다른 데서 찾아봐요. 명운의 안주인이 되기 위해서라면 목숨이라도 걸 여자들이 널렸을 테니."

은수는 이언의 눈을 똑바로 바라보며 단호하게 고개를 저었다.

"하지만 난 아니에요."

당신이 이런다고 해서 아무것도 달라질 건 없어.

마치 당신에겐 5년의 시간이 아무것도 아니었던 것처럼 굴지 말아요. 나에겐 너무나 가혹한 시간이었으니까.

차마 하지 못한 말을 삼킨 은수는 그를 남겨 두고 돌아섰다.

⚜

검은 정장의 무리가 로비를 가로질렀다. 바쁜 걸음을 재촉하던 직원들은 목례하며 자연스럽게 무리에게 길을 내주었다.

이언이 엘리베이터 앞에 서자 한 걸음 뒤에서 따라오던 비서가 오늘 하루의 스케줄을 보고하기 시작했다. 그사이 엘리베이터는 17층에 위치한 이사실에 다다랐다.

"윤은수 씨 집 주변에 몰려 있던 기자들은 정리했지만, 윤혜인 실장에 비해 상대적으로 언론 노출이 없었기 때문에 뒷조사에 초점을 맞추고 있는 것 같습니다."

"H&C 차녀 윤은수, 그 외 정보는 다 내려."

"네, 그리고 말씀하신 오피스텔도 준비가 끝났습니다."

이언이 말없이 고개를 끄덕이자 비서가 이언보다 앞서 이사실 문을 열었다.

널찍한 이사실 한가운데 소파에선 이수가 커피를 마시며 신문을 들여다보고 있었다. 문이 열리는 소리에 이수는 씩 미소 지으며 고개를 끄덕여 인사했다.

비서가 정중하게 고개 숙여 인사하고 나가자, 이수가 테이블 위로 신문을 탁, 내던지며 말했다.

"신문이며 뉴스며 난리가 났는데, 오늘쯤이면 윤혜준 귀에도 들어갔겠어."

"그랬겠지."

"아마 윤혜인이고 윤혜준이고 당장 한국으로 날아오려 할 텐데, 은수는 괜찮겠어?"

"부탁한 건?"

이수가 커피를 내려놓고 가지고 온 파일을 내밀었다. 이언은 파일을 받아 들고 한참을 말없이 신중한 눈으로 넘겨봤다.

"한 회장님 병실에 들어간 사람은 의사랑 간호사 외에 은수뿐이었어. 그것도 전부 은수가 함께 있는 시간이었고. 의사랑 간호사들 통장이랑 뒷조사 다 했는데 아무것도 없어. 아예 다른 경로로 약을 넣었거나, 아니면 진짜 심장마비였던 거야."

"부검 결과는 분명 약물 반응이었어."

"그래, 하지만 반응이 나온 것만으로는 윤혜준을 잡을 수 없어. 윤혜준 주변은 깨끗해. 오히려 잡기 수월한 건 윤 회장 쪽이야."

이언은 파일을 탁, 소리 나게 테이블에 내려놨다. 깊이를 가늠할 수 없는 검은 눈이 매섭게 파일을 노려봤다.

"아니, 윤 회장은 아직 안 잡아. 윤 회장은 미끼야."

"미끼? 설마 윤혜준이 윤 회장을 끌어내리기라도 할 거란 말이야?"

이언이 테이블 구석에 놓인 담배를 입에 물고 등을 소파에 기대앉았다.

"지 아비랑 다를 것 없이 자격지심으로 똘똘 뭉쳐 있는 놈이야. 끌어내려? 죽여서라도 왕이 되려 할 거야."

이수는 순간 목 뒤로 느껴지는 선득한 느낌에 손으로 뒷목을 쓸었다. 이언의 눈이 무섭도록 형형한 빛을 내고 있었다.

"네 얼굴을 보니까 윤혜준이 지 아버지 어떻게 하기도 전에 네가 먼저 윤혜준을 잡아먹겠다."

"그럴지도 모르지. 그러니까 빨리 증거 찾아, 강 검사."

"이 자식이 형한테 말하는 꼬락서니하고는. 쯧!"

이수가 파일을 챙겨 일어나면서 물었다.

"그런데 은수는 어떻게 할 거야?"

"신경 꺼."

"이러고 있는 걸 보니까 그냥 놔뒀을 리는 없고. 감시 붙였냐?"

"보호."

"그럼 그렇지."

이수가 돌아서서 손을 흔들고 이사실을 나갔다.

빨간 빛을 내며 타는 담배 끝에서 재가 떨어질 듯 말 듯 했다. 이언의 입술 사이에서 하얗고 뿌연 연기가 길게 흘러나와 공기 중으로 퍼져 나갔다.

"윤은수……."

뿌옇게 시야를 가리는 연기 속에서 은수를 보고 있는 듯 이언의 검은 눈이 깊어졌다.

쿠르릉!

먹구름이 짙게 깔린 하늘에서 짐승의 울음 같은 소리가 울렸다. 이내 언제 해가 있었냐는 듯 어두워진 하늘에서 비가 내리기 시작했다.

거세게 창문을 치는 바람과 빗소리 사이로 핸드폰이 울렸다. 은수에게 붙인 경호원이 한 시간에 한 번씩 은수의 위치를 보고하는 전화였다.

은수의 위치를 보고받은 이언은 곧장 비서실과 연결된 전화기를 들었다.

"차 준비시켜."

도서관에서 나오니 천둥번개와 함께 하늘에 구멍이라도 난 것처럼 비가 쏟아지고 있었다.

곧 장마가 시작된다는 뉴스를 봤지만, 우산을 챙길 정신이 없었다. 아니, 예정대로라면 뉴욕에 있었을 테니 우산이 필요 없어야 하는 게 맞았다.

은수는 작게 한숨을 내쉬며 손에 들린 몇 권의 책을 내려다봤다.

머리가 복잡해서 도저히 집 안에 가만히 있을 수가 없었다. 기자들이 집 앞에 바글바글할 땐 어쩔 수 없이 방 안에 틀어박혀 있었지만, 오늘 아침에 안 집사가 확인했을 땐 개미 한 마리도 찾아볼 수 없었다.

마지막 남은 한 학기를 휴학 처리하고 학교를 나오면서 다시는 올 일이 없을 거라 생각했는데, 이제는 그나마 학생 신분이라 다행이라고 자조적으로 웃었다.

비가 그치길 기다릴까, 안 집사에게 전화를 할까 고민하고 있는데 도서관 계단으로 검은 양복을 입은 남자가 검은 우산을 받쳐 들고 올라오고 있었다.

학교 도서관에서 흔하게 볼 수 있는 차림이 아님을 예민하게 감지한 은수가 흠칫 놀라며 뒷걸음질 쳤다. 하지만 남자는 올라오다가 두어 계단 아래 멈춰 서서 은수를 향해 고개를 숙였다.

"이사님이 기다리십니다."

남자가 고개를 옆으로 기울여 도서관 아래 라이트를 켜고 대기하고 있는 검은 승용차를 가리켰다.

차를 확인하고서도 은수가 여전히 꼿꼿이 선 채 바라보고만 있자, 남자가 한 계단 더 올라와 은수에게 손을 내밀었다. 은수는 가볍게 고개를 젓고 말했다.

"됐어요. 내가 들 수 있어요."

은수가 가슴 앞에 책을 꼭 끌어안고 남자가 들고 있는 우산 안으로 들어갔다. 한 걸음씩 내디딜 때마다 찰박거리는 빗방울이 발목에 튀었다. 습한 공기와 진한 흙 내음이 온몸을 휘감았다.

매섭게 쏟아지는 비 아래 서 있는 검은 차를 향해 걸어가면서, 은수는 이날처럼 무섭게 비가 쏟아져 내리던 과거의 어느 날을 떠올렸다.

차 앞에 도착해서 우산을 받쳐 들고 있던 남자가 뒷좌석 문을 열자, 안쪽에서 서류를 내려다보고 있는 그의 옆모습이 보였다. 강인한 선을 가지고 있지만, 특유의 차고 냉담한 분위기 때문에 더없이 날카롭고 매섭게 보이는 얼굴.

은수가 가만히 그 옆얼굴을 바라보고 서 있자, 이언이 서류에서 시선을 돌려 은수를 향했다.

"타."

당신도 그날을 떠올리고 있을까.

차가 멈춰 선 곳은 고급 레스토랑이었다.

은수도 예전에 몇 번 온 적이 있는 곳이라 인테리어가 눈에 익었다. 예약제로 운영하긴 해도 매번 사람이 있었던 것과 달리, 이른 시간이라 그런지 다른 테이블은 모두 비어 있고 매니저가 이언과 은수를 안내한 테이블만 깔끔하게 세팅되어 있었다. 웨이터가 물과 와인을 따라 주고 조용히 물러났다.

은수가 차에 탄 순간부터 지금까지, 두 사람 사이에는 무거운 정적만이 고여 있었다.

이언은 가타부타 말없이 테이블 위에 카드를 툭, 내려놨다.

"사람 보낼 테니까 오늘 중으로 짐 옮겨."

"이게 뭐죠?"

"오피스텔. 안 집사한테는 얘기해 놨으니까 알아서 준비해 둘 거야."

"나보고 지금…… 이사님 집에 들어가 살라는 거예요?"

이언이 고개를 기울여 턱을 괴고 차갑게 굳은 은수의 얼굴을 바라봤다.

"그럼 내가 그 집으로 들어가길 바라? 안 집사랑 셋이 같이 살아 볼까?"

은수가 고개를 돌리며 어이가 없다는 듯 찬웃음을 뱉었다.

"아니, 곧 윤혜준이 그 집으로 쳐들어갈 테니, 어쩌면 넷이 살 수도 있겠군."

이언의 입에서 혜준의 이름이 나오자, 은수의 작은 턱이 빳빳이 굳었다.

숨이라도 멈춘 듯 고요한 눈으로 허공을 바라보고 있던 은수가 이내 이언의 눈을 마주 봤다. 이언은 늘 그렇듯, 심연과 같은 검은 눈으로 흔들림 없이 은수를 바라보고 있었다.

시선을 피했다가도 다시 고개를 돌리면 언제나, 그의 눈은 은수를 향하고 있었다. 그것이 때로는 은수를 설레게도, 두렵게도 했었다.

"나한테 왜 이러는 거예요?"

"어디로 가려고 했었지?"

이언이 은수의 말은 아랑곳하지 않고 검은 슈트 안에 손을 넣어 그녀가 타지 못한 비행기 표를 꺼냈다.

말간 담갈색 눈이 잠시 흔들리는 듯싶더니, 은수는 빙긋 미소 지으며 고개를 까딱 기울였다. '거기 쓰여 있잖아요?' 라고 말하는 듯이.

이언은 시선을 은수에게 고정한 채 고개를 저었다.

"아니, 최종 목적지는 뉴욕이 아니었을 거야. 뉴욕에 산 집도 학교도, 윤혜준의 눈을 피하기 위한 것이었겠지."

"그랬다 해도 그게 지금에 와서 무슨 소용인가요? 난 결국 여기 있는걸."

체념하듯 미소 짓는 얼굴이 은은한 조명 아래서 말갛게 빛났다. 담갈색 눈에 고이는 감정을 감추려는 듯, 은수는 긴 속눈썹을 드리우며 시선을 테이블로 떨어뜨렸다.

은수와 마주 앉은 순간부터 한시도 떨어지지 않은 이언의 눈이 은수의 정수리에서부터 천천히 눈과 뺨, 도톰하고 작은 입술과 턱 선을 따라 내려오기 시작했다. 마치 손끝으로 어루만지는 것처럼.

몇 번이나 만지고 싶어서 주먹을 움켜쥐게 만들었던, 고고하고 아름다운 백합 같은 얼굴.

"이사님."

그가 눈빛으로 조심스럽게 어루만지던 입술 사이에서, 말간 눈빛만큼이나 청아한 음색이 흘러나왔다.

"지금 내가 가진 거라곤 부모님이랑 할머니가 남겨 주신 유산뿐이에요."

테이블에서 시선을 떼어 이언을 바라보는 은수의 눈은 담담했다. 그녀의 눈은 한없이 가녀린 연약함과 여왕의 것과 같은 고고함을 동시에 가지고 있었다. 그 연약하면서도 어디에도 굴하지 않는 담대한 눈빛이 매 순간 그를 사로잡았다.

이언은 턱을 괸 손으로 느릿하게 턱을 문질렀다.

"H&C사장의 무남독녀 외동딸, 그게 언제 적 이야긴가요. 부모님 돌아가시고 그 허울 같은 이름 벗고 나니 세상 물정 모르는 계집아이일 뿐이던걸요. 경영권은 진작에 작은아버지한테 넘어갔고, 어쩌면 난 그 벗어 버린 허울을 밧줄 삼아 지금껏 살아오고 있는지도 몰라요."

"그래서?"

"그래서…… 이사님과 명운에 도움이 될 만한 사업체 같은 거, 난 없어요."

"누가 너한테 사업체를 혼수품으로 싸 들고 오라고 했나?"

이언은 재미있다는 듯 입술을 비틀어 웃었다.

그러나 은수는 여전히 흔들림 없이 담담한 얼굴로 말을 이었다.

"이사님이 무엇 때문에 나랑 결혼하려고 하는 건지는 모르겠지만, H&C나 호텔 인수 때문이라면 잘못 골랐어요."

은수는 어깨를 으쓱하며 와인 잔을 그러쥐고 있던 손을 바닥이 보이게 펴 보였다.

"이사님한테 득이 될 만한 거, 나한테는 없어요. 그러니까 이렇게 번거로운 짓 할 필요 없어요."

"아무래도 넌 이 결혼에 아무런 흥미가 없어 보이는군."

이언의 눈빛은 어느새 냉담하게 얼어붙어 있었다. 느긋하게 등을 기대고 앉아 은수를 노려보는 모습이 마치 오만한 왕 같았다.

"……그래요."

"이 결혼으로 네가 원하는 걸 얻을 수도 있어. 네가 원하는 건 뭐지?"

은수는 꼭 쥔 주먹 안에 축축하게 땀이 배어나는 것을 느꼈다. 아무렇지 않은 듯 담담한 듯 앉아 있지만, 이언을 마주하는 건 언제나 쉽지 않은 일이었다.

그의 검은 눈은 그녀의 미세한 표정 변화 하나도 놓치지 않고 집요하게 좇았다. 이언의 앞에선 아무리 꽁꽁 싸매고 있어도 모든 것을 꿰뚫리는 느낌이었다.

"난…… 이 모든 상황에서 벗어나길 원해요. 더 이상 내가 있을 자리가 아니에요, 여기는."

"그렇다면 협상 결렬이군."

이언은 주저 없이 의자를 밀며 자리에서 일어났다. 그의 몸의 일부처럼 딱 맞는 잘 재단된 검은 슈트는 오만하게 내려 보는 그를 더욱 위압적으로 보이게 만들었다.

이언은 커프스를 매만지며 테이블을 돌아와 은수의 곁에 섰다. 은수는 움직임 없이 그가 앉아 있던 자리를 바라보고 있었다.

뜨거운 손이 은수의 볼에 닿았다. 이언이 눈으로 그리던 길을 따라 은수의 얼굴선을 느릿하게 스쳤다.

은수는 아무런 반응도 할 수 없었다. 귓가에서 맥박이 세차게 뛰는 것이 느껴졌다.

"난 너와 결혼함으로써 얻게 될 어떤 이득에도 관심 없어."

이언의 손길이 스치고 내려간 곳이 이언의 존재처럼 뜨겁고, 분명하게 느껴졌다.

그녀의 턱 선을 따라 내려가던 손길이 턱 끝에서 떨어지자, 은수가 혼란한 감정이 소용돌이치는 담갈색 눈으로 이언을 올려봤다.

"내가 원하는 건 너야, 윤은수."

끊임없이 삶 속에서 휘몰아치는 소용돌이를 피하고 싶었다. 모든 것을 미련 없이 다 버리고 떠나고자 했던 건 그 때문이었다.

용기를 내서 떠나면 모든 바람을 단번에 끊어 낼 수 있을 줄 알았다. 하지만 그녀는 이언의 심연 같은 눈을 들여다보는 순간 깨달았다. 그는 바람과 폭풍을 모두 집어삼킨 어둡고 고요한 심연, 그 자체였다.

은수는 그의 검은 눈 안에서, 태풍의 눈 안에 서 있는 자신의 모습을 보았다.

2.

툭. 투투툭.

빗방울이 창을 내려치는 소리가 간헐적으로 들려왔다.

15살의 은수는 할머니 옆에 앉아 그 소리에 가만히 귀를 기울였다.

기억 속에서 쇼팽의 빗방울 전주곡이 흘러나왔다. 엄마는 비가 오는 날이면 이 곡을 틀어 놓고 그림을 그렸다. 학교에서 집으로 돌아오면 습한 비 냄새 사이로 진한 물감 냄새가 났다.

은수는 비가 그치지 않기를 바랐다. 빗소리가 끊어지면 기억 속에서 흘러나오는 음악 소리도 끊어질 것 같았다.

무릎 위에 가지런히 놓인 손을 그러잡는 부드러운 감촉에 은수는 천천히 고개를 돌렸다. 은수의 할머니, 한수나 회장이 걱정이 담긴 눈으로 은수를 바라보고 있었다.

"뭐하러 힘들게 어머니가 은수를 키우신다는 거예요. 어차피 은수 전학도 시켜야 하고, 이참에 혜인이 다니는 사립학교로 옮기면 교육 환경도 더 나을 거예요."

테이블을 사이에 두고 맞은편 소파에 앉은 은수의 작은아버지, 윤진우가 말했다. 남편의 곁에 바짝 붙어 앉은 김여진이 맞장구치며 거들었다.

"맞아요, 어머님. 요즘은 애들 키우는 게 그냥 키우는 게 아니에요. 세세하게 신경 써야 할 게 얼마나 많은데요. 어머님이 회사 일을 하시면서 어떻게 하시려고요. 혜준 아빠한테 다 맡기신다면 모를까……. 이이 말마따나, 은수 이제껏 혼자 외롭게 자랐는데 애들은 아무리 그래도 형제자매가 있어야 해요. 은수가 또 우리 혜인이를 얼마나 잘 따라요. 그치, 은수야?"

여진이 동의를 구하듯 살갑게 은수의 손을 잡았다. 은수는 여전히 창밖을 바라볼 뿐, 꼭 다문 입술을 열지 않았다.

여진은 무안한 얼굴로 차를 더 가져오겠다며 자리에서 일어났다.

멍하니 창밖을 내다보는 은수의 말간 담갈색 눈이 초점 없이 허공을 응시하고 있었다. 은수는 지난 열흘간 몇 번이고 할머니에게 물었던 질문을 마음속으로 중얼거렸다.

할머니, 전 지금 꿈을 꾸고 있는 걸까요?

한밤중에 벌컥 방문이 열리고, 문틈 사이로 밝은 빛이 새어 들어와 은수는 눈도 제대로 뜨지 못하고 잠에서 깨었다.

'은수야! 세상에, 이게 무슨 일이라니…….'

'……아줌마?'

'어여 일어나, 어여……. 어여 옷부터 입자.'

'왜요? 어디 가는데요?'

은수가 태어나기도 전부터 집에서 부엌일을 도맡아 해 오던 인천댁이었다.

은수는 겨우 가물가물한 눈을 비비며 침대에서 내려왔다. 인천댁은 분주한 손길로 옷장에서 은수의 옷을 꺼내고 있었다.

'왜 그러세요? 무슨 일인데요?'

은수가 인천댁이 급하게 건네준 겉옷에 손을 끼워 넣으며 묻자, 잠옷 위로 은수의 옷을 여며 주던 손길이 뚝 멎었다.

은수는 길게 하품을 하고 눈물 고인 눈으로 인천댁을 쳐다봤다. 은수의 옷자락을 여며 쥐고 있는 주름진 손이 가늘게 떨리고 있었다.

'아줌마……?'

'아이고, 세상에……. 은수야, 어쩌니. 이걸 어쩐다니.'

그제야 은수는 인천댁의 얼굴이 절망으로 형편없이 일그러져 있는 걸 볼 수 있었다. 불안이 바닥에서부터 검은 그림자처럼 다리를 타고 올라왔다. 은수의 가슴이 작은 북을 두드리는 것처럼 뛰기 시작했다.

'사장님이랑 사모님 타신 차가 사고가 났단다……. 지금 빨리 병원에 가 봐야 돼.'

동동거리며 울리던 작은 북소리가 뚝 끊겼다. 누군가 귓가를 세게 치기라도 한 것처럼, 은수는 연신 귓가에서 쿵쿵거리는 소리 사이로 아줌마의 목소리를 듣기 위해 노력했다.

사장님, 사모님……. 사고……. 병원…….

은수는 정신없이 인천댁의 손에 이끌려 차를 타고, 병원으로 향했다.

차에서 내려 거의 인천댁의 손에 끌려가듯이 병원으로 들어가니, 낯이 익은 비서들과 경호원들이 보였다. 그중 한 명이 인천댁과 은수를 발견하고는 황급히 빈 병실로 들여보냈다.

은수는 인천댁의 품에 안겨 한참 동안이나 빈 병실 침대에 앉아 있었다. 인천댁이 은수를 가슴에 끌어안고 아이고, 아이고, 탄식을 뱉을 때마다 낡은 침대에서 삐걱거리는 소리가 났다.

빗방울이 쉴 새 없이 창문을 치고 흘러내렸다. 드라마에서 보면 병원 응급실은 항상 다급하고 모두가 소리를 치며 뛰어다닐 것 같았는데, 지금 은수가 앉아 있는 곳은 비가 나뭇잎을 후두둑 때리는 소리만 들릴 뿐 고요했다.

그 고요함 때문일까, 이 상황이 더욱 비현실적이고 낯설게 느껴졌다. 그럼에도 그 기묘한 고요함이 은수의 마음에 안정감을 주었다.

엄마 아빠는 괜찮겠지? 큰 사고가 아니겠지? 아무렇지 않은 얼굴로 저 문을 열고 들어오시겠지?

은수는 고개를 돌려 모든 걸 차단하듯 굳게 닫혀 있는 회색 문을 바라봤다.

한참을 노려보듯 문을 쳐다보자, 달칵 소리와 함께 문이 열리고 초췌한 얼굴의 할머니가 나타났다. 은수는 인천댁의 품에서 벗어나 할머니의 품에 와락 안겼다.

할머니, 빨리 괜찮다고 말해 주세요. 다 괜찮다고 말해 주세요.

마음으로 속삭이는 은수의 목소리를 듣기라도 한 것처럼, 한 회장은 천천히 손을 들어 은수의 머리를 쓰다듬었다. 비를 맞은 것처럼 정수리가 축축하게 젖어 오는 것을 느끼고 은수는 할머니의 품에 묻었던 고개를 들었다.

고통과 절망이 뒤섞인 주름진 얼굴이 소리 없는 울음으로 얼룩져 있었다. 눈물로 형편없이 일그러진 할머니의 얼굴을 올려다본 은수의 미간이 구겨지고, 작은 어깨가 들썩이기 시작했다.

'흐…… 흐윽……. 흐아아앙…….'

인천댁의 손에 이끌려 집에서 나올 때부터 꾹꾹 작은 가슴에 억눌렸던 불안이 더 이상 공기를 넣을 수 없이 부푼 풍선처럼 팽창하다가 이내 펑, 터졌다.

병원은 여전히 기묘할 정도로 고요했다. 목이 쉬도록 우는 은수의 울음소리만이 빈 병실을 두드리던 빗방울 소리를 덮었다.

은수는 잠에서 깨어나면 꼭 엄마 아빠에게 말하리라고 생각했었다. 아주 무섭고 슬픈 꿈을 꾸었다고, 꿈속에서 할머니도 울고 자신도 울었노라고. 그렇게 매일매일 꿈이 깨기를 기다렸다. 당장이라도 엄마가 꿈의 문을 열고 들어오기를 바랐다.

으레 주말이면 그러하듯 무슨 무슨 그룹에서 여는 파티에 간다며 왕과 왕비처럼 아름다운 모습으로 문을 나선 엄마 아빠는, 그게 왕과 왕비 이야기의 마지막이라도 되었던 것처럼 다시는 볼 수 없었다.

……할머니, 저는 지금 꿈을 꾸고 있는 거라고 말해 주세요.

은수의 시선은 여전히 창밖을 향해 있었다.

"혜인아, 너 이리 와 봐!"

거실을 나온 여진이 계단참에 서 있던 혜인을 붙잡고 부엌으로 들어갔다.

"너도 빨리 은수한테 가서 우리 집에서 같이 살자고 해 봐, 응?"

"싫어, 내가 왜? 재가 우리 집에 왜 살아?"

여진이 거실을 내다보며 황급히 혜인의 입을 막았다. 혜인은 고개를 돌려 여진의 손을 털어 내며 여전히 불만이 가득한 눈으로 노려봤다.

여진은 불만스럽게 입이 나온 딸을 바라보며 답답하다는 듯이 가슴을 탕탕 쳤다.

"큰아빠 큰엄마도 돌아가셨는데, 우리가 재를 데려다 키우기까지 해야 돼? 우리가 재 보모야 뭐야? 할머니랑 살라고 해!"

"이 답답한 것아! 이게 네 아빠한테 어떻게 온 기회인 줄 알아, 어? 은수라도 데려다 키워야 느이 할머니가 아빠한테 회사 물려주실 거 아냐! 할머니가 은수 데려다 키우면 그거 다 은수 거 된다는 거 몰라?"

혜인은 고개를 숙이고 입술을 꼭 깨물었다. 여진은 혜인을 두고 쟁반에 차를 준비하며 말을 이었다.

“죽은 사람 두고 이런 말 하기 그렇지만, 넌 느이 큰아빠 그렇게 된 거 천만다행으로 알어. 형 때문에 평생 기 한 번 못 펴 보고 산 네 아빠 이제야 가림막 좀 치우고 제대로 해 볼라는데! 할머니 돌아가시고 나면 우리한테 뭐라도 남을 줄 아니? 회사며 호텔이며, 네 큰아빠가 다 쥐고 있어서 그거 전부 다 은수 거 됐을 거다!”

“…….”

“난 그거 못 봐! 그거 다 빼앗아서라도 너랑 혜준이 줄 거야. 아직도 말귀 못 알아듣고 그러고 서 있어?”

혜인은 말없이 돌아서서 부엌을 나갔다. 가슴이 부글부글 끓어올라 금방이라도 터질 것 같았다. 큰아빠도 죽은 마당에, 왜 은수한테 같이 살아 달라고 애걸복걸까지 해야 하는지 이해할 수 없었다.

기억도 가물가물한 어렸을 때부터 그랬다. 무엇이든 가장 좋은 것은 당연하다는 듯 은수에게 돌아갔다. 부모님마저도 할머니의 눈에 들기 위해서는 은수가 최우선이었다.

아빠가 해외 출장을 갔다 올 때도 가장 좋은 선물은 항상 은수의 몫이었다.

그깟 인형, 은수의 방에는 수두룩했을 텐데도, 아무것도 모르는 어린애가 수줍게 웃으며 ‘고맙습니다.’ 하는 한마디에 온 집안 어른들이 예뻐서 어쩔 줄을 몰라 했다. 그때마다 혜인은 못 견디게 샘이 나서 방에 올라가 펑펑 울었다.

나도 은수가 가진 것과 같은 인형을 가지고 싶었다고 울며 떼를 써도, 부모님은 단 한 번도 같은 걸 사다 주지 않았다.

윤은수와 윤혜인은 다르다는 것을, 그런 식으로 확실하게 규정하는 것처럼.

그런데 이제는 아예 집에서 모시고 살라고? 윤은수를?

혜인은 거실에 들어서지 않고 서서 할머니 곁에 앉아 있는 은수를 노려봤다.

차라리 너네 부모님이랑 같이 죽어 버리지 그랬어!

혜인은 입술을 꼭 깨물고 걸음을 돌렸다.

이 층으로 올라가는 쿵쾅거리는 발소리에 여진이 부엌에서 얼굴을 내밀고 혀를 찼다. 저저, 철없는 것!

여진은 쟁반에 과일과 차를 챙겨 거실로 나갔다. 거실에서는 여전히 진우가 목소리를 높이고 있었다.

"어머니 성격에, 형 이렇게 된 마당에 은퇴하실 것도…… 아니잖아요. 어머니 연세도 생각하셔야죠, 이제."

곁에 앉은 여진이 차를 내려놓으며 냉큼 거들었다.

"맞아요, 어머님. 저도 은수한테 잘할게요. 돌아가신 형님 생각해서라도 제가 키우는 게 맞죠."

한수나 회장은 여전히 말없이 은수의 작은 손만 만지작거리고 있었다.

은수는 창에서 시선을 떼 할머니의 옆얼굴을 바라봤다. 아들과 며느리를 먼저 보낸 그 슬픔을 수습하지도 못하고, 차마 가슴에는 묻지도 못한 채 혼자 남은 손녀딸까지 보듬어야 했던 여인의 얼굴은 영혼까지 텅 비어 버린 듯했다.

여장부 같은 모습으로 회사를 이끌고 가정을 돌보았던 할머니가 고작 며칠 사이에 건드리면 바스러질 듯 유약한 노인이 된 것 같은 모습에 은수는 마음이 아팠다. 금방이라도 눈물이 나올 것 같아 입술을 꼭 깨물었다.

은수의 손에 힘이 들어가자 한 회장은 정신이 든 듯 은수를 돌아봤다.

담갈색 눈에 눈물을 그렁그렁 담은 채, 은수는 할머니를 바라보며 미소 지었다. 부드러운 손으로 위로하듯, 혹은 안심시키듯 주름진 손을 꼭 잡았다.

"할머니, 저 작은아빠네 집에서 살래요."

진우와 여진이 눈을 크게 뜨며 반색했다. 한 회장은 오히려 은수가 무슨 말을 했는지 이해하지 못한 얼굴로 은수를 바라보고 있었다.

"그러고 싶어요. 혜인 언니랑 같이 학교도 다닐 수 있고, 할머니 항상 바쁘신데 저 때문에 계속 집에 계실 수도 없잖아요. 작은아빠네 집에서 살면 좋을 것 같아요."

어깨를 으쓱하며 담담하게 말하는 모습에 오히려 한 회장은 멍한 얼굴이었다.

은수는 가슴 한구석이 꽉 조여 오는 듯 아픔을 느꼈다.

할머니는 아직 아들과 며느리의 죽음을 제대로 인정할 시간조차 없었다. 은수가 하루에도 몇 번씩 할머니의 품에 얼굴을 묻고 눈물을 쏟아 내는 동안, 할머니는 자신의 슬픔과 고통은 그저 미뤄 두기만 하고 손녀의 눈물까지 삼켜야만 했다.

은수는 이제야 할머니의 절망으로 얼룩진 얼굴이 눈에 들어와 못 견디게 마음이 아팠다.

은수가 두 손으로 할머니의 볼을 감쌌다.

"전 괜찮아요, 할머니. 주말마다 놀러 올게요. 작은아빠네서 학교도 잘 다니고, 밥도 잘 먹을게요."

그제야 한 회장은 마른 손을 들어 은수의 머리를 품에 끌어당겨 안았다.

"아휴, 내 새끼……. 불쌍한 내 새끼……."

은수도 할머니를 꼭 안고 뼈가 도드라진 등을 쓸어내렸다.

"전 정말 괜찮아요, 할머니."

이제 겨우 15살이 된 아이가, 부모와 분리되었다는 것만으로 마치 세상에 혼자 뚝 떨어져 모든 것을 혼자 헤쳐 나가야 할 것처럼 굴었다.

그 의젓함이 한 회장의 가슴을 미어지게 했다.

"그래요, 할머니. 너무 걱정하지 마세요."

2층 계단 끝에서 소년의 것처럼 유약하고 부드러운 목소리가 들려왔다.

뒤이어 뚜벅뚜벅, 계단을 내려오는 구두 소리와 함께 단정한 차림새의 혜준이 모습을 드러냈다.

"제가 은수를 잘 돌볼게요."

혜준이 하얗고 고른 치열을 보이며 웃었다. 그와 함께 아래로 처진 선한 눈매가 부드러운 호를 그리며 예쁘게 휘어졌다.

혜준은 거실로 들어와 은수의 앞에 눈을 맞추며 앉았다.

"오랜만이야."

은수는 할머니의 등을 쓰다듬던 손을 내리며 혜준을 마주 봤다. 빙긋 미소를 짓는 혜준의 눈이 가늘게 늘어져 눈동자가 보이지 않았다.

워낙 평소에도 잘 웃는 얼굴이었지만, 은수는 순간적으로 기묘한 느낌에 미간을 찡그렸다. 원래 이렇게 웃는 사람이었나? 왜인지 혜준의 미소 짓는 얼굴이 즐거워 보인다는 착각이 들었다.

악수를 청하듯, 혜준이 커다란 손을 은수에게 내밀었다. 은수는 말없이 그 손을 내려 보다가 이내 살짝 잡았다. 손끝만 잡았다 떼려고 했던 은수와는 달리, 혜준은 은수의 손을 잡아끌어 손등에 입을 맞췄다.

도장을 찍듯 입술을 붙이자 은수가 소스라치게 놀라며 손을 팩 잡아 뺐다.

은수가 다른 손으로 혜준의 입술이 닿은 손등을 문질러 닦아내며 말했다.

"뭐하는 거예요?"

혜준은 아랑곳하지 않고 은수의 담갈색 눈을 바라보며 웃었다.

"잘 부탁한다고, 공주님."

⚜

책을 품 안에 들고 서재를 나오던 은수는 거실에서 들려오는 목소리에 문고리를 당기던 손을 멈췄다.

"아버지, 그래 봤자 강 회장님은 우린 안중에도 없어요. 강이언도 마찬가지고요."

차분한 혜준의 목소리가 들려왔다.

문 틈새로 소파에 앉아 있는 혜준의 옆모습이 보였다. 테이블을 사이에 두고 혜준의 맞은편에는 진우가 앉아 담배를 재떨이에 털어 내고 있었다.

그가 다소 흥분한 듯 목소리를 높였다.

"네가 그게 지금 할 소리냐? 고등학교 3년을 강이언하고 같이 다녔는데, 내가 진작에 강이언하고 관계 좀 잘 만들어 보라고 했잖아! 강 회장은 이제 늙은 호랑이라고 쳐도, 그놈이 강 회장 뒤를 이을 게 뻔한데."

진우는 답답한 듯 거칠게 넥타이를 끌어 내렸다. 혜준은 입을 꾹 다물고 말없이 앉아 있을 뿐이었다.

은수는 썩 좋은 타이밍이 아니다 싶어 서재 안으로 한 걸음 물러났다. 작은집에 살면서 지난 1년간 자주 보아 온 모습이었다.

죽은 은수의 아버지, 윤재준 사장의 자리를 1년 전 진우가 그대로 이어받았지만 뭐가 뭔지는 몰라도 회사 경영이며 사업이라는 게 쉽지 않은 모양이었다.

대화가 빨리 끝날 것 같지 않아, 은수는 아예 서재 의자에 자리를 잡고 앉았다.

"……다른 연줄 같은 건 다 필요 없어. 이 나라에선 명운그룹 하나만 잡으면 끝나는 거야. 넌 강이언을 잡아야 한다고. 그렇지 않으면 너같이 물러 터진 놈이 이 바닥에서 살아남을 수 있을 것 같아?"

테이블을 쾅, 내려치는 거센 손길에 재떨이가 요란한 소리를 내며 바닥으로 떨어졌다.

혜준은 무릎 위에 놓인 주먹을 꽉 쥐었다. 어금니를 악물어 경직된 턱이 울퉁불퉁하고, 두 눈은 혈관이 터져 벌겋게 열이 올랐다.

강이언, 강이언, 강이언!

고등학생 때부터 귀에 못이 박히도록 지겹게 듣던 이름. 주먹 쥔 손에 힘이 들어갔다.

"끌어내릴 수 있는 게 아니면 눈치껏 빌붙어서 기회를 봐야 할 것 아냐! 넌 대체 언제까지 이렇게 형편없이 굴 거야. 내가 이 정도까지 했으면 너도 뭔가를 보여줘야 할 거 아냐!"

몇 번을 더 테이블을 내려치며 혜준을 향해 고래고래 소리를 치던 진우가 결국 자리를 박차고 일어나 창가를 향해 돌아섰다. 분노에 찬 듯 거친 숨을 씩씩 뱉어 내고 어깨가 들썩거렸다.

내내 눈을 내리깔고 말없이 앉아 있던 혜준이 고개를 들어 올렸다. 벌겋게 핏줄이 선 눈이 당장이라도 달려들 듯 섬뜩한 기운을 내뿜었다.

끌어내릴 수 있는 게 아니면 빌붙어 기회를 보라고?

어금니를 꽉 물자 하얀 이마에 시퍼런 핏줄이 선명하게 드러났다.

혜준이 고등학교에 입학했을 무렵, 진우는 명운그룹 강태형 회장의 손자가 같은 학교에 입학했다는 것을 알았다. 워낙 재벌가며 정치계 인사들의 자녀들이 많이 다니기로 유명한 사립학교였지만, 바로 그 명운그룹의 자제가 같은 학교에 다닌다는 건 실로 엄청난 기회였다.

제대로 된 경위를 알아보니 갑작스럽게 아들과 며느리가 죽고 나서 강 회장이 미국에서 학교를 다니던 손주들을 한국으로 데려왔다는 것이었다.

진우는 곧장 혜준을 불러 당부했다.

'강이언, 강이언이야. 명운그룹 강 회장 손주 이름이 강이언이라고. 넌 무조건 그 녀석한테 붙어야 돼, 알겠어?'

진우는 이해하지 못한 듯 미간을 찌푸리는 고등학생 혜준의 어깨를 붙잡고 다시금 분명하게 말했다.

'앞으로 적어도 30년은 더 명운그룹이 이 나라를 먹여 살릴 거야. 그 녀석한테 잘 보여서 눈에 들란 말이야. 그 녀석만 잘 잡으면, 네가 앞으로 H&C를 이끌어 갈 때 강이언은 네가 뭘 하든 만능열쇠 같은 존재가 될 테니까.'

윤진우는 철저한 기회주의자였다. 가슴 가득 넘치는 야망을 품고 있지만, 항상 형인 윤재준에게 밀려 2인자의 자리를 면치 못했다. 당연하다는 듯 모든 것은 장자인 형에게 최우선으로 주어졌다.

실제로는 그럴 만한 능력이 있는 것도 아니면서, 장자라는 이유만으로 모든 것을 쉽게 얻는 형 때문에 자신은 무엇 하나 쉽게 얻을 수 있는 게 없다고 생각했다. 그렇기에 모든 스포트라이트를 받는 형의 그늘 아래 숨을 죽이고 앉아 뒤로 흘러 들어오는 기회를 엿보는 것은 그가 어릴 때부터 줄곧 해 온 일이었다.

그런 그에게 있어서 명운그룹 강 회장의 손주가 혜준과 같은 또래라는 것, 같은 학교에서 비슷한 시기를 보낸다는 것은 일확천금과 견줄 만한 기회였다.

혜준과 혜인은 그의 야심을 이루기 위한 도구 중 하나였다.

혜준은 내키지 않아도 학교에서 매일같이 이언을 찾아갔다. 혜준 외에도 이언의 눈에 들고자 하는 아이들은 많았다. 어른들의 세계에서뿐만 아니라, 고작 고등학생일 뿐인 아이들의 세계에서도 명운그룹이라는 이름은 절대적인 부와 권력의 상징이었다.

하지만 이언에게 접근하던 많은 이들이 그의 냉담한 반응에 질려 제풀에 나가떨어지곤 했다. 그럼에도 혜준은 악착같이 이언에게 다가갔다.

이언이 귀찮다는 듯 쳐다보기라도 하면 혜준은 자신의 웃는 얼굴을 직접 찢어 버리고 싶을 만큼 비굴한 자신의 모습이 수치스러웠다.

"……죄송해요, 아버지. 제가 더 잘 할게요."

여전히 분기탱천한 얼굴로 진우가 돌아봤을 때, 혜준은 여느 때와 같이 아버지를 향해 미소 지었다.

하얀 피부에 선하게 휘어진 눈매, 부드러운 호를 그리는 입술은 23살 청년의 것이라기보다는 때 묻지 않은 소년의 것 같았다. 마냥 유약하게만 보이는 아들의 모습이 진우는 더없이 못마땅했다.

순간 찔러도 피 한 방울 안 나올 것처럼 냉담한 눈과 강인한 입매를 가지고 있던 강이언의 얼굴이 떠올라 진우는 더욱 매서운 눈으로 혜준을 노려보았다.

"물러 터진 놈 같으니라고. H&C라는 이름이 뭐 얼마나 대단한 줄 알아? 조금만 주춤해도 맹수 같은 것들이 치고 올라오는 게 이 바닥이란 말이야! 이 애비 말 허투루 듣지 마라. 살아남으려면 두 가지뿐이야. 철저하게 압도적인 왕의 자리에 앉거나, 죽여서라도 뺏거나. 이 중에 뭐 하나 네가 할 수 있는 게 있기나 해?"

쾅!

온 집 안을 울릴 만큼 큰 소리를 내며 진우가 안방 문을 닫고 들어갔다.

문 틈새로 들리는 소리에 귀를 기울이며 서재에 앉아 있던 은수는 살짝 문을 열어 적막이 감도는 거실을 살폈다. 혜준은 여전히 거실에 앉아 부드러운 미소를 띠고 있었다.

"네, 아버지. 그렇게 할 겁니다."

문 뒤에서 그 모습을 바라보던 은수는 숨소리도 내지 않고 품 안에 든 책을 끌어안았다. 왠지 모를 오싹함에 순간 어깨가 움츠러들었다.

한참을 더 고요한 거실에 앉아 있던 혜준은 이내 2층으로 사라졌다.

은수는 서재를 나와 재떨이가 바닥을 나뒹구는 거실을 가만히 바라보다가 걸음을 돌렸다.

혜인은 방을 나오다가 2층으로 올라오는 은수를 발견했다.

무시하고 부엌으로 내려가려는데, 은수가 빤히 쳐다보는 것이 느껴졌다.

은수가 소리를 내서 부른 것도 아닌데, 시선을 무시하지 못해 결국 돌아서는 스스로가 짜증이 나도록 싫었다. 어릴 때부터 학습이라도 된 것처럼 윤은수가 쳐다보면 윤혜인은 눈치껏 행동한다.

결국 혜인이 불퉁한 목소리로 은수에게 먼저 물었다.

"왜, 뭐?"

"강이언이 누구야?"

은수는 기다렸다는 듯 혜인에게 물었다. 은수의 물음에 혜인이 어이가 없다는 듯 미간을 좁히며 가슴 앞으로 팔짱을 끼고 섰다.

"너는 명색이 H&C 사람이면서 강이언을 모르니?"

"왜 알아야 하는데?"

눈도 깜빡 않고 받아치는 은수의 말에 혜인이 표정을 바꿨다.

"아, 하긴. 넌 명운그룹 리조트에도 가 본 적이 없다고 했지?"

그게 뭐?

속눈썹을 드리워 내리뜬 담갈색 눈이 말없이 혜인을 바라봤다. 혜인은 어깨를 으쓱하며 말했다.

"그래도 그렇지, 할머니를 생각해서라도 관심 좀 가져라. 명운그룹 강태형 회장님 둘째 손자잖아."

"아."

높낮이 없는 한 마디만 무감하게 뱉어 놓고 은수는 더 이상 용건 없다는 듯 돌아섰다. 오히려 혜인이 황당한 얼굴로 헛웃음을 지었다.

반응이 저게 다야? 쟤 명운그룹이 뭔지도 모르는 거 아냐?

"넌 명운그룹이라는 이름을 들어도 별 감흥이 없니?"

다시 혜인을 향해 돌아선 은수가 눈을 동그랗게 뜨고 고개를 옆으로 갸우뚱 기울였다. 무슨 말인지 이해하지 못했다고 말하는 얼굴이었다.

곧 은수가 입술을 열어 노래하듯 청아한 목소리로 말했다.

"강이언. 명운그룹 강태형 회장님 둘째 손자. 궁금해서 물어본 건데 감흥까지 있어야 해?"

"허, 참 나. 야, 명운그룹은……."

"윤은수. H&C 한수나 회장님 둘째 손녀. 이거랑 뭐가 달라? 언니는 이걸 들으면 감흥이 느껴져?"

진심으로 궁금하다는 듯 혜인을 바라보는 은수의 눈이 말똥

말똥했다. 그제야 혜인은 자신이 바보 같은 말을 했다는 걸 깨달았다.

혜인의 얼굴이 순식간에 싸늘하게 굳었다.

"언니?"

말없이 선 혜인을 이상하게 여긴 은수가 한 걸음 다가서자마자 혜인은 홱 돌아서 계단을 내려갔다.

⚜

차에서 내려선 한수나 회장은 정원 테이블에 앉아 있는 은수를 발견하고는 주름진 얼굴에 활짝 미소를 지었다.

"은수야."

의자에 앉아 책장을 넘기던 은수는 할머니의 부름에 손을 크게 흔들었다.

은수는 주말마다 할머니를 만나러 한남동 집으로 왔다. 부득이하게 한 회장이 출장을 가거나 회사에 나가는 경우에도, 은수는 할머니 집에서 머물다 가곤 했다.

은수는 책을 덮고 금세 한 회장의 곁으로 달려와 살갑게 팔짱을 꼈다. 집 안으로 들어와 거실 소파에 앉자, 인천댁이 곧장 부엌에서 샌드위치를 내왔다.

"아이구, 이제야 오셨네. 먼저 먹으라고 해도 은수가 회장님 오시면 같이 먹겠다고 한참이나 정원에서 기다렸다니까요? 저도 덩달아 샌드위치 만들어 놓고 제사 지내는 것마냥 회장님만 목 빠지게 기다렸네요!"

인천댁의 핀잔에 한 회장은 싫지 않은 듯 웃었다.

은수는 어느새 샌드위치 하나를 앙, 물고 있었다.

"혜준이랑 혜인이는 잘 지내니?"

샌드위치를 오물거리는 은수의 앞에 우유를 따라 주면서 한 회장이 물었다. 은수는 담갈색 눈을 또르르 굴렸다.

"그냥, 둘 다 학교 다니느라 바빠요. 언니는 맨날 학원 다니고. 아, 가끔 무슨 모임 가요."

"모임? 명운그룹 리조트에서 열리는 사교모임 말하는 거니?"

"네, 작은아빠 작은엄마랑 혜준 오빠도 다 거기 가요."

"은수는?"

은수는 어깨를 작게 으쓱했다.

"초대장이 있어야 갈 수 있다고 하던데요? 별로 재미있는 모임 같지는 않았어요."

"흠, 은수 네가 지금 몇 살이지? 열여섯인가?"

은수가 고개를 끄덕였다.

한 달에 한 번, 명운그룹 리조트에서는 정재계 인사들이 참석하는 비공개 사교모임이 이루어졌다. 겉보기에는 나라의 정치와 경제를 쥐락펴락하는 권력자들의 하하호호 하는 친목모임이지만, 그 가면 안에서는 끊임없이 서로를 염탐하고 경쟁사의 틈이라도 엿볼까 하는 자리였다.

돈과 명예라는 권력을 움켜쥔 자들의 친목이라, 한 회장은 처음부터 코웃음을 치며 고사한 모임이었다. 하지만 죽은 큰아들 내외는 곧잘 그 모임에 참석하곤 했다. 권력자들의 은밀한 교류가 이루어지는 곳, 굳이 피해서 찜찜할 필요는 없다는 것이었다.

무엇보다도 명운그룹에서 주최하는 모임이었다. 모든 사업 관계망에 끼치는 명운그룹의 영향력을 알면서도 아무렇지 않게 명운에서 보낸 초대장을 무시할 수는 없었다.

물론 명운그룹의 강태형 회장과 절친한 한 회장은 "그 노인네가 무슨 바람이 불어서 그런 쓸데없고 허울뿐인 모임을 만들었는지 모르겠구나!"라며 혀를 찼다.

하지만 이제는 그 마음을 영 모를 것도 아니라고, 한 회장은 입술 위 보송보송한 솜털에 우유를 묻히고 샌드위치를 먹는 은수를 바라보며 생각했다.

일찍이 하나뿐인 아들과 며느리를 가슴에 묻은 강 회장에게 남은 건 경영권을 상속받기엔 너무 어린 손자들뿐이었다. 아들과 며느리를 여의고 가슴 한쪽이 떨어져 나갈 듯한 고통을 겪는 와중에도 강 회장은 타고난 사업가였다.

나날이 명운그룹 주식은 최고가를 쳤고, 반도체 사업에 있어서는 세계 최고의 기술력을 자랑하며 정상으로 우뚝 섰다. 명운그룹은 그 해, 당시 반도체 사업 확장의 핵심 인물이었던 아들과 며느리의 죽음으로 그 기세가 주춤하고 주가도 하락할 것이라 예상했던 모든 이들이 혀를 내두를 만한 흑자를 냈다.

강 회장이 아들 내외에게 경영권을 완전히 넘겨주고 곧 은퇴할 거라며 반색하던 이들은, 아들의 죽음 이후 오히려 더욱 살

벌하게 사업 확장에 달려드는 그를 보며 몸서리를 쳤다.

어떤 이들은 '어떻게든 세습은 해야겠고, 당장 경영권을 상속받기엔 손자들이 어리니 철옹성이라도 만들어 주려나 보지.' 라며 비꼬았다. 그래 봤자 뭣도 모르는 어린 녀석이 넘겨받자마자 무너질 모래성이라고 비웃었다.

'하지만 그건 강 회장을 모르는 이들이 하는 어처구니없는 소리지.'

강 회장은 독수리가 새끼를 키우듯 엄격하게 손자들을 키워 냈다. 경영에 소질이 없다고 판단되는 녀석은 애초에 그 길로 들이지 않았다.

손자들 세 명 중 큰 녀석은 이미 사법고시를 패스하고 사법연수원에 들어갔다고 했다.

진짜배기는 둘째 강이언이었다. 강 회장은 강이언이 고등학생 때부터 회사에 데리고 다니며 일을 가르쳤다.

고작 고등학생인 녀석이 직접적으로 회사 일에 개입할 일은 없었겠지만, 강 회장이 단단히 작정하고 가르쳤다고 들었으니 직간접적으로 많은 것을 배웠을 터였다.

한 회장은 강이언을 보자마자 한눈에 알 수 있었다. 생김새나 행동하는 모양이 강태형 회장의 판박이였다.

어린놈이 딱 봐도 보통이 아닌 게, 그 녀석이 본격적으로 경영권을 잡으면 강 회장만큼 무시무시해질 것이라고, 한 회장은 혀를 내둘렀다.

가면무도회처럼 이면에는 서로 다른 생각을 품는 허울뿐인 사교모임을 굳이 주최하는 것도, 대외적으로 손자의 입지를 굳히기 위함이리라.

아무리 장래가 유망하다 해도, 실질적으로 경영권을 잡기 전에는 물어뜯기 좋은 먹잇감이 되기 쉬운 것이다. 그렇기에 강 회장은 오히려 강이언을 전면에 내세워 보이는 방법을 택했다.

한 회장도 은수를 바라보며 비슷한 고민에 빠졌다. 죽은 큰아들 내외는 은수를 언론에 노출시키고 싶지 않다며 비공개 사교모임에도 데리고 나간 적이 없었지만, 언론과 대중에 노출된다는 건 그 자체로 공격이 되면서도, 보는 눈이 많아짐으로써 무시할 수 없는 방패가 되기도 한다.

"그런데요, 할머니."

"응?"

은수의 목소리가 생각에 잠겨 있던 한 회장을 수면 위로 끌어냈다.

은수는 냅킨으로 입가를 눌러 닦았다.

"명운그룹이 우리나라 최고 기업이고 대단하다는 건 알겠는데, 강이언이라는 사람은 왜 그렇게 유명한 거예요?"

"강이언?"

그럴 리는 없겠지만, 은수가 한 회장의 생각 속에 들어갔다 나오기라도 한 것처럼 강이언의 이름을 언급하자 한 회장은 내심 화들짝 놀랐다.

은수가 손등에 턱을 괴고 담갈색 눈을 깜빡였다.

"네. 그 사람이 명운그룹을 이어받을 거라서 그런 거예요?"

"으음, 우리 은수가 어디서 무슨 말을 듣고 왔길래 강이언을 궁금해할까?"

"작은아빠네 집에서 엄청 많이 들어요. 강이언, 강이언, 강이언."

"……그러니?"

은수의 말에 한 회장의 얼굴이 잠시 어두워졌다. 하지만 이내 내색하지 않으며 한 회장은 은수의 부드러운 머리칼을 쓰다듬었다.

"네 말대로 명운그룹이 워낙 큰 기업이다 보니까 자연히 주목받을 수밖에. 사교모임에 나가면 은수도 진작 봤을 텐데, 아직 강이언을 한 번도 못 봤겠구나."

"네, 사실 누군지도 잘 몰라서 혜인 언니한테 물어봤었어요. 제가 모른다고 하니까 언니가 팔짝 뛰더라구요."

빙긋 미소 짓는 은수의 얼굴을 바라보며, 한 회장도 마주 웃었다.

문득 강이언과 은수가 참 비슷한 처지에 있구나, 하는 생각이 들었다.

강이언을 전면에 내세우는 강 회장과 은수를 그늘에 숨겨 보호하는 자신, 둘 중 누가 옳은 걸까.

⚜

"은수 말이에요."

품에 책을 한아름 안고 방을 나오던 은수는 2층 응접실에서 들려오는 목소리에 걸음을 멈췄다.

작게 열린 문틈 사이로 빛이 새어 나와 불이 꺼진 2층 복도에 가느다란 선을 그렸다.

은수는 발소리가 나지 않게 응접실로 다가갔다.

여진이 테이블 위 찻잔을 치우고 있었다. 진우는 바로 옆 소파에 등을 기대고 앉아 TV를 보고 있었다.

"난 걔를 볼 때마다 죽은 형님을 보는 것 같다니까요. 어린 애가 어찌나 도도하게 구는지."

"뭐, 그렇다고 크게 눈에 거슬리는 것도 없잖아? 어려서 아무것도 모르니 오히려 다행이면 다행이지."

"다행이긴 뭐가 다행이에요? 걔가 부모 다 잃고 우리 집에 얹혀살면서도 무슨 자기가 이 집 주인이라도 되는 양 눈 내리깔고 다니는 거 보면 몰라요? 어머님이 자기편이라는 거 다 알고 그러는 거라니깐요?"

"하이고, 어린애 가지고 별소릴 다하네. 어쨌든 그래서 우리 집에 데려다가 키우는 거잖아."

"난 그래도 마음 한구석이 찜찜해요. 어머님이 무슨 생각하고 계시는지도 모르겠고. 그 계집애가 도도하게 구는 것도 꼴보기 싫고……."

은수는 숨소리도 내지 않고 문틈 사이로 흘러나오는 목소리에 귀를 기울였다.

눈앞이 멍하고, 입안이 바싹 말랐다. 책을 부여잡은 손이 덜덜 떨리는 것을 느끼며 한 걸음 뒤로 내디뎠을 때, 등이 무언가에 닿았다.

은수는 소스라치듯 놀라 돌아서면서 책을 떨어뜨렸다. 다행히 복도 바닥에 깔린 카펫이, 책이 떨어지면서 가해진 충격을 흡수했다.

하지만 놀라 반사적으로 여진과 진우가 있는 응접실을 돌아봤을 때였다.

"여기서 뭐 해, 공주님?"

시선을 위로 들자 어둠 속에 서 있는 혜준이 보였다. 은수는 아무 말 없이 떨어진 책을 다시 주워 들었다. 지금 한 마디라도 꺼냈다간 덜덜 떨리는 손처럼 목소리가 떨려 나올 것 같았다.

은수가 빠른 걸음으로 혜준을 지나쳤다.

"뭐 하냐고 물었잖아, 내가."

혜준이 은수의 어깨를 잡았다. 은수가 그 손을 털어 내려 어깨를 바르작대다가 심호흡하듯 작게 숨을 내쉬고 혜준을 돌아봤다.

"서재 가요, 책 갖다 놓으러. 그러니까 이거 놔요."

은수의 눈이 어깨 위에 올려진 혜준의 손을 쳐다봤다. 고작 열여섯 살 여자아이가 여왕처럼 내리뜬 눈이 고고해 보이기까지 해, 혜준은 순간 헛웃음을 지었다.

빨리 손을 치우라는 듯 은수가 담갈색 눈으로 혜준을 똑바로 바라봤다. 일순 혜준의 눈에 선득한 빛이 스쳤다.

혜준이 눈을 가늘게 늘이며 미소를 지었다.

"공주님이 들기엔 너무 무거워 보이는데, 도와줄까?"

"됐으니까 이거 놔요."

혜준은 은수를 볼 때마다 항상 묘하게 즐거운 기분이 들었다. 은수가 1년 전, 이 집에 들어올 때부터 그랬다.

"그리고 난 공주님이 아니라 윤은수예요."

혜준의 눈앞에 있는 이 여자아이는, 어릴 때부터 타고나기를 고귀하게 타고난 것처럼 손 닿을 수 없는 곳에 있는 것같이 느껴지곤 했다. 죽은 윤재준 사장이 가지고 있던 권력이, 그의 딸인 은수가 가진 보이지 않는 권력이 되기 때문이었다.

그랬던 은수가 부모님을 잃고 이 집에 들어왔을 때, 혜준은 범접할 수 없는 곳에 있던 공주가 나락으로 떨어진 것을 보는 것 같았다.

하지만 부모를 잃고 고아가 되었어도, 윤은수는 여전히 윤은수였다. 자신이 선택해서 이 집에 들어왔고, 누구의 앞에서도 기가 죽어 몸을 움츠리거나 고개를 숙이지 않았다.

그렇게 태어났고, 또 어디에서도 당당하지 못할 이유가 없이 자랐기 때문이리라.

그런 은수의 모습이 혜준에게는 묘한 즐거움을 주었다. 아직 자신의 처지를 모르는 철모르는 공주님이 언제쯤 자신을 잡아먹고자 이를 세우고 있는 자들의 소굴에 제 발로 들어온 것을 깨닫게 될까, 하는 기대감으로 희열마저 느꼈다.

그래서 예전과 다름없이 모든 것을 은수에게 맞춰 주면서도 그는 전혀 거리낌도, 불쾌함도 없었다.

넌 그래 봤자…….

"아니, 아니지. 넌 공주님이지. 왕과 왕비를 잃고 인질로 잡혀 온 공주님……."

혜준이 은수의 어깨를 잡고 있던 손을 놓았다. 인사를 하듯 그가 손바닥을 보이며 은수에게 흔들었다.

그저 빨리 응접실 근처를 벗어나야 한다는 생각에 다급했던 은수도, 서서히 발목을 타고 올라오는 기이한 불안을 느끼며 뒤로 한 걸음 물러섰다.

인질? 지금 무슨 말을 하는 거지?

여느 때와 같은 혜준의 선한 눈과 미소가 섬뜩하게 느껴졌다.

은수는 며칠 전 거실에 앉아 있던 혜준을 볼 때와 같은 오싹함을 느끼며 자리를 피하기 위해 돌아섰다.

"근데 그거 알아?"

책을 끌어안은 손바닥이 땀으로 축축했다.

하지만 은수는 차분하게 내려가는 계단을 내딛었다.

"인질로 잡혀 온 공주님은, 도도하게 굴 순 있어도 거부하거나 제멋대로 굴어서는 안 돼. 인질이니까."

대체 지금 무슨 말을 하는 거야? 왜 나한테 저런 말을 하는 거지?

은수는 등 뒤에서 들려오는 목소리에 집중하면서, 다시 한 걸음을 걸었다.

"인질이 거부하거나 제멋대로 굴면 어떻게 해야 하는지 알아?"

다시 한 걸음.

머리가 쭈뼛 서고 팔뚝에 소름이 돋았다.

"거부할 수 없는 상태로 만들어야 하는 거야."

툭.

혜준의 손이 은수의 등을 가볍게 밀었다.

몸이 기울어지는 찰나의 순간, 은수는 눈 안으로 빨려 들어올 듯 가까워지는 계단을 바라보며 아주 잠깐 시간이 멈춘 것 같이 느꼈다.

품 안에 있던 몇 권의 책이 허공으로 흩어지고, 이내 시간의 마법이 풀리며 몸이 계단 아래로 곤두박질쳤다.

"은수야!"

다급하게 소리치는 혜준의 목소리를 마지막으로, 책과 뒤엉켜 계단 아래 쓰러진 은수는 까무룩 정신을 잃었다.

3.

눈을 떴을 때 제일 처음 눈에 들어온 건 여진의 얼굴이었다. 여진은 깨어난 은수를 끌어안고 다행이라며 눈물을 훔쳤다.

덥석 끌어안는 손길에 은수는 멍한 얼굴이었다.

여기가 어디지?

여진의 품에 안겨서 바르작대다가 묵직하게 느껴지는 깁스 무게에 움찔 몸을 굳혔다. 그제야 자유롭지 못한 팔에서 뻐근함을 느꼈다.

그리고 곧 눈썹 위에서 열기와 욱신거림이 느껴졌다. 열 때문인지 가물가물한 눈으로 주위를 둘러보면서도 빠르게 상황이 파악되지 않았다.

순간, 이명처럼 여러 개의 목소리가 뒤섞여 귓가를 웅웅 울렸다.

'난 개를 볼 때마다 죽은 형님을…….'

'……어쨌든 그래서 우리 집에 데려다가 키우는 거잖아…….'

'……도도하게 구는 것도 꼴 보기 싫고…….'

'……여기서 뭐 해, 공주님?'

'근데 그거 알아? 공주님은…….'

"꺄악!"

확 밀쳐 내는 힘에 여진이 새된 소리를 지르며 순식간에 바닥으로 나동그라졌다. 그 소리에 막 병실에 들어서던 안 집사가 화들짝 놀라 침실로 뛰어 들어왔다.

"아가씨!"

"이게 무슨 짓이니, 은수야!"

하얀 이불 위에 섬처럼 동그마니 앉아 있는 은수는 파랗게 질린 얼굴로 허공을 쳐다봤다. 여진과 안 집사가 눈에 들어오지 않았다.

은수는 오로지 바로 옆에 있는 것처럼 선명하게 들리는 혜준의 목소리에 집중했다.

'인질이 제멋대로 굴면…… 거부할 수 없는 상태로 만들어야 하는 거야.'

등에 닿았던 차가운 손바닥은 마치 새를 날려 보내듯 힘주어 은수를 허공으로 밀었다. 날개를 잃은 새는 바닥으로 곤두박질쳤다.

텅 비어 있던 담갈색 눈 안으로 서서히 모든 것이 또렷이 들어오기 시작했다.

허리를 툭툭, 두드리며 일어나 황당한 얼굴로 은수를 쳐다보는 여진과 은수의 상태를 면밀하게 살피는 안 집사가 보였다.

"아가씨, 괜찮으세요? 어디가 불편하신 겁니까?"

은수의 눈이 말없이 여진을 향했다. 고요하지만 분명한 냉기가 어린 시선에 안 집사도 이상함을 느끼고 여진에게 고개를 돌렸다.

"왜, 왜 그러니? MRI를 한 번 더 찍어야 하나……."

병실 안을 감도는 묘한 정적을 감지한 여진이 중얼거렸다.

언제나 은수를 향해 웃고만 있던 가면들은 전부 깨어졌다. 부드럽게 웃는 얼굴 뒤에서 은수는 철저하게 꼴 보기 싫은 계집아이였다.

작은집에서 살겠다고 했던 건 할머니 때문이었다. 할머니에게 짐이 되고 싶지 않아서. 할머니에게 자식을 가슴에 묻을 시간을 드리고 싶어서.

왜 진우와 여진이 그토록 은수를 데려가고 싶어 하는지에 대해서는 생각할 여지가 없었다.

"아가씨……."

은수는 비로소 철저하게 혼자가 된 자신이 사방에서 차가운 날을 겨누고 있는 곳에 서 있음을 알았다. 그 선득함에 몸서리가 쳐졌다.

"안 집사님……."

"네, 아가씨."

하얗게 마른 입술 사이로 낮은 음성이 흘러나왔다.

"저 할머니 집으로 데려가 주세요."

"할머니 지금 두바이 출장 가셨잖니. 우리 은수가 많이 놀라서 할머니 보고 싶구나?"

안 집사는 걱정이 담긴 눈으로 은수를 살필 뿐, 입을 굳게 다물고 있었다. 그럴수록 여진은 더욱 호들갑스럽게 말을 이었다.

"아휴, 그래도 계단에서 구르고 이 정도니 천만다행이지 뭐예요. 이마는 응급실에서 처치한 거라 흉 지면 안 될 텐데. 아무래도 나중에 성형외과에 한번 데려가야겠어요. 고운 얼굴에 흉이라도 지면 어머님이 얼마나 속상하시겠어요? 그러게, 책을 그렇게 쌓아 들고 다니니까 앞도 잘 못 보잖니, 은수야. 혜준이가 곧바로 발견했기에 망정이지, 머리라도 크게 다쳤으면 어쩔 뻔했어? 그나저나 아줌마한테 은수 먹을 것 좀 챙겨오라고 했는데 왜 이렇게 늦나 몰라. 전화 좀 해 봐야겠네."

여진이 핸드백과 휴대폰을 챙겨 들고 병실을 나가자 병실 안에는 무거운 정적이 고여 들였다.

안 집사는 이불을 꽉 쥐고 있는 은수의 손을 안심시키려는 듯 다독였다.

의사의 말로는 계단 모서리에 부딪쳐 이마가 찢어진 것과 오른쪽 팔이 골절된 것 외에는 별다른 이상이 없다고 했다. 하지만 지금 은수는 몸이 아픈 것과 별개로 무엇 때문인지 불안정해 보였다.

"할머니는…… 언제 오세요?"

"바로 두바이 일정 마무리하고 내일 비행기로 오실 겁니다."

작은 어깨가 들썩이며 긴 한숨이 흘러나왔다. 은수는 굳게 닫혀 있는 문과 안 집사를 번갈아 보다가 마른 입술을 달싹였다.

"혜준 오빠가…… 절 민 거예요."

"네?"

"오빠가 절 계단에서 밀었어요."

동그란 안경 너머로 안 집사의 주름진 눈이 휘둥그렇게 커졌다. 안 집사의 손 아래 은수의 손이 작게 떨리고 있었다. 물기 어린 담갈색 눈도 물결치듯 흔들렸다.

안 집사의 얼굴에 격렬한 혼란이 그대로 드러났다.

"아가씨, 지금 무슨 말을……."

그 순간 벌컥, 병실 문이 열리고 여진이 들어왔다.

"아줌마가 바로 병원 앞이었더라고요. 일단 급한 대로 있는 거 싸 오라고 했는데, 퇴원하면 작은엄마가 사골 고아 줄게. 뼈 잘 붙어야지!"

안 집사가 여전히 혼란스러운 얼굴로 주춤거리며 일어나 여진에게 의자를 내주었다. 은수도 다시 입술을 닫고 시선을 침대로 떨어뜨렸다.

여진이 요란하게 찬합을 여는 사이, 안 집사는 등 뒤로 문을 닫고 병실을 나왔다.

어제 늦은 저녁, 안 집사는 은수가 계단에서 굴러떨어져서 응급실에 왔다는 여진의 전화를 받고 아연실색하여 한걸음에 병원으로 달려왔다.

그가 도착했을 때 은수는 이미 필요한 처치를 다 받은 후였다. 하지만 이마를 부딪쳤기 때문에 여러 가지 검사를 받아 보는 게 좋겠다는 것이 의사의 소견이었다.

안 집사는 지체 없이 입원 수속을 밟고 두바이에 있는 한 회장의 비서에게 상황을 알렸다.

은수가 옮겨진 병실로 돌아왔을 때, 안 집사는 병실 문 옆 의자에 앉아 있는 혜준을 발견했다. 혜준은 몸을 숙이고 두 손에 얼굴을 묻고 있었다.

'다 제 잘못이에요……. 제가 은수를 잡았어야 했는데…….'

은수가 1층 서재로 내려가다가 품에 안은 책 때문에 시야가 가려져 계단에서 발을 삐끗했고, 바로 계단 위에 있던 혜준이 은수를 잡으려 했으나 이미 은수는 계단 아래로 곤두박질쳤다 했다. 그 말과 함께 혜준이 마른손으로 얼굴을 쓸어 올리며 머리를 쥐었다.

절망스럽게 일그러져 있던 혜준의 얼굴을 회상하며 안 집사는 그가 지난밤 앉아 있던 바로 그 자리에 앉았다.

'혜준 오빠가…… 절 민 거예요."

왜 은수는 그런 말을 했을까. 혜준이 잡아 주려 손을 뻗었던 것을 오해한 게 아닐까? 아니, 설마 은수가 손이 닿은 것만으로 혜준이 계단에서 자신을 밀었다고 했을까?

은수는 어리다고는 하나 누군가에게 악감정을 갖고 신중하지 못한 말을 할 아이가 아니다. 분명 그럴 만한 이유가 있으니까 그렇게 말했을 것이었다.

어찌 되었든 그는 은수가 원하는 대로 퇴원 후 한남동 집으로 데려갈 생각이었다.

안 집사가 복잡함이 서린 얼굴로 긴 한숨을 내쉬었다.

✥

"아휴, 무슨 놈의 비가 이렇게 오는지!"

인천댁이 불퉁한 목소리를 내며 방으로 들어왔다.

한 회장이 저녁 비행기로 한국에 도착하기 때문에 안 집사는 일찌감치 공항으로 나섰다. 한남동 집에 들렀던 진우와 여진도 직접 마중을 가겠다며 안 집사를 따라나선 참이었다.

인천댁은 갑작스럽게 여러 명의 식사를 준비해야 하는 데다가, 식사 준비를 도와줄 줄 알았던 여진이 공항으로 홀랑 내뺐으니 불편한 심기가 쏟아지는 장맛비로 향했다.

"쯧, 쯧! 우산은 쓰나 마나 다 젖겠네. 은수야, 아줌마는 마트 좀 다녀올게!"

"네."

적막이 감도는 방 안에는 창문을 치는 요란한 빗소리만 가득했다.

은수는 창밖으로 인천댁이 커다란 우산을 쓰고 정원을 지나는 뒷모습을 바라봤다. 몰아치는 비바람에 인천댁의 몸을 가린 검은 우산이 금방이라도 꺾어질 듯 위태롭게 휘청거렸다.

은수는 병원에서 혜준을 보지 못했다. 병실에 혼자 앉아 있을 때 문이 열리기라도 하면 흠칫 놀라 경직된 얼굴로 돌아봤지만, 혜준이 아니라는 것을 확인하고 아무도 모르게 안도의 숨을 내쉬곤 했다.

한남동 집에 와서도 은수는 낮과 밤을 가리지 않고 엄습하는 지독한 외로움에 몸을 떨었다. 지난 1년간 한 순간도 엄마 아빠가 그립지 않은 적이 없었지만, 은수는 이 순간 정말로 간절하게 엄마 아빠가 보고 싶었다. 이런 상황 가운데 완벽하게 혼자라는 두려움과 불안이 은수를 거세게 흔들었다.

쿠르릉, 쾅!

하늘을 찢을 듯한 천둥소리와 바람이 창문을 치고 지나가는 소리에 은수가 화들짝 놀라 창에서 뒤로 한 걸음 물러났다. 금방이라도 창문이 열릴 것처럼 덜컹덜컹 흔들렸다.

그 순간 등 뒤에서 끼이이, 하는 소리와 함께 문이 열렸다. 시커먼 그림자가 바닥에 기다란 실루엣을 그렸다.

일순 뒷목에 선득하게 달라붙는 시선에 은수가 천천히 뒤로 돌아섰다.

"안녕, 공주님. 팔은 좀 괜찮아?"

은수는 하얗게 질린 얼굴로 문가에 선 혜준을 바라봤다. 어둠에 가려 혜준의 얼굴이 잘 보이지 않았다.

"어떻게……."

"어떻게라니? 내가 할머니 집에 오지 못할 이유가 있어?"

은수는 덜덜 떨리는 손을 감추려는 듯 주먹을 꽉 쥐었다.

"왜 집으로 안 왔어? 걱정했는데."

혜준이 방 안으로 한 걸음 걸어 들어왔다. 빛 아래 드러난 그의 얼굴은, 우습게도 정말로 걱정했다는 듯 안타까운 표정이었다. 은수는 헛웃음이 나올 것 같은 입술을 꼭 깨물었다.

인천댁 아주머니는 적어도 30분은 지나야 돌아올 것이었다.

"이제 그 집에 갈 일 없어요."

"왜?"

단호한 은수의 목소리에 혜준이 곧바로 되물으며 한 걸음 더 다가왔다.

아무렇지 않은 것처럼 행동하고 싶었지만, 은수는 자기도 모르게 혜준과 거리를 두기 위해 한 걸음 뒤로 물러났다.

"나 때문이야?"

은수를 바라보는 혜준의 눈이 서글프기까지 했다.

"네가 다친 건 안타깝지만…… 실수였던 거 알잖아, 은수야. 네가 너무 힘들어 보여서 내가 도와주려다가 그렇게 된 거잖아."

"아니요, 오빠는 나 일부러 밀었어요. 인질이 어쩌고 하면서."

은수는 이해할 수 없는 혜준의 행동에 고개를 저으며 말했다.

단호한 은수의 목소리에 혜준의 얼굴이 싸늘하게 굳었다. 무표정한 얼굴로 성큼성큼 몇 걸음 만에 은수의 앞으로 다가왔다.

“아니야, 다시 한 번 잘 생각해 봐, 공주님. 그게 아니잖아.”
우르릉, 쾅!
은수의 등 뒤에서 번쩍 일어난 섬광이 혜준의 얼굴을 비추고 사라졌다.
은수는 주춤하며 뒷걸음질을 치다가 베드 사이드 테이블이 발에 닿자 벽에 다다랐음을 알았다.
혜준이 고개를 기울여 파리하게 질린 은수를 바라보며 씩 웃었다.
“왜 그렇게 봐. 내가 무서워?”
“안 무서워요.”
“근데 왜 뒷걸음질 쳐? 왜 그렇게 떨어?”
무섭지 않다는 건 거짓말이었다. 하지만 두려운 마음보다 혜준에게 굴하고 싶지 않다는 마음이 더 컸다.
은수는 어깨를 더 꼿꼿이 펴고 웃음기가 가신 혜준의 얼굴을 마주했다.
“꼭 내가 오빠를 무서워하길 바라는 것처럼 들리네요.”
“그럴 리가.”
“오빠는 인질이 어쩌고 하면서 날 위협하고 계단에서 떠밀었어요. 계속 곰곰이 생각해 봤는데, 왜 오빠가 그런 말을 하고 날 밀었는지 아직은 잘 모르겠어요. 내가 아는 건 오빠가 고작 그 정도 사람일 뿐이라는 거예요.”
“그 정도 사람? 그게 어떤 사람인데?”
이제는 숨소리가 느껴질 정도로 가까이 혜준이 은수의 앞으로 다가왔다.

은수는 등 뒤로 벽을 짚고 고개를 들었다.

“자기 힘으로 할 수 있는 게 아무것도 없으니까, 고작 여자애나 위협하고 계단으로 떠미는 사람. 오빠가 그런 형편없는 사람이라는 거. 그런 사람이 무서워서 떨기엔 나도 자존심이 좀 상하거든요.”

등 뒤로 감춘 손이 바들바들 떨리고, 파리하게 질린 얼굴을 하고서도 은수는 혜준의 얼굴을 똑바로 보면서 말을 멈추지 않았다. 은수를 내려다보는 혜준의 얼굴은 무표정했지만, 팔뚝에 소름이 돋을 만큼 섬뜩한 기운을 풍겼다.

혜준은 언제든 누구를 대하든 항상 웃는 얼굴이었기 때문에 그의 표정 없는 얼굴이 마치 다른 사람을 보는 것처럼 낯설었다. 하지만 지금 이 순간, 은수는 왜 그가 항상 웃을 수밖에 없었는지 알 것 같았다.

웃지 않는 혜준의 눈은 마치 독을 머금은 뱀처럼 선득했다.

“난 오빠 같은 사람, 불쌍하기까지 해요. 얼마나 여기저기 치이고 살았으면 그렇게 끝까지 몰렸을까.”

“불쌍하다고, 내가?”

혜준이 고개를 젖혔다가 숙이고 어깨를 들썩거리며 웃기 시작했다. 그 모습에 은수는 마른침을 삼켰다.

이윽고 고개를 숙인 혜준의 입술 사이로 음산한 목소리가 흘러나왔다.

“네까짓 게…… 주제도 모르고…….”

혜준의 손이 기습적으로 은수의 팔뚝을 거칠게 잡았다. 은수가 흠칫 몸을 떨면서 반사적으로 손을 들어 올려 혜준의 가슴을 밀어냈다.

혜준이 은수의 눈앞으로 고개를 내리며 말했다.

"네가 할머니만 믿고 네 처지를 모르나 본데……."

"이거 놔요!"

"할머니가 얼마나 사실 수 있을 것 같아? 너희 부모님을 봐, 평생 네 곁에 계실 것 같더니 공주님만 혼자 남겨 두고 죽어 버렸잖아."

혜준이 이죽거리며 내뱉는 한 마디 한 마디가 날카로운 비수가 되어 은수의 가슴을 후벼 팠다. 말간 담갈색 눈에 가득 눈물이 차올랐다.

은수는 눈물을 참기 위해 피가 나도록 입술을 깨물었다.

"오빠야말로 자기 처지를 모르나 본데……."

결국 눈물방울을 떨구는 은수의 음색이 떨려 나왔다. 가슴이 금방이라도 터질 만큼 쿵쾅거리고, 이마의 상처가 지끈거렸다.

"지금 나한테 이럴 게 아니라…… 강이언한테나 가서 빌붙어야 하는 거 아닌가?"

지난 1년간 작은집에 살면서 보고 들어온 만큼 혜준에게 강이언이라는 이름이 얼마나 자극이 되는지, 은수는 모르지 않았다. 지금 둘밖에 없는 집 안에서 더 이상 혜준을 자극해서는 안 된다는 것도.

그럼에도 은수는 죽은 부모님을 운운하는 혜준을 무서워하고 싶지도, 그가 원하는 대로 고분고분하게 따라 주고 싶지도 않았다.

은수의 말을 끝으로 두 사람 사이에 정적이 감돌았다.

그의 안에서 팽팽하게 당겨진 무언가가 툭 소리를 내며 끊어졌다. 혜준의 눈빛이 돌변한 건 그 순간이었다.

혜준이 팔을 잡아당기자 은수의 몸이 순식간에 딸려 가 바닥으로 넘어졌다. 부러진 오른팔이 몸에 눌려 은수가 작게 신음했다. 그러자 혜준이 몸을 굽혀 은수의 머리채를 잡고 힘을 줘 고개를 뒤로 꺾었다.

고통에 신음하는 은수를 내려다보는 혜준의 눈이 이성을 잃고 광기로 번들거렸다.

"아!"

"웃어 주고 공주처럼 떠받들어 주니까, 너도 내가 우스워?"

머리카락이 다 뽑힐 것처럼 아프고 찢어진 이마가 당겨 욱신거렸다.

은수가 턱을 덜덜 떨며 머리 위로 혜준을 쳐다봤다. 그의 눈빛이 초점을 잃고 정처 없이 불안하게 흔들렸다.

"난 말이야, 언제나 네 그 도도한 얼굴을 짓누르고 싶었어. 고아가 돼서 우리 집에 들어온 주제에 주눅 드는 기색도 없었지, 넌. 왜? 네가 뭔데? 네 부모님 죽고 나니까 너도 별거 아니잖아. 근데도 넌 왜 그렇게 여왕이라도 되는 것처럼 고고하게 구는 건데? 내가 불쌍하다고? 아니, 공주님. 똑바로 봐. 진짜 불쌍한 건 너야. 곧 내 밑에 깔려서 살려 달라고 울부짖을 너."

은수는 찢어질 듯한 아픔마저 꺼뜨리는 수치심에 얼굴을 굳혔다. 혜준의 어깨를 밀어내던 왼손이 거세게 뺨을 쳤다.

시간이 멈춘 것처럼 순간 사위가 정적에 휩싸였다.

은수의 머리칼을 잡고 있던 혜준의 손에서 스르륵 힘이 빠져나갔다. 천천히 고개를 돌린 그가 싱긋 미소를 지었다.

"……다른 한쪽도 부러트려 줄까."

머리칼이 혜준의 손에서 벗어나자, 은수는 한 팔로 지탱하면서 몸을 뒤로 끌었다. 혜준이 수그렸던 몸을 일으키자 시커먼 그림자가 발목을 타고 은수를 덮었다. 뒤로 물러나던 은수의 몸이 베드 사이드 테이블에 닿았다.

혜준은 어깨를 늘어뜨리고 느린 걸음으로 은수에게 다가왔다. 창백한 얼굴로 다급하게 주위를 돌아보던 은수의 눈이 한 순간 커지면서 빛이 스쳐 갔다.

"아……!"

하지만 이내 다가온 혜준의 그림자가 그 빛을 꺼트렸다.

갈퀴 같은 손이 머리 위에서부터 내려와 은수의 하얀 목을 감쌌다.

"자, 공주님……. 내가 했던 말 기억하지? 너는 꼭 내가 말했던 그대로 하는 거야. 살려 주세요, 라고 울부짖는 거야."

"비켜요!"

"아니지, 난 그렇게 말한 적 없잖아."

"으윽!"

은수의 목을 가볍게 감싸고 있던 혜준의 손에 힘이 들어갔다. 강한 압력은 아니었지만 숨통을 조여 누르는 힘에 은수는 본능적인 공포가 해일처럼 밀려오는 것을 느꼈다.

"살려 달라고 빌어."

혜준의 손이 은수의 목을 점점 더 조여 왔다. 은수는 숨이 쉬어지지 않아 헐떡거리며 덜덜 떨리는 한 손으로 있는 힘껏 혜준의 팔을 잡았다.

"어서, 공주님."

"살려……."

고통으로 일그러진 은수의 눈은 혜준을 보고 있지 않았다. 눈물이 그렁그렁 고인 말간 눈은 그의 뒤 어디쯤을 절박하게 바라보고 있었다.

"살려…… 줘……."

혜준이 무언가 이상하다는 것을 느끼고 은수의 시선이 향하는 쪽으로 고개를 돌렸다. 그 순간, 은수는 뒤로 손을 뻗어 베드 사이드 테이블 위에 놓여 있던 액자를 잡았다.

"아악!"

혜준이 다시 은수를 향해 고개를 돌리는 순간, 액자의 모서리가 혜준의 이마를 찍었다. 은수의 몸이 그의 손아귀에서 벗어나 바닥으로 힘없이 쓰러졌다. 급하게 숨을 들이쉬는 작은 몸이 거칠게 들썩거렸다.

호흡이 진정되자마자 은수는 피가 줄줄 흘러내리는 얼굴을 붙잡고 신음하는 혜준을 밀치고 정신없이 맨발로 방을 뛰어 나갔다.

휘청거리는 하얀 다리가 금방이라도 넘어질 듯 위태로웠다. 심장이 터질 것처럼 뛰었다. 은수는 어떻게든 이곳을 벗어나야 한다는 일념으로 질퍽거리는 흙바닥을 밟으며 정원을 가로질렀다.

쏟아지는 빗소리가 귀를 막은 것처럼 귀가 먹먹했다. 쉼 없이 쏟아지는 굵은 빗방울은 야속하게 자꾸만 시야를 가렸다.

마지막 관문이라도 되는 것처럼 은수는 정원이 끝나는 지점에 있는 검은 대문을 향해 있는 힘껏 달렸다. 시커먼 하늘 아래 한쪽 문이 열려 있는 대문은 구원의 통로였다.

은수는 온몸을 날려 대문을 벗어났다.

그와 동시에,

끼이이이익!

거친 마찰음이 빗소리 사이로 파고들었다.

검은 승용차가 멈춤과 동시에 은수의 몸이 헤드라이트 불빛 앞에서 무너져 내렸다.

"세상에!"

운전사가 사색이 된 얼굴로 차에서 뛰어나왔다.

은수는 헤드라이트 불빛 앞에 그대로 주저앉아 숨을 헐떡였다. 초점이 없는 말간 눈은 확장되어 불빛을 마주하고 있었다.

운전사가 은수의 어깨를 그러잡고 상태를 살폈다.

"얘야, 괜찮니? 정신 좀 차려 봐라!"

"김 기사, 비켜 보게. 이 아이가 이 집에서 튀어나온 건가?"

"예, 예. 회장님. 갑자기 튀어나와서 미처 보지 못했습니다."

머리와 수염이 희고 기골이 장대한 노인이 뒷좌석에서 내려 은수에게 다가왔다. 조수석에 앉아 있던 비서가 황급히 우산을 받쳐 들고 노인의 뒤에 섰다.

"놀라서 넋이 나간 모양이구먼. 일단 차에 태우지."

"예, 회장님."

김 기사가 은수를 일으키기 위해 몸을 숙이자, 그제야 정신이 든 은수가 바르작대며 몸을 뒤틀었다.

"이거 놔요!"

"아니, 얘야, 일단 병원에 가서 검사라도 받아야……."

은수가 한쪽 팔로 김 기사를 밀어내며 몸부림쳤다. 김 기사가 난처한 얼굴로 노인을 돌아보자, 노인은 의미심장한 얼굴로 은수가 뛰쳐나온 대문과 진흙이 묻어 엉망이 된 은수의 발을 번갈아 봤다.

"강 회장님 아니세요?"

노인이 바라보고 있던 검은 대문 안에서 비에 흠뻑 젖은 혜준이 모습을 드러냈다. 핏물이 비에 씻겨 내려간 이마의 상처가 붉게 벌어져 있었다. 급하게 달려왔는지, 혜준은 작게 숨을 들썩이고 있었다.

"혜준 군 아닌가."

"네, 회장님. 안녕하셨어요."

혜준이 차분하게 고개를 숙여 인사를 했다. 하지만 김 기사에게 붙잡혀 몸부림치는 은수를 흘끗대는 눈이 불안정하게 흔들렸다.

강 회장이 그의 시선을 따라 은수를 바라보며 물었다.

"이 아이는……."

"아, 죄송합니다, 회장님. 저희 집에서 일하시는 아주머니가 데려온 아이인데…… 못 배운 아이다 보니 하도 버르장머리가 없어서 혼을 좀 내고 있었습니다. 하하. 좀 엄격하게 했더니 겁을 먹었나 봅니다. 놀라게 해 드려 죄송합니다."

언제나 유약한 소년처럼 부드러웠던 미소가 경직되어 있었다. 요란한 빗소리 사이로 들리는 말소리가 유난히 빨랐다.

강 회장이 다시 입술을 열려던 찰나에 뒷좌석 문이 열리고 먹처럼 새카만 셔츠를 입은 남자가 내려섰다. 그를 발견한 혜준의 얼굴에서 애써 짓고 있던 어색한 미소조차 씻은 듯 사라졌다.

혜준은 얼른 상황을 정리하려는 듯 덧붙였다.

"돌아가시는 길에 방해를 드려 죄송합니다, 회장님. 이 아이는 제가 데려가겠습니다."

혜준이 빗줄기 사이로 성큼성큼 다가오자, 은수가 벗어나기 위해 더욱 심하게 몸부림쳤다. 김 기사가 은수의 거센 몸부림에 순간 손을 놓치자, 그 반동으로 은수의 몸이 앞으로 튕겨 나가 힘없이 물웅덩이로 고꾸라졌다.

이마의 상처가 벌어져 핏물인지 빗물인지 모르는 것이 흘러내리는 시야 안으로, 검은 구두와 젖은 바짓단이 들어왔다.

은수는 파리하게 질린 얼굴로 덜덜 떨리는 고개를 들었다.

떨어지는 비 아래 장승처럼 서 있는 남자가 보였다. 검은 비를 맞아 물들기라도 한 것처럼 남자는 검은 머리에 검은 옷을 입고 있었다.

빗방울이 자꾸 흘러 들어와 눈을 제대로 뜨기가 힘들었지만 은수는 따가운 눈을 깜빡이며 남자를 바라봤다. 남자도 은수를 내려다보고 있었다.

미동도 없이 바라보는 심연과 같은 검은 눈에 홀리기라도 한 것처럼 은수의 손이 천천히 남자를 향해 올라갔다.

당신이 누구든…… 나를…….

"살려……."

"이거 참, 미안하게 됐네, 강이언."

빗물을 튀기며 다가온 그림자가 은수의 팔을 낚아챘다. 은수를 내려다보던 검은 눈이 바로 앞에 다가온 혜준에게로 향했다.

"본의 아니게 길을 막았어. 이만 회장님 모시고 가."

난처한 얼굴로 웃는 혜준을 가만히 바라보던 이언이 빗물이 고인 곳에 주저앉아 있는 은수에게 말했다.

"너, 여기 타."

얼음장 같은 눈빛만큼이나 무감한 목소리였다.

혜준의 표정이 눈에 띄게 일그러졌다. 하지만 이언은 아랑곳하지 않고 문이 열린 뒷좌석을 고갯짓했다.

은수의 팔을 쥐고 있는 혜준의 손아귀에 부드득 힘이 들어갔다.

은수가 신음을 흘리자 혜준이 힘을 줘 은수의 팔을 잡아당겼다. 은수가 휘청이는 다리로 비틀거리며 일어났다.

"강이언, 고맙지만 이건 우리 집안일이야."

"고작 집에서 일하는 애 교육시키는 일이라. 참, 할 일도 없군."

"회장님께 괜한 폐를 끼치고 싶지 않으니까 그냥……."

"어쨌든 내가 타고 있던 차에 치인 애야. 네가 교육시키느라 부러뜨린 팔까지 덮어쓰지 않으려면 제대로 치료해서 보내야지. 안 그래?"

"내가 부러뜨리다니, 그게 무슨……!"

"너, 안 들려? 타라고."

은수가 멍한 눈을 들어 이언을 바라봤다. 이언이 은수에게 눈을 떼지 않으며 까딱하는 고갯짓으로 혜준을 가리켰다.

"이마도 찍었으면서, 팔은 못 뿌리쳐?"

"강이언!"

"이보게, 혜준 군. 그만하지."

강 회장이 손을 저으며 둘 사이에 끼어들었다. 이언과 혜준보다도 키가 크고 기골이 장대한 강 회장은 노인이라기에는 거대한 산 같았다.

그가 가볍게 은수의 팔을 붙들고 있는 혜준의 손을 떼어 냈다.

"이언이 말대로 우리 차에 치였는데 그냥 보내면 나도 찝찝하지. 병원에서 검사라도 하고, 치료할 게 있으면 해서 보낼 테니 자네는 이만 들어가게."

"회장님……."

"보니까 자네도 치료가 필요하겠구먼. 이쯤하고 들어가지."

한 치의 물러섬도 없는 강 회장의 단호한 목소리에 혜준은 주먹을 꾸욱 쥐며 한 걸음 뒤로 물러났다.

강 회장은 조심스럽게 은수를 뒷좌석에 태웠다.

은수를 태운 차가 오던 길을 되돌아 주택가를 빠져나갔다. 검은 대문 앞에 남은 혜준만이 거세게 쏟아져 내리는 비 아래서 사라져 가는 차의 뒤꽁무니를 형형한 눈으로 노려보고 있었다.

"일하는 아이라고? 그럴 리가."

유유히 빗속을 달리는 차 안에서 강 회장이 까무룩 정신을 놓은 은수를 바라보며 중얼거렸다.

"어릴 때 보긴 했지만 이 아이 눈만은 내가 잊을 수 없지. 제 엄마를 꼭 닮아서 눈이 아주 깨끗하고 맑았거든. 흔치 않은 고귀한 관상이지. 그런데 집에서 일하는 아이라니, 허허허."

이언은 말없이 시선을 은수에게로 내렸다.

은수는 창백한 얼굴을 하고 죽은 듯 숨소리도 내지 않았다. 이언이 미간을 좁히며 고개를 은수의 얼굴 가까이로 내렸다. 들릴 듯 말 듯 한 연약한 숨소리가 색색거렸다. 열을 담고 내뱉는 뱉은 숨이 뜨거웠다.

이언이 고개를 들어 김 기사에게 말했다.

"김 기사님, 좀 서두르죠."

4.

회장실 문을 닫고 나오는 진우의 얼굴에 검은 그림자가 드리웠다.

비서가 인사를 하기 위해 일어났지만, 건드리면 터지기라도 할 듯 형형한 눈빛에 주춤하는 사이 진우는 지나쳐 갔다.

거칠게 사장실로 향하는 그의 어깨가 딱딱하게 경직되어 있었다.

조금 전 회장실에서 그의 어머니 한수나 회장은 싸늘한 얼굴로 진우를 돌아보며 말했다.

'네 자식이니까 네가 알아서 해. 정신병원에 보내든 집 안에 가둬 두든. 내 눈에, 그리고 은수의 눈에 띄게 하지 마.'

허공을 쏘아보는 그의 눈빛이 선득한 빛을 띠었다.

진우가 나가고 한 회장도 곧장 회장실을 나왔다. 밤새 병원에서 은수의 곁을 지키느라 잠 한숨 제대로 자지 못한 주름진 얼굴이 초췌했다.

한 회장은 차를 타고 명운그룹으로 향했다.

"회장님, 한수나 회장님께서 오셨습니다."

비서의 뒤로 한 회장이 모습을 드러내자, 강태형 회장은 안경을 벗어 내렸다.

"얼굴이 말이 아니구먼. 이보게, 김 비서, 따뜻한 차 좀 내오게."

강 회장은 쯧, 혀를 차며 비서가 가져온 차를 앞으로 내밀었다.

"좀 마셔, 산송장이 따로 없구먼그래."

말없이 김이 올라오는 찻잔을 내려다보던 한 회장이 힘없이 웃었다.

"고마워요. 강 회장님 아니었으면……."

"뭘 그런 싱거운 소리나 하려고 산송장씩이나 돼서 왔나?"

껄껄, 호탕하게 웃는 모습에 한 회장도 어깨를 으쓱했다.

"내 꼴이 말이 아니긴 한가 보네요. 산송장으로 와도 감사한 마음이 다 표현이 안 되네요."

"아, 됐네. 난 내 회사에서 송장 치울 일 없으니까 나중에 근사한 밥이나 사."

한 회장이 고개를 저으며 웃었다. 그러자 강태형 회장은 거대한 몸을 소파에 기대앉으며 물었다.

"듣기로는 많이 나아졌다고 하던데."

"다른 것보다 열이 펄펄 끓어서 걱정이었는데, 다행히 어제부터 조금씩 내리더군요."

비가 쏟아져 내리던 그날, 은수를 태운 차는 즉시 명운대학병원으로 향했다.

상처가 벌어진 이마를 다시 꿰매고, 오른팔을 검사해야 했지만 더 큰 문제는 차에서 정신을 놓은 뒤로 열이 펄펄 끓기 시작한 것이었다. 진흙투성이가 된 발과 다리는 몇 번이고 넘어지는 바람에 여기저기 긁히고 찢어져 상처투성이였다. 은수는 곧장 특실로 옮겨졌다.

강 회장의 비서로부터 연락을 받은 안 집사는 한 회장을 공항에서 픽업하고 바로 명운대학병원으로 왔다.

파리한 얼굴로 침대 위에 누워 있는 은수를 본 한 회장은 놀라 기절할 지경이었다. 며칠 전에 계단에서 굴러떨어졌다는 이야기를 듣고 철렁한 가슴을 쓸어내리며 한국으로 날아왔는데, 병실에 링거를 달고 죽은 듯 누워 있는 모습이라니.

H&C의 수장으로 철의 여인이라는 소리까지 듣는 그녀지만, 그녀 또한 어머니이고 할머니였기에 지금도 그때 그 모습을 생각하면 놀란 심장이 여전히 쿵쾅거렸다.

"그 녀석은 어떻게 됐지? 윤혜준 말이야."

"……안 그래도 여기 오기 전에 윤 사장 만나고 오는 길이에요. 그래도 혈육이라고 죽일 수도 없고, 정신병원에 넣든지 집안에 감금하든지 알아서 눈에 띄게 하지 말라고 했어요. 나 참,

강 회장님 보기도 부끄럽네요, 집안 꼴이……."

"그 녀석, 아주 맹랑하던데 말이야."

"은수는 외부에 거의 노출된 적이 없으니까 모를 거라고 생각했는지도 모르죠. 사실 오래전에 겨우 한 번 본 것뿐이잖아요. 용케 알아본 강 회장님이 더 놀랍네요."

"그 애 엄마나 그 애나, 둘 다 쉽게 잊힐 얼굴은 아니지."

"……그런가요."

한 회장은 가만히 차를 한 모금 머금었다. 움푹 들어간 초췌한 눈을 바라보던 강 회장이 말했다.

"얼굴이 너무 안 좋아, 자네. 이러다 은수랑 같이 몸져눕겠어."

"어젯밤에 은수 곁을 지키면서, 그런 생각이 들더군요. 부모를 잃고 작은집에 들어간다는 게 분명 껄끄러웠을 텐데, 왜 이 아이는 선뜻 먼저 작은집에 살겠다고 했을까. 왜 한 번도 나랑 같이 살겠다고 이야기하지 않은 걸까. 은수가 먼저 작은집에서 살겠다고 했지만 그게 진짜 그 아이가 원했던 건 아니었을 거라고 생각해요. 내가 그 아이에게 보인 행동들이 암묵적으로 그 아이 스스로 그런 선택을 하게끔 만들었겠죠……."

크게 들이쉰 숨을 내뱉는 입술이 파르르 떨렸다.

"지금 난 그게 너무나 후회돼요. 자식 잃은 슬픔이 앞서서…… 내 고통에 허우적거리다가 그 아이가 홀로 되게 만든 거예요, 내가."

주름진 눈가에 눈물이 가득 차올랐다.

"나는 당신과 같은 확신이 없었어요. 그저 그 애의 부모들이 원했듯이 은수를 언론으로부터 지켜야 한다고만 생각했어요. 최소한 성인이 될 때까지만이라도 작은집의 그늘에서 자라는 게 낫지 않을까 생각했던 거예요."

한 회장은 손수건으로 눈물을 훔치며 신음 같은 탄식을 내뱉었다.

은수는 병실에서 깨어나 할머니를 보자마자 왈칵 울음을 터뜨렸다. 부모의 죽음 앞에서도 의연하고 씩씩하게만 보이던 아이가 마침내 쌓이고 쌓인 서러운 울음을 터뜨렸을 때, 은수를 끌어안은 한 회장의 가슴에는 평생 지우지 못할 시퍼런 멍이 들었다.

"이거 참……."

강 회장이 난처한 얼굴로 희끗한 수염을 쓸었다.

"너무 그렇게 자책하지 말라고. 자네가 생각하는 것처럼 그렇게 약한 아이 같지는 않던걸."

"맞아요, 은수는…… 참 강한 아이예요."

강 회장은 가만히 한 회장을 굽어보다가 이내 무언가 생각난 듯 슈트 안주머니로 손을 넣었다.

"참, 이언이가 전해 주라더군."

"아……."

건네받은 네모난 종이봉투를 가만히 바라보던 한 회장이 중얼거렸다.

"하지만 가려고 할지는 모르겠네요. 워낙 이런 곳에 익숙지 않은 아이라."

"오늘 자네가 온다고 했더니 이언이가 전해 달라고 주더군. 그뿐이니 내키지 않으면 오지 않아도 상관없네. 뭐 대단한 모임이라고 억지로 오게 하겠나? 허허."

손을 내젓는 강 회장의 모습에 덩달아 미소 지으며 한 회장은 고개를 끄덕였다.

"이게 뭐예요, 할머니?"

침대 머리에 등을 기대고 앉은 은수가 은회색의 봉투를 앞뒤로 살펴보며 물었다.

"명운그룹 리조트에서 열리는 사교모임 초대장이란다. 이언 군이 너한테 전해 주라더구나."

동그랗게 뜬 담갈색 눈이 말끄러미 봉투를 내려다보았다.

강이언.

은수는 쏟아져 내리는 비를 맞으며 정신없이 내달렸던 그날을 떠올렸다.

대문을 뛰어나오자마자 하얗게 점멸하는 빛과 찢어질 듯한 마찰음이 파도처럼 덮쳐 와 다리가 풀려 주저앉아 버렸었다. 이내 뒤쫓아 나온 혜준을 발견하고 몸부림을 치다가 고개를 들었을 때 본 검은 눈으로 자신을 내려다보던 남자.

그 남자가 바로 강이언이었구나.

이름만 듣던 사람을, 그런 상황에서 그렇게 만나게 될 줄이야.

은수는 조심스러운 손길로 봉투를 열었다.

"굳이 참석하지 않아도 돼. 사교모임이라는 게, 그냥 형식적인 거란다. 이 초대장도…… 그동안은 너를 외부에 노출시킨 적이 없어서 그렇지만, 네가 내 손녀라는 걸 아는데 초대하지 않을 수 없어서 예의상 보낸 걸 거야. 그러니까 신경 쓰지 않아도 된단다."

한 회장이 가만히 말을 듣고만 있는 은수에게서 초대장을 가져가기 위해 손을 뻗었다. 하지만 은수는 고개를 저으며 초대장을 꼭 쥐었다.

"아니요, 할머니. 저 여기 갈래요."

"은수야, 무리하지 않아도 돼. 강 회장님도 내키지 않으면 올 필요 없다고 했단다."

"아니에요, 저 여기 가 보고 싶어요. 여기서 뭘 하길래 다들 그렇게 가려고 안달인지 궁금했거든요. 한 번이라도 가보고 싶어요."

은수는 초대장에 선명하게 새겨진 자신의 이름을 만지작거리다가, 제일 아래쪽에 새겨진 다른 이름을 바라봤다.

명운그룹 강이언.

비가 쏟아지던 검은 하늘 아래 위압적인 눈으로 내려다보던 남자가 떠올랐다.

이 사람을 다시 한 번 만나고 싶다.

⚜

갑작스럽게 들이닥친 진우 때문에 여진은 이러지도 저러지도 못한 채 발만 동동 구르고 있었다. 꼭 쥔 손을 만지작거리며 문 앞을 왔다 갔다 하는 여진의 얼굴이 초조함과 심란함으로 얼룩져 있었다.

문 안에서는 쉼 없이 둔탁한 소리가 났다. 날카롭게 깨지는 소리라도 들리면 여진의 어깨가 긴장으로 움찔거렸다.

"엄마, 이게 무슨 소리야? 거기서 뭐 해?"

학교에 갔다가 돌아온 혜인이 신발을 벗고 들어오면서 의아한 얼굴로 물었다.

"얘, 이러다가 느이 아빠가 혜준이 잡겠다! 아휴, 어째 정말……."

간간이 씩씩거리는 숨소리와 함께 무언가를 내려치는 둔탁한 소리가 문밖으로 새어 나왔다.

굳게 닫힌 문을 말끄러미 바라보던 혜인은 이내 표정 없는 얼굴로 걸음을 돌렸다.

"이 정신 나간 새끼야!"

퍽!

날렵한 골프채가 쌕 하는 위협적인 바람 소리와 함께 혜준의 어깨에 내리꽂혔다. 이미 얼굴 곳곳에 피딱지가 앉고 입술이 터져 피로 얼룩진 혜준이 쿵 소리를 내며 다시 바닥으로 나뒹굴었다.

그래도 분이 풀리지 않는지, 진우는 쓰러진 혜준의 복부에 몇 번을 더 발길질했다. 혜준이 몸을 웅송그리며 쿨럭거리자 피가 섞인 타액이 바닥에 얼룩을 만들었다.

씩씩거리는 진우의 거친 숨소리만 적요한 서재 안을 채웠다.

"네놈에 미친 게 분명해. 미치지 않고서야……!"

진우는 성마른 손길로 땀에 젖은 머리를 쓸어 올렸다.

회장실에서 마주했던 한 회장의 싸늘한 얼굴이 지금도 눈앞에 선명했다.

사람들은 재준이 죽고 나서 H&C와 호텔의 경영권이 모두 진우에게 넘어온 줄로 알고 있지만, 한 회장은 진우를 비어 있는 사장의 자리에 앉혔을 뿐, 여전히 실질적인 것은 모두 한 회장이 쥐고 있었다. 특히 호텔 사업과 관련해서는 진우가 어떤 식으로든 개입하는 것을 허락하지 않았다.

두바이 출장을 굳이 한 회장이 직접 간 것만 보아도, 다른 사업체는 몰라도 호텔은 진우에게 넘겨줄 생각이 없는 것이었다.

골프채를 쥔 주먹에 부드득 힘이 들어갔다.

형한테는 다 넘겼으면서. 형한테는 다 일임하고서 마치 은퇴라도 할 것처럼 굴었으면서!

진작부터 진우가 탐내던 쪽은 호텔 경영이었다. H&C는 전자든 건설이든, 이미 명운그룹이 꽉 잡고 있는 판을 절대 뒤집지 못할 거라는 것이 진우의 생각이었다. 그래서 어머니 한수나 회장이 H&C는 형에게 주더라도, 호텔만은 자신에게 주기를 바랐다.

하지만 한 회장은 보란 듯이 재준에게 모든 경영권을 넘겼다. 진우에게는 그저 마지못해 주는 것처럼 보이는 부사장 자리를 주었을 뿐이다.

진우를 사장 자리에 앉히고서도 절대 호텔 경영만큼은 한수나 회장 본인이 진두지휘했던 것은 호텔을 재준의 딸에게 주려 했기 때문이었을 것이다. 어떻게든 은수에게 호텔을 넘겨주려고.

진우는 그것을 알고 있었다. 그렇기에 더더욱 은수를 데리고 있어야 했다. 어차피 직접 경영하지 않더라도 유산이나 주식만으로 평생을 먹고살 수 있는 아이였다.

은수가 성인이 돼서 한수나 회장이 기어코 은수에게 호텔을 남기더라도, 은수가 직접 진우에게 경영권을 넘겨준다면 그보다 더 깔끔하고 쉬운 일이 없었다.

새장의 새처럼, 그저 고이고이 곱게 그 아이를 데리고 있기만 하면 될 일이었다. 하지만 황금가지를 물고 있던 새는 날아가 버렸다. 그것도 자신의 아들이 직접 새를 위협해 날려 버렸다.

가슴속에서 금방이라도 터질 듯 진노가 부글부글 끓어올랐다.

"그 애가 뭐라고 그런 짓을 해! 그 애가 뭐라도 상속받을 수 있을 것 같아? 상속받더라도 그 뭣 모르는 어린 여자애가 경영을 할 수 있을 것 같아? 어차피 가만 냅두기만 하면 다 우리 손에 떨어질 것들이었어! 그걸 네놈이 날려 버려?"

혜준은 웅크린 몸으로 꿈쩍도 하지 않았다. 이내 간헐적인 웃음과 함께 혜준의 몸이 꿈틀거렸다.

그러다 피로 얼룩진 얼굴을 어둠 속에서 천천히 들었다. 가늘게 늘어진 눈매 사이로 혈관이 터진 눈자위가 벌겋게 빛났다.

"아버지……. 왜 그 애는 죽을 것같이 떨면서도…… 나한테 살려 달라고 빌지 않았을까요. 왜 목을 비틀어도…… 여전히 나를 내려다보는 거죠? 이제 부모도 없고 아무것도 없으면서…… 근데도 왜 나한테 빌지 않는 거야? 난 그 애가 내 발밑에 굴복하는 걸 보고 싶었을 뿐인데……."

엉망진창이 된 몸이 일어나지 못하고 휘청대다 다시 바닥에 털썩 등을 대고 누웠다. 혜준은 누운 상태로 진우를 향해 고개를 돌렸다.

"아버진 어때요? 그렇게 염원하던 자리에 앉고 보니…… 큰아버지를 이긴 기분이 들던가요?"

벌겋게 충혈된 진우의 눈이 분노로 탁하게 흐려졌다.

혜준은 가늘게 뜬 눈으로 씨익 미소 지었다.

"……아니, 안 그럴 거예요. 큰아버지는 죽어서도 아버지 머리 위에서……."

진우의 손에 쥐인 골프채가 다시 천장으로 솟구친 순간, 벌컥 문이 열리며 여진이 뛰어 들어왔다.

여진이 허겁지겁 진우의 팔부터 부둥켜안았다.

"그만해요! 이러다 혜준이 죽겠어요!"

"이거 놔! 오늘 내가 그냥 이 자식 죽여 버리려니까!"

모든 것을 다 놓아 버린 사람처럼 혜준은 아득한 어둠 속을 바라보며 웃었다.

그동안 그의 내면에서 아슬아슬하게 고삐를 잡고 있던 악마가 그를 완전히 삼켜 버린 것처럼 은수의 목을 조르면서 스스로를 통제할 수 없었다.

큭큭, 웃음소리와 함께 피 섞인 타액이 흘러나왔다.

그의 손 아래 하얗게 질린 은수의 얼굴이 보였다. 말간 눈망울에 눈물이 그렁그렁 차올라 흘러내리는데도, 끝까지 그를 경멸하는 눈으로 쳐다보던 그 얼굴.

그 연약하면서도 고고한 얼굴 위로 자신을 내려 보는 이언의 얼굴이 겹쳐졌다. 순간적으로 혜준의 주먹에 힘이 들어갔다.

그렇게 날 내려다보지 마.

어둠을 가르고 혜인의 얼굴이 불쑥 나타났다.

"죽었니?"

순식간에 튀어 올라간 혜준의 손이 우악스러운 힘으로 혜인을 끌어 내렸다. 혜인이 악, 소리를 지르며 바닥으로 엎어졌다.

"진짜 미쳤나 봐, 윤혜준!"

"……그렇게 내려다보지 말라고."

신음처럼 흘러나온 혜준의 목소리에 음산한 정적이 뒤따랐다.

⚜

"와."

은수는 까만 밤하늘 아래 솟아오른 리조트를 바라보며 감탄했다.

깊은 산속에 자리 잡은 명운그룹 리조트는 화려한 중세 유럽의 성을 보는 것 같았다. 어쩌면 진짜로 유럽에 세워져 있던 성을 그대로 한국에 옮겨 왔을지도 모르겠다는 생각이 들 만큼, 명운그룹 리조트는 이국적이면서 눈을 떼지 못할 만큼 아름다웠다.

한 회장은 눈을 휘둥그레 뜬 은수를 바라보며 빙긋이 미소 지었다.

"자아, 우리도 그만 들어갈까?"

거대한 문 앞을 지키고 서 있던 경호원들이 한 회장에게 고개를 숙이고 양쪽으로 문을 열었다. 마치 새로운 세계에 처음 발을 들이는 것처럼 은수는 화려한 빛을 뿌리는 샹들리에 아래 모여 있는 사람들을 둥그렇게 뜬 눈으로 바라봤다.

한 회장과 은수의 등장에 사람들은 일제히 놀란 시선을 던졌다.

"어머, 회장님. 어쩐 일이세요, 여긴 통 안 오시더니."

"그러게요, 한 회장님을 여기서 뵐 줄이야."

입구에 서 있던 웨이트리스가 한 회장의 숄을 받아 드는 사이 화려한 차림의 중년 부인들과 뉴스에서 한 번씩 보았을 법한 남자들이 한 회장의 곁으로 몰려들었다.

"어머님!"

여진도 사람들 무리에 있다가 한 회장을 발견하고는 치맛자락을 붙잡고 허둥지둥 달려왔다.

여진은 한 회장의 곁에 선 은수를 보고 순간 흠칫 놀랐지만, 이내 경직된 얼굴로 웃어 보였다.

"은수도 왔구나?"

은수?

곁에 서 있던 사람들이 호기심 가득한 눈으로 여진을 돌아봤다.

한 회장은 사람들의 시선이 은수에게 몰리는 것을 느끼며 은수의 얼굴을 살폈다.

은수는 생각보다 담담한 표정으로 사람들의 시선을 받고 있었다. 당황스러울 법도 한데 호기심 어린 담갈색 눈을 동그랗게 뜨고 이곳저곳을 두리번거렸다.

"한 회장님, 강 회장님께서 잠시 2층에서 보자고 하십니다."

그때, 사람들의 무리 사이로 총괄 매니저가 다가와 한 회장에게 말했다. 여진이 냉큼 은수의 옆으로 끼어들었다.

"은수는 저쪽 테이블에 가 볼래? 저기에 혜인이도 있고, 네 또래 친구들도 많이 있단다. 어머님, 다녀오세요. 제가 혜인이한테 은수 잘 챙기라고 할게요."

한 회장이 마음이 놓이지 않는 얼굴로 은수를 바라보자, 은수는 빙긋 미소 지으며 고개를 끄덕였다.

"다녀오세요, 할머니. 저는 저쪽에 가 있을게요. 에스코트해 줄 사람도 있구요."

은수의 말에 한 회장이 의아한 얼굴로 고개를 기울였다가 이내 은수의 머리를 끌어당겨 귓가에 입술을 붙였다.

"아무리 봐도 우리 은수가 여기서 제일 예쁘구나."

코를 찡긋하는 미소에 은수도 말간 얼굴로 웃었다. 한 회장이 매니저의 안내를 받으며 사람들 사이로 사라지자, 여진은 부산하게 모여든 사람들의 무리를 흩트렸다.

은수는 할머니의 뒷모습을 바라보다가 이내 천천히 혜인이 있는 쪽으로 걸음을 돌렸다.

"저 아이가 그……."

"아까 할머니라고 부르는 거 들었잖아요."

"그럼, 저 애가 죽은 윤재준 사장 딸이라는 거예요?"

"안 들어도 알겠네요. 엄마를 쏙 빼닮았는데요, 뭘."

"근데 윤 사장님은 한 번도 데리고 온 적이 없잖아요. 한 회장님은 왜 갑자기 저 애를……?"

"그러게요, 이미 회사며 호텔이며 윤진우 사장한테 다 넘어간 것 같던데."

"경영권과는 상관없이 주식을 떼 주겠죠. 회사만 잘 돌아가면 평생을 먹고살 텐데."

은밀하게 흘끗거리는 눈길들이 걸음걸음마다 따라붙었다. 수군거리는 목소리는 입을 가리는 모습이 무색하도록 선명하게 귓가로 파고들었다.

아, 이래서 할머니가 그렇게 여기 오는 걸 만류하셨구나.

"어찌 됐든 어린애가 참 불쌍하게 됐어요."

예상치 못한 순간에 결정타를 맞은 것처럼 은수가 급하게 숨을 들이켰다. 웅성이는 사람들의 말들에 초연할 수 있다고 생각했지만, 그 말 하나로 사람들이 자신을 어떤 눈으로 바라보고 있는지 확인한 기분이었다.

은수는 다시금 숨을 길게 내쉬었다. 이런 시선과 말들을 예상하지 못하고 온 것도 아니고, 이런 시선들 앞에 당당하지 못할 이유도 없다.

그래서 은수는 더욱 꼿꼿이 어깨를 펴고 고개를 들었다.

그리고 그 순간, 거짓말처럼 계단 위에서 자신을 내려 보는 눈동자와 눈이 마주쳤다.

이언은 2층에서 계단을 내려오다가 때마침 리조트 안으로 들어서는 한수나 회장과 은수를 발견했다. 리조트에서 모임이 생긴 후로 단 한 번도 초대에 응하지 않았던 한수나 회장의 등장에 사람들은 너 나 할 것 없이 입구로 몰려들었다.

통통, 경쾌한 걸음으로 계단을 내려와 이언의 어깨에 턱을 기대고 선 이경도 눈을 동그랗게 떴다.

"오, 저기 H&C 한수나 회장님 아니셔? 웬일로 리조트에 다 오셨지?"

이언의 시선은 이미 한 회장을 떠나 은수에게 가 있었다. 하얀 원피스 드레스를 입은 은수는 한쪽 팔에 깁스를 한 채 어리둥절한 눈으로 홀을 두리번거리고 있었다.

“저 여자애는 누구지? 회장님이랑 같이 온 여자애. 아, 설마 쟤가 걔야?”

“윤은수.”

“그치, 맞지? 저번에 오빠가…….”

이경이 주변을 의식한 듯 손으로 입을 가렸다. 이경이 뭐라고 종알거리든, 이언은 말없이 은수를 지켜보고 있었다.

리조트 총괄 매니저가 한 회장을 안내하며 반대편 계단으로 올라가고 은수는 홀로 사람들 사이를 걸어 이언이 있는 계단 쪽으로 다가왔다. 높은 곳에서 내려다보니 적잖은 사람들이 곁눈으로 은수를 흘끗대는 것이 보였다.

정작 윤재준 사장은 살아생전에 한 번도 외동딸을 언론에 공개한 적이 없는데 한수나 회장이 직접 손녀딸을 데리고 왔으니, 은밀하게 남 이야기 하기를 좋아하는 사람들의 관심이 모두 은수에게 쏠렸다.

분명 사람들의 시선과 목소리를 들었을 텐데도, 은수는 허리를 꼿꼿이 펴고 담담한 표정으로 걸었다.

은수를 바라보는 이언의 검은 눈이 가늘어졌다. 불과 며칠 전에 차에 뛰어들고 정신을 까무룩 놓을 만큼 큰일을 당했던 사람이라고는 믿기지 않을 만큼, 하얗고 말간 얼굴이 여왕처럼 당당했다. 담갈색 눈이 그와 눈을 마주치고서도 피하지 않고 곧게 바라봤다.

이언을 발견한 은수가 잠시 멈칫하는 듯하더니, 이내 그를 향해 걸어왔다. 굳게 다물려 있던 이언의 입술에 비틀린 미소가 걸렸다.

"재밌네."

"어, 이쪽으로 오는데?"

곧장 이언 쪽으로 걸어오는 은수의 모습에 오히려 이경이 더 당황한 듯 이언의 어깨에 올렸던 턱을 떼고 떨어졌다. 주변 사람들의 시선이 은수를 따라 자연히 이언이 있는 쪽으로 옮겨 왔다.

이언은 주머니에 손을 넣은 채 계단 위에 서서 은수가 얼마만큼 다가오는지 눈을 떼지 않고 바라봤다.

은수가 계단이 시작하는 곳까지 걸어와 멈춰 섰다. 이언은 계단 위에 있었기 때문에 그가 은수를 내려 보는 시선이 한참 높았다.

바로 눈앞에서 그런 모습을 보였으니, 이언은 은수가 그의 초대에 응해 리조트에 오더라도 눈도 제대로 마주치지 못하고 도망칠 것이라고 생각했다. 도망까진 아니더라도 이렇게 사람들의 시선 가운데 서서 당돌하게 그를 마주할 줄은 몰랐는데.

은수는 예상했던 것보다 훨씬 더 배짱 있게 그의 초대에 응했다.

이언은 문득 그답지 않게 장난을 치고 싶어졌다. 그가 냉담한 검은 눈으로 은수를 내려다보며 말했다.

"뭘 봐?"

얼음장 같은 목소리에 뒤에 서 있는 이경이 더 놀란 듯 숨을 들이켰다. 주변에 서서 그 모습을 지켜보던 은수 또래의 아이

들이 킥킥대며 숨죽여 웃었다.

어른들도 어리둥절한 눈으로 계단 위에 왕같이 선 이언과 그 아래 토끼처럼 하얀 은수를 번갈아 보고는 상황을 파악한 듯 "어머, 어쩌나……." 하는 안타까운 소리를 냈다.

네가 그냥 연약하고 겁 많은 토끼면 도망가겠지.

이언은 차분히 은수의 반응을 기다렸다. 은수는 잘못 듣기라도 한 것처럼 동그랗게 뜬 눈으로 이언을 쳐다보다가 이내 미간을 좁혔다.

그러고는 은수가 작은 턱을 치켜들어 이언을 바라보며 말했다.

"뭘 보냐고요? 원래도 안하무인에 냉혈한 같은 분이라고 들었지만, 듣던 것보다 훨씬 더 무례하시네요?"

강이언이 명운그룹 강태형 회장님의 둘째 손자라는 것도 며칠 전에 알게 된 마당에, 안하무인에 냉혈한 같다는 말은 들어본 적 없지만…….

은수는 일단 지금 이 사람이 무척 무례하고, 그 때문에 자신은 기분이 나쁘니까 그렇게 생각하기로 했다.

"직접 초대하셨으면 에스코트도 직접 하셔야죠. 그게 초대한 손님에 대한 예의 아닌가요?"

이언의 뒤에 서 있는 이경은 소리 내어 웃고 싶은 것을 꾸욱 참았다.

와, 재 정말 보통이 아니잖아?

이경은 당장이라도 이언의 표정을 보고 싶었지만, 이 상황에 몸을 쭉 빼고 확인할 수도 없는 노릇이라 계단의 난간만 손으로 꾹 쥐었다.

하지만 진짜로 크게 웃고 싶은 건 이언이었다. 툭 치면 스러질 것같이 하얗고 작게 생겨서는, 말간 담갈색 눈만큼은 형형하게 빛내며 그에게 에스코트를 요구하고 있었다.

이언은 결국 새어 나오는 웃음을 참지 못하고 피식 웃었다. 예상치 못한 그의 미소에 은수는 물론이고, 이들을 흥미롭게 바라보던 사람들도 어리둥절한 눈으로 그를 바라봤다.

이언이 고개를 돌려 이경에게 물었다.

"강이경, 혼자 갈 수 있지."

"어? 어, 그럼, 당연하지."

이경이 크게 고개를 끄덕였다.

오늘 리조트 모임은 여느 때와 같은 사교모임이기도 하지만, 이경의 18번째 생일파티이기도 했다. 강 회장을 대신해 에스코트를 해 달라며 이언을 붙들었는데, 이런 재미난 광경을 앞에 두고 놓아주지 못할 이유가 없었다.

이언이 계단을 내려와 은수의 앞에 섰다. 그가 깁스를 한 은수의 오른팔을 바라보더니 은수의 왼편으로 서 팔을 내밀었다.

뭘 보냐고 냉담하게 쏘아붙일 땐 언제고, 갑작스러운 그의 변화에 은수가 어리둥절한 얼굴로 그를 올려봤다.

"에스코트해 달라며."

안하무인에 냉혈한이라는 말은 하지 말 걸 그랬나…….

은수가 입술을 꼭 깨물며 이언의 팔을 잡았다. 그래도 위험하고 절박했던 순간에 도움을 준 사람인데, 톡 쏘아붙인 게 문득 무안해져 은수는 입술을 뾰족하게 모았다.

챙. 챙. 챙.

바로 그때, 유리잔을 가볍게 두드리는 청아한 소리가 홀 안을 울렸다. 모든 사람들의 시선이 소리의 근원지로 향하고, 이언의 걸음에 이끌려 따라가던 은수도 얼굴을 들어 단상을 바라보았다.

좀 전까지 이언의 곁에 서 있던 이경이 빨간 미니 드레스를 팔랑거리며 사뿐사뿐한 걸음으로 단상 위에 올라섰다.

이경은 홀 안을 돌아보며 마이크 앞에서 목소리를 가다듬었다.

"아, 아. 흠, 흠. 먼저 친히 제 열여덟 번째 생일파티에 와주신 모든 분들께 감사드립니다! 신성한 사교모임을 고작 제 생일파티의 장으로 쓴 건 죄송하구요, 헤헤."

이경을 바라보던 사람들이 귀엽다는 듯 쿡쿡, 웃음을 터뜨렸다.

"솔직히 테마가 좀 유치하다고 생각하시는 분들도 계시죠? 그래도 어쩔 수 없어요. 오늘은 제 생일이고, 여러분은 제 생일파티에 오셨고, 중세 파티처럼 화려한 생일파티를 여는 건 제 로망이었으니까요! 그래도 제가 운 좋게 강 회장님의 손녀로 이 세상에 태어난 날인데, 이 정도 로망을 한 번쯤 실현해 봐도 되지 않겠어요?"

이경의 목소리는 피아노의 솔 음처럼 경쾌했다.

듣기만 해도 즐겁고 유쾌한 목소리와 시시각각 변하는 다양한 표정에, 이언의 곁에 선 은수의 경직된 얼굴에도 살포시 미소가 번졌다.

"드레스 코드도 드렸는데, 흠, 마리 앙투아네트 드레스를 입고 오신 분은 없네요. 입고 오시면 드리려고 깜짝 선물도 준비했는데. 그래도 순서만큼은 중세 파티처럼 할 거예요! 지금 연주하는 곡을 들으니까 어떠세요? 우아하게 왈츠라도 춰야 할 것 같지 않나요?"

잔잔하지만 사뿐사뿐, 나뭇잎 위를 걷는 요정의 걸음처럼 흘러나오는 음악에 사람들이 웃음을 터뜨렸다.

이경은 씨익 미소를 지으며 손을 내저었다.

"알아요, 이건 왈츠 곡은 아니지만…… 제 생일이니까! 제가 좋아하는 곡에 맞춰 춤을 춰야죠. 안 그래요, 할아버지?"

어느새 홀에 모습을 드러낸 강 회장이 사랑스러운 손녀를 향해 빙그레 미소를 지으며 단상 앞으로 다가왔다. 건장한 체구의 강 회장이 손녀를 향해 허리를 굽혀 인사하고 손을 내밀자, 이경은 그 손을 잡고 요정 같은 걸음으로 단상을 내려와 무릎을 굽혀 인사했다.

음악에 맞춰 빙글빙글 돌며 춤을 추는 할아버지와 손녀의 모습이 영화의 한 장면처럼 사랑스러웠다.

재미있는 듯 귀여운 듯, 그 모습을 지켜보던 사람들은 연주가 끝나자 홀 안을 가득 메우도록 박수를 쳤다. 그러나 끝나는 듯하던 음악은 다시 이어졌다. 사람들은 배우자의 손을 맞잡기도 하고 민망한 듯 손을 내젓기도 했다.

그 모습을 가만히 바라보던 은수는 멀뚱히 서 있기가 어쩐지 민망해져 슬쩍 이언의 팔을 놓으려는 참이었다.

"춤출 줄 알아?"

이언이 은수를 내려 보며 물었다. 은수는 이언의 팔에서 자신의 팔을 빼내며 고개를 저었다.

"아니요, 저런 춤 춰 본 적 없어요."

스르르 빠져나가는 은수의 손을 이언이 다시 잡았다. 은수가 깜짝 놀라 쳐다보자 그는 씩 미소 지었다.

비가 쏟아져 내리는 검은 하늘 아래서 보았던 그는 지옥에서 올라온 저승사자처럼 보이기까지 했는데, 눈이 부신 샹들리에의 빛 아래서 마주한 그는 여전히 위압적이긴 해도 무언가 다른 느낌이었다.

은수는 난처한 얼굴로 주변을 돌아봤다. 이경이 '왈츠' 라고 했지만, 홀 안의 누구도 딱히 왈츠처럼 보이는 춤을 추고 있지는 않았다. 그렇다 해도, 안 그래도 불편한 시선을 잔뜩 받고 있는데, 굳이 더 시선을 끌고 싶지도 않았다.

은수가 다시 이언을 바라보며 고개를 저었다.

"다른 사람이랑 추세요. 저는 팔도 이렇고……."

"네 말대로 내가 직접 초대한 손님인데, 첫 곡을 권하는 건 예의지."

'직접' 과 '예의' 를 유난히 강조하는 것처럼 들리는 말에 은수가 미간을 찡그렸다.

설마 아까 쏘아붙였다고 이러는 거야? 생각보다 꼬인 사람인가? 이 사람이 진짜 혜인 언니가 말하던 그 대단하신 명운그룹 강이언 맞아?

은수의 손을 잡고 비틀린 웃음을 짓는 그는 흥미로운 것을 눈앞에 둔 사람처럼 즐거운 기색이었다. 그 미소가 미미해서 다른 사람들의 눈에는 별다를 것 없이 냉담해 보였을지 몰라도, 바로 턱 아래서 그를 올려다보는 은수는 분명하게 볼 수 있었다.

이언이 부드럽게 은수의 손을 잡아당겨 거리를 좁혔다. 은수가 주춤거리는 걸음으로 다가서자 이언이 다른 손으로 은수의 허리를 잡았다.

은수는 귀 근처에서 열이 오르는 느낌에 까만 셔츠가 덮인 그의 가슴께만 바라봤다. 심장이 요란하게 쿵쾅대는 것이 느껴졌다.

이언의 손이 닿은 곳들이 간질간질하고 몸이 움찔거려 은수는 애꿎은 입술만 꼭 깨물었다.

강 회장의 손을 꼭 붙잡고, 왈츠라기보다는 빙글빙글 도는 춤사위에 가까운 스텝을 밟던 이경은 사람들의 시선이 모여든 곳을 힐끗 건너보았다가 입을 쩍 벌렸다.

"세상에, 할아버지 저게 대체 무슨 광경이래요? 내 생일이라고 서프라이즈해 주는 건가?"

은수에게는 이경의 목소리도, 사람들이 웅성대는 소리도 더 이상 들리지 않았다. 오로지 음악 소리와 달음박질하는 심장소리만이 귓가에 울려 퍼졌다.

은수가 그의 가슴께에서 천천히 고개를 들었다. 이언은 심연과 같이 검고 오만한 눈으로 은수를 내려 보고 있었다.

은수는 그제서야 처음으로 강이언을 제대로 만나는 것 같다고 느꼈다. 호들갑스러운 소문으로만 듣던 명운그룹 강이언도 아니고, 특수한 상황에서 우연에 떠밀리듯 만났던 강이언도 아닌, 그저 이 순간에 윤은수가 만난 강이언.

은수는 순간 온몸을 타고 흐르는 기묘하고 낯선 감정에 몸을 떨었다. 떨림이 전해지자 이언의 손에 힘이 들어갔다.

은수가 다시 고개를 떨어뜨리며 얼굴을 붉혔다.

나 왜 이러지.

은수는 입술을 꼭 깨물고 고개를 돌려 다정한 눈길로 자신을 바라보고 있는 할머니를 찾았다.

할머니, 나 어떡해요.

⚜

"무슨 생각을 그렇게 하지?"

은수가 눈을 깜빡였다. 그에 따라 허공에 멈춘 손끝에 걸려 있던 책이 스르륵 몸을 뉘었다.

은수는 멍한 눈으로 눈앞에 앉아 있는 이언을 바라봤다. 마치 몇 년의 시간을 뛰어넘어 온 것처럼, 처음 봤던 23살의 이언보다 좀 더 다부진 체격과 강인한 선을 가진 30살의 이언이 바로 눈앞에 앉아 있었다.

"어떻게……."

"어떻게?"

이언이 눈썹을 찡그리며 되물었다. 하지만 갑자기 나타난 그를 보자 멍한 정신이 쉽사리 돌아오지 않아 말이 제대로 나오지 않았다.

옛날 어느 심리학자가 이야기했던 것처럼, 어쩌면 무의식에는 그 사람을 이루는 모든 조각들이 오래된 서재에 먼지 이불을 덮고 쌓여 있는 책들처럼 차곡차곡 쌓여 있는지도 모른다.

그 해묵은 조각들은 무의식을 건드리는 아주 사소한 일상의 자극에 의해 바로 어제의 일처럼 눈앞에 펼쳐지고 만다.

우연히 들른 카페에 흐르는 음악이 내면에 깊게 잠들어 있던 조각 하나를 건드려, 순식간에 웅장한 저택과 샹들리에 빛을 은수의 눈앞에 뿌려 놓은 것처럼. 마치 거짓말처럼, 또는 기적처럼, 그리워했던 사람을 데려다 놓은 것처럼.

은수는 짧게 고개를 내저었다. 기억 속에서 달음박질하던 심장박동이 여전히 쿵쾅대는 것이 느껴졌다. 하지만 입술 사이로 흘러나온 목소리는 냉담하기만 했다.

"……한가한가 봐요, 이사님께서 카페 나들이나 오시고."

"약혼녀가 무슨 책을 읽나 구경하러 올 시간은 있지."

명백히 비꼬는 말에도 이언은 아랑곳하지 않고 은수의 앞에 펼쳐진 책을 고갯짓했다. 은수가 빙긋 미소 지으며 받아쳤다.

"내가 여행책 보면서 신혼여행지라도 고르고 있을까 봐요?"

"착실하게 결혼을 준비한다니, 나쁘지 않군."

이언이 입술을 비틀며 은수가 마시던 커피로 손을 뻗었다.

은수는 무어라고 더 받아치려다 이내 체념하는 얼굴로 시선을 책으로 떨어뜨렸다. 얼굴 위로 와 닿는 그의 시선이 느껴졌지만 꿋꿋이 읽히지 않는 책장을 넘겼다.

"베를리오즈군."

정적 가운데 기습적으로 날아온 그의 목소리에 은수가 흠칫하며 고개를 들었다. 그는 더 이상 은수를 바라보지 않고 가만히 흘러나오는 음악에 귀를 기울이고 있었다.

커피나 마시다가 가겠지, 싶어 아무 말도 하지 않을 생각이었는데 은수는 그의 모습을 말끄러미 보다가 입술을 달싹였다.

괜한 옛날이야기를 꺼내는 게 아닐까.

"……이 곡에 맞춰 춤을 췄잖아요, 그때."

"그랬지."

"생각해 보니까 보는 사람들은 얼마나 우스웠을까 싶어요. 한쪽 팔은 부러져서 깁스를 하고, 사실 그걸 춤이라고나 할 수 있었을까 싶지만. 그냥 이사님 손에 이끌려서 빙글빙글 돌다가 끝났던 것 같은데."

이언은 커피잔을 내리며 피식 웃었다. 그의 미소에 은수도 어쩐지 웃음이 나올 것 같았다.

"내가 이사님 발도 엄청 밟았죠. 거의 반은 발에 올라타서 췄을지도 몰라요."

"나중에 보니까 신발이 움푹 들어갔더군."

그걸 또 굳이 콕 집어 얘기할 건 뭐야?

은수가 부릅뜬 눈으로 이언을 노려보았지만 그는 무심한 눈으로 건너볼 뿐이었다. 그사이에 음악은 다음 트랙으로 넘어갔다.

은수는 말없이 얼음이 녹아 유리잔 표면에 송글송글 맺힌 물방울을 손가락으로 쓸었다. 차가운 물기가 감상적인 기억에 젖어 있는 뇌를 깨우는 것 같았다.

그때, 이언이 카페를 휘 둘러보며 물었다.

"이런 곳을 좋아하나?"

은수도 이언의 시선을 좇아가며 말했다.

"좋아해요. 조용하고, 커피 향이 나는 것도 좋고, 음악도 좋고. 책 읽기 좋거든요. 이사님은 이런 카페 처음 와 보죠."

"나쁘지 않네. 네가 책 읽는 모습을 보는 것도 좋고."

별것도 아닌데, 이언의 입에서 나온 '좋다' 라는 말이 어째서인지 생전 처음 듣는 단어처럼 생소하게 느껴졌다. 아니, 사실은 이 순간의 모든 것들이 낯설고, 생소했다. 이 별거 아닌 일상적인 풍경 속에 자신과 이언이 앉아 있다는 것이.

"이상해요."

"뭐가?"

"이사님이랑 이렇게 카페에 앉아 있는 거요. 뭐랄까……. 너무 일상적인 장면이잖아요."

"나랑 일상적인 걸 하면 이상한 건가?"

이해가 되지 않는다는 듯 미간을 좁히는 이언을 바라보며 은수는 고개를 끄덕였다.

이상해요. 당신을 좋아할 때도 이런 건 상상해 보지 않았으니까.

"익숙해지도록 해. 나와 함께하는 일상을."

은수는 숨을 뱉듯 웃었다. 그는 여전히 오만한 자세로 테이블 너머 은수를 바라보고 있었다.

5.

"다녀오겠습니다."

열여덟 살의 은수는 마치 이슬을 머금은 분홍빛 꽃봉오리같이 볼에는 생기가 돌고 말간 담갈색 눈은 영롱하게 빛이 났다.

한수나 회장은 대기하고 있는 차를 향해 사뿐한 걸음으로 뛰어나가는 은수의 뒷모습을 바라보며 중얼거렸다.

"진작 딸을 하나 낳아서 키울 것을 그랬어, 인천댁. 난 시커먼 아들만 둘 키우느라 딸 키울 때 이런 재미가 있는 줄은 평생 몰랐단 말이지."

"아휴 참, 회장님은 은수 볼 때마다 그 말씀이시네요! 호호."

"정말 예뻐, 그치? 꽃 같은 아이야."

"은수 예쁜 거야 뭐 하루 이틀 일인가요? 아까워서 어디 나중에 시집은 보내시겠어요?"

마주 본 두 여인이 깔깔 웃음을 터뜨리는 사이, 은수를 태운 차는 유유히 대문을 빠져나갔다.

지난해 있었던 불미스러운 일 후로 은수는 단 한 번도 혜준을 보지 못했다. 은수는 굳이 혜준의 소식을 묻지 않았고 한 회장도 혜준의 이름을 꺼내지 않았지만 그해 겨울, 은수는 혜준이 입대했다는 것을 들을 수 있었다.

그렇게 은수는 악몽 같았던 여름으로부터 천천히, 천천히 벗어났다.

그리고 오늘은 명운그룹 리조트 모임이 있는 날이었다.

은수는 뒷좌석에서 발을 꼼지락거리며 중얼거렸다.

"너무 높나? 그래도 걸을 만한데. 넘어지지만 않으면 되지, 뭐."

환한 조명으로 수놓인 창밖을 바라보는 은수의 얼굴이 설렘으로 발그레했다.

높은 구두는 익숙지 않아서 리조트에 갈 때조차도 매번 굽이 낮은 신발을 신고는 했는데, 오늘은 드레스 룸에서 옷을 고르다가 문득 조금은 더 어른스럽게 보였으면 싶은 마음이 들었다.

거울 안에 비친 은수의 옆으로 무심하고 오만한 눈을 한 이언의 모습이 나타났다. 은수는 손을 뻗어 그의 키를 가늠해 보고는 굽이 10센티나 되는, 딱 봐도 아가씨가 신을 법한 매끈하고 날씬하게 빠진 구두를 꺼내 들었다.

이 정도면 그의 옆에 서도 땅꼬마처럼 보이진 않겠지.

그렇게 하얀 미니 드레스에 빨간 구두를 신은 은수는 리조트에 들어서자마자 사람들의 시선을 한 몸에 받았다. 어깨 한쪽으로 늘어뜨린 탐스러운 갈색 머리칼이 샹들리에 아래서 빛을 받아 물결쳤다.

은수는 사람들과 인사를 하며 또르르 눈을 굴려 이언을 찾았지만 그는 보이지 않았다.

오늘은 안 오나?

은수는 내심 실망스러운 마음에 입술을 뾰족하게 모으고 지나가는 웨이터로부터 주스 잔을 받았다. 혹시나 하는 마음에 사람들을 헤치며 홀 안 곳곳을 두리번거렸다.

구두를 또각거리며 지나갈 때마다 남자들의 시선이 미니 드레스 아래로 드러난 은수의 하얀 다리로 모아졌다. 그것도 모르고 은수는 서서히 욱신거리며 아파 오는 발에 미간을 찡그렸다.

구두가 닿는 부분이 따끔따끔한 게, 아무래도 익숙하지 않은 구두 때문에 물집이 터진 것 같았다.

"은수!"

그때, 이경이 반가운 얼굴로 뒤에서 은수의 어깨를 끌어안았다. 놀래키려고 한 건데, 돌아보는 은수의 얼굴은 놀랐다기보다는 금방이라도 울 것 같은 표정이었다.

은수가 난처한 얼굴로 구두를 가리키며 말했다.

"언니, 혹시 위층에 빈방 있어요? 발이 너무 아파서 잠깐이라도 좀 벗고 싶은데……."

리조트에서 열리는 모임은 모든 것이 1층 대형 홀에서 이루어졌지만, 위층에 있는 방들은 때에 따라 게스트 룸으로 사용되었다.

이경은 은수로부터 잔을 받아 들면서 고개를 끄덕였다.

“응. 그냥 비어 있는 방 아무 데나 들어가서 쉬어도 돼.”

“네, 언니. 고마워요.”

은수가 조심스러운 걸음으로 2층 계단을 올라갔다. 화려한 빛 아래 대낮처럼 환한 1층 홀과는 달리, 2층은 군데군데 켜져 있는 벽 등만 복도를 은은하게 밝혔다.

은수는 복도를 몇 걸음 걷다가 가까운 방문을 똑똑, 두드렸다. 문을 살짝 열어 아무도 없는 것을 확인하고는 조명을 켜고 들어갔다.

그리고 방 중앙에 놓여 있는 소파에 앉자마자 냉큼 구두를 벗어 던지고 탄식을 터트렸다.

“아, 살 것 같다.”

역시나, 하얀 발에는 새 구두의 가죽이 닿은 곳마다 커다란 물집이 잡혀 있고, 군데군데는 물집이 터져 붉은 살이 보였다. 높은 구두를 신고 내내 긴장을 했더니 발 근육이 뻐근하기까지 했다.

정작 보여 줄 사람은 없는데 괜히 신고 왔어.

은수가 불만스럽게 입술을 쭉 내밀었다. 경직된 종아리도 툭툭 두드리고, 혹사당한 발을 손으로 주무르고 있는데 고요한 복도를 뚜벅뚜벅 걸어오는 발소리가 들렸다.

대수롭지 않게 문을 쳐다보는 순간, 살짝 닫아 놓았던 문이 소리 없이 열렸다.

빛이 새어 나오는 걸 보고 확인하러 온 건가?

리조트에서 일하는 직원일 거라고 생각하고 무심결에 고개를 든 은수는 화들짝 놀라 손에 들고 있던 구두를 떨어뜨렸다. 복도의 어둠을 등지고 선 이언이 문가에 기대서서 은수를 바라보고 있었다.

"여기서 뭐 해?"

전혀 예상치 못한 그의 등장에 은수는 둥그렇게 뜬 눈만 끔뻑거리다가 이내 황급히 아픈 발을 구두에 끼워 넣었다.

아니, 찾을 땐 그렇게 안 보이더니 지금 나타날 건 또 뭐람!

은수가 들릴 듯 말 듯 한숨을 내쉬며 앉아 있던 자리에서 일어났다.

"그냥 좀 쉬고 있었어요."

아무렇지 않은 듯 허리를 펴고 고개를 치켜들었지만, 높은 굽 때문에 체중이 발가락 끝으로 몰리자 등 뒤로 식은땀이 흘렀다. 나중에 맨발로 걸어 내려가는 한이 있더라도 이언의 앞에서는 진짜 여자처럼, 아가씨처럼 당당하게 걷는 모습을 보여주고 싶었다.

그래서 또각또각, 도도하게 걸어가 이언이 선 문 앞에서 말했다.

"좀 비켜 주실래요?"

담갈색 눈에 고정되어 있던 이언의 눈길이 은수의 몸을 감싸고 있는 미니 드레스와 하얀 다리를 지나 위태롭게 버티고 서 있는 구두에 이르렀다. 대놓고 쳐다보는 그의 빤한 시선에 은수의 볼이 살짝 붉어졌다.

은수가 그를 피해 문을 나가려고 몸을 비틀며 걸음을 내딛은 순간이었다.

"지나가게 좀 비켜 달라니…… 꺅!"

갑작스럽게 몸을 숙인 이언이 은수의 다리를 안아 들고 그대로 일어섰다. 은수가 균형을 잃고 휘청이다 그의 어깨를 붙잡았다.

때마침 복도에서 계단을 올라오는 인기척이 들리자 이언은 등 뒤로 문을 닫고 방 안을 성큼성큼 가로질렀다. 당황한 은수가 바르작거리는 것도 아랑곳하지 않고, 그는 곧장 테라스 문을 열고 들어갔다.

"지금 뭐 하는 거예요!"

이언은 테라스 난간에 은수를 앉히고 한 손으로 허리를 잡았다. 다른 한 손은 은수의 두 발에서 차례차례 구두를 벗겨 냈다. 붉게 상처 난 발이 그의 손 아래 드러났다.

이내 고개를 들고 은수를 바라보는 이언의 눈이 싸늘했다.

리조트 내에 있는 강 회장의 집무실에 갔다가 내려오는 길에 이언은 사람들 사이를 종종거리며 돌아다니는 은수를 발견했다. 여성스러운 몸의 선이 그대로 드러나는 짧은 드레스와 그 아래로 훤하게 드러난 다리를 보고 그의 얼굴은 딱딱하게 굳었다.

게다가 누구를 유혹하려고 신은 건지, 새빨갛게 빛나는 구두가 은수의 하얀 다리를 더욱 돋보이게 했다. 은수가 지나갈 때마다 남자들이 자동적으로 은수의 뒷모습을 시선으로 훑어 내리는 것이 보였다.

그가 어금니를 꽉 물고 계단을 내려가려는 찰나에, 은수가 반대편 계단으로 올라오는 것이 보였다. 은수가 들어간 방으로 향하는 이언의 얼굴이 얼마나 무시무시했는지, 지금 새빨개진 얼굴로 씩씩거리고 있는 은수는 결코 알지 못할 것이었다.

이언은 여전히 한 손으로는 은수의 허리를 받치고, 다른 한 손으로 은수가 앉아 있는 난간을 잡았다.

은수가 그의 어깨를 잡고 있던 손을 떼며 말했다.

"지금 이게 뭐 하는 짓이에요? 빨리 이거 놔요."

"떨어질 텐데."

"안 떨어지니까 손…… 꺅!"

그 말이 떨어지기 무섭게 이언이 손을 떼자 은수의 몸이 기우뚱 뒤로 넘어갔다. 은수는 반사적으로 이언의 목을 당겨 안았다.

이언의 손은 불과 몇 센티 떨어지지 않은 허공에 떠 있다가 다시 은수의 허리에 안착했다.

목을 꽉 당겨 안은 은수의 팔에 이언은 피식 웃었다. 은수가 재빠르게 그로부터 몸을 떼어 내며 노려봤다.

"지금 웃어요? 이게 재밌어……요?"

새침하게 쏘아붙이던 은수는 순간 이언의 얼굴이 너무 가깝다는 걸 깨달았다. 당돌하던 목소리 끝이 떨렸다.

은수의 눈을 바라보던 이언의 시선이 달싹이는 붉은 입술로 떨어졌다.

그가 고개를 기울이고 가까이 다가온다고 느낀 순간, 은수는 반사적으로 눈을 꼭 감았다. 촉촉한 입술 위로 탁하게 잠긴 목소리와 함께 뜨거운 숨결이 와 닿았다.

"……다신 어울리지도 않는 구두 신지 마."

파르르 떨리던 속눈썹이 천천히 열렸다. 심연 같은 검은 눈 안으로 은수의 모습이 비쳤다.

은수는 숨을 내쉴 생각도 못 하고 바로 앞에 다가온 그의 눈을 바라봤다.

손가락 한 마디도 채 되지 않을 거리를 둔 두 사람의 얼굴 사이로 습한 여름 바람이 지나갔다. 그제야 이언은 천천히 몸을 뒤로 물렸다.

그에게 홀리기라도 한 듯 은수가 멍한 눈으로 바라보자 이언은 까딱 고갯짓했다.

"이것도."

난간에 앉는 바람에 하얀 허벅지가 훤히 드러나 있었다.

은수는 재빨리 짧은 치마를 손으로 끌어 내리며 고개를 홱 돌렸다.

"그건 내 마음이에요. 장난치지 말고 그만 비켜요."

"다시 또 이렇게 입고 오면 파티가 끝날 때까지 나랑 여기에 있어야 할 거야."

그가 씩 웃으며 은수의 한쪽 발을 잡았다. 욱신거리는 통증에 은수가 미간을 찡그렸다.

"시험해 봐도 좋아."

커다랗고 단단한 손이 은수의 발을 부드럽게 어루만졌다.

하나부터 열까지 제멋대로 구는 남자. 저렇게 냉담한 표정을 하고서는, 어루만지는 손길만은 뜨겁고 부드러운 남자.

고양이가 쥐를 보듯 여유를 부리는 그가 너무 얄밉고 약이 오르는데, 정말 우스운 건 그럼에도 속절없이 이 남자에게 빠져드는 자신이다.

은수는 말없이 그의 어깨를 잡고 붉어진 얼굴을 옆으로 돌릴 뿐이었다.

은수는 눈을 뜨고 악몽이라도 꾸는 것처럼 자신을 향해 다가오는 사람을 바라봤다.

말간 담갈색 눈동자는 바람이 지난 물결처럼 흔들렸다. 예상치 못한 순간에 급소를 맞은 것처럼 숨이 멎었다.

"이거 참 놀라운데. 몇 년 사이에 우리 공주님이 사교계의 꽃이 되셨네."

한참 동안 호흡을 멈추고 있던 은수가 이내 짧은 숨을 내쉬었다.

다시는 볼 수 없을 거라고, 보지 않을 거라고 생각했던 혜준이 마치 몇 년의 시간을 뛰어넘은 것처럼 변함없는 미소로 은수 앞에 서 있었다.

혜준의 등장은 그 누구도 예상하지 못한 것이었다. 은수는 물론이고, 진우와 여진조차도 명운그룹 리조트에 나타난 혜준을 당황스러운 얼굴로 쳐다보고 있었다. 오직 혜인만이 무표정한 얼굴로 손에 걸려 있는 와인 잔을 빙글빙글 돌렸다.

"할머니는 같이 안 오셨어?"

혜준이 주위를 두리번거렸다. H&C 윤가(家)에 있었던 일을 알 리 없는 사람들은 혜준의 등장을 호기심 어린 눈으로 바라봤다.

말을 걸어오는 사람들과 웃으며 인사를 나누기도 하고 지나가는 웨이터로부터 와인 잔을 받아 들기도 하며 주변을 돌아보던 혜준이 다시 은수에게로 시선을 돌렸다.

할머니는?

대답 없는 은수를 향하는 혜준의 눈이 가늘게 늘어졌다.

"다행이네. 할머니 계셨으면 나 여기서 쫓겨났을 텐데."

은수는 인형이라도 된 것처럼 딱딱하게 굳어 아무런 말도 할 수 없었다.

혜준의 말대로 한 회장은 이곳에 없었다. 처음 몇 개월만 은수와 함께 사교모임에 나왔을 뿐, 혜준이 입대한 이후에는 더 이상 모임에 나오지 않았다. 애초부터 한 회장은 관심도 없던 친목모임이었고, 은수도 곧잘 이경과 함께 다녔기 때문이다.

혜준이 팔을 들어 덥석 은수의 어깨를 두르고 사람들 사이를 헤치며 걷기 시작했다. 은수가 혜준을 떨쳐 내려 팔을 잡았다.

"……지금 여기서 뭐 하는 거예요?"

"여기 내 친구들 많거든? 소개시켜 줄게."

"이거 놔요."

"왜, 나중에 네가 시집갈지도 모를 대단하신 집안의 자제들이 다 여기 모여 있는데."

"소리 지를 거예요."

"질러. 근데 왜 지를 건데?"

혜준이 고개를 깊숙이 기울여 눈을 맞췄다. 비뚜름하게 비틀려 올라간 입술이 끔찍한 악몽을 기억 속에서 끄집어냈다.

"오랜만에 만난 사촌 오빠가 어깨에 팔 좀 둘렀다고 소리 지를 거야?"

진우와 여진이 사람들과 아무렇지 않은 듯 대화하면서도 내내 시선을 이쪽에 두고 있는 것이 보였다. 은수가 크게 숨을 들이쉬고 혜준을 노려보며 말했다.

"소리……."

"지르라니까. 뭐라고 지를 건데? 사촌 오빠가 목 졸랐다고? 계단에서 밀었다고? 우리 공주님, 뒤끝이 너무 긴 거……."

순간 은수가 강한 힘에 크게 휘청거리며 혜준의 품 안에서 떨어져 나왔다. 이언이 은수의 팔을 잡아 혜준에게서 끌어낸 것이었다.

순식간에 사람들의 시선이 세 사람에게로 몰렸다. 하지만 이언은 개의치 않고 냉혹한 눈으로 혜준을 바라봤다.

"그만하지."

"이게 누구야. 강이언 아니야? 이야, 역시. 여전히 멋있네, 명운그룹 강이언?"

혜준이 활짝 웃으며 과장된 손길로 먼지를 털어 주듯 이언의 어깨를 툭툭 두드렸다. 활짝 웃고 있었지만 그의 미소는 묘하게 일그러져 있었다.

혜준의 시선이 이언의 손에 잡힌 은수의 팔을, 그리고 싸늘하게 내려 보는 이언의 얼굴과 창백하게 질린 은수를 천천히 훑어 내렸다. 호기심과 기분 나쁜 희열이 깊숙한 곳에서부터 쿡쿡 찔렀다.

"근데 뭘 그만하라는 거야? 이번에야말로 집안일인데, 그만 신경 끄고 갈 길 가지. 구경꾼들이 좀 이상하게 보지 않겠어? 네가 이렇게 나설 일이 아니잖아."

"집안일이라. 그럼 이렇게 하지."

이언은 웨이터가 들고 있는 트레이에서 와인이 담긴 잔을 집어 망설임 없이 흩뿌렸다. 사람들이 놀라 숨을 들이켰다.

은수의 가슴 위에서 하얀 원피스가 핏빛으로 물들어 갔지만 이언은 단 한 번도 그녀를 쳐다보지 않았다. 시선은 흔들림 없이 혜준을 향한 채, 지독하게 냉담한 목소리로 말을 이었다.

"이런, 내가 실례했군. 동생분 새 옷은 우리 쪽에서 준비해 드리지."

"너 지금 이게 뭐 하는……."

"윤은수 데려가."

사람들 가운데 있던 이경이 재빠르게 튀어나왔다. 창백하게 질린 얼굴로 이언의 옆모습을 바라보고 있던 은수는 이내 이경의 손에 이끌려 2층으로 사라졌다.

이언과 혜준, 두 사람이 서 있는 곳이 무대라도 되는 것처럼 이제 사람들의 시선은 완벽하게 두 사람을 향해 모아졌다. 그럼에도 흔들림 없는 이언과 달리, 혜준은 고개를 돌렸다가 머리를 쓸어 올렸다가 하는 모습이 복잡하고 혼란한 감정 상태를 그대로 나타냈다.

어느새 호기심 어린 시선으로 웅성대는 사람들이 빙 둘러서 있었다.

혜준의 입가에 비틀린 미소가 걸렸다.

"강이언이 원래 이런 시선을 즐겼나? 내가 알던 강이언 맞아?"

"그게 중요한가? 다시는 네 또라이 같은 짓에 윤은수를 끼워 넣지 마. 네가 넘볼 여자가 아니야."

"여자? 하, 너 지금 여자라고 했어? 윤은수를?"

혜준은 충격적인 말이라도 들은 것처럼 헛웃음을 터뜨리며 이언을 바라봤다. 이언은 마치 지배적인 왕의 것과 같은 냉담하고도 위압적인 눈으로 고개를 틀었다.

"어떤 식으로든 네 더러운 스캔들에 윤은수 이름이 거론되는 일은 없어야 할 거야. 그리고 다시는 이 리조트에 발을 들이지 말 것. 지금 나한테 중요한 건 이 두 가지야."

이언의 말과 목소리는 계약이라도 하는 것처럼 감정 없이 냉담하고 깔끔했다.

혜준은 웃는 듯하기도, 찡그린 듯하기도 한 얼굴이었다. 다양한 감정이 혜준의 얼굴에 나타났다 사라졌다를 반복했다.

"그러니까 네가 이러는 이유가……."

윤은수 때문이라는 거야?

마침내 혜준이 다시 입을 열었을 때, 이언은 정말 이렇게 귀찮고 번거로운 일은 없다는 듯 내내 무표정하다 미간을 좁혔다.

"넌 그냥 네 부모님 체면 생각해서 조용히 네 발로 꺼지면 돼."

냉담한 목소리에 주변마저 싸늘하게 얼어붙었다.

마침내 혜준의 안에서 실낱같이 간당간당하게 유지되던 이성의 끈이 끊어지고, 손에 쥐고 있던 잔을 내던져 깨뜨리며 이언에게 달려들었다.

갈퀴처럼 뻗은 손이 이언에게 닿기 전에 혜준의 몸은 경호원들에게 제압당해 바닥으로 엎어졌다. 혜준은 얼굴이 바닥에 처박힌 채 고래고래 소리를 질렀다.

혜준의 모습에 사람들은 크게 웅성거렸다.

진우와 여진의 얼굴은 잿빛으로 변했다.

"다시는 윤은수 앞에 나타나지 마."

이언의 까만 구두 아래서 유리 파편이 바스락 부서졌다.

뒷좌석 문을 열자 안쪽에 혜준이 길게 눕듯이 앉아 있는 것이 보였다. 진우와 여진은 쫓겨난 혜준을 차에 태우고, 앞서 다른 차로 집에 돌아갔다.

혜인은 한심한 눈길로 혜준을 바라봤다.

"컨셉 바꾸기로 했나 봐? 미소천사에서 미친개로? 아무리 그래도 이미지 변신이 너무 극단적인 거 아냐?"

혜준은 허공을 뚫어져라 쳐다볼 뿐 말이 없었다. 혜인이 미간을 찡그리며 가늘게 뜬 눈으로 혜준을 쳐다봤다. 혜준은 끊임없이 무어라 중얼거리고 있었다.

"……강이언, 강이언, 강이언……. 강이언이 윤은수를……."

"뭐라고 중얼대는 거야?"

"강이언이 윤은수를 탐낸다, 이거지……."

2년 전 여름, 그때는 그저 은수가 이언이 탄 차에 뛰어들었기 때문이라고 생각했다. 진작 은수를 알아봤던 강 회장님도 함께 있었기 때문에 강이언이 그런 식으로 개입했다고 해서 이상할 것도 없었다.

"근데 그게 아니었어……."

혜준의 눈이 기이한 빛을 내며 가늘게 늘어졌다. 큭큭, 간헐적인 웃음소리가 고요한 차 안을 채웠다.

혜준이 어깨를 들썩이며 웃다가 기습적으로 혜인의 목덜미를 잡아 당겼다.

"왜 이래!"

"2년 동안 썩다 보니까 다 부질없다 싶더라. 내가 무슨 짓을 해도 윤은수는 윤은수고, 강이언은 강이언이잖아. 그치. 애초에 내가 강이언을 상대로 뭘 한다는 게 말도 안 되는 거였잖아. 그 명운그룹의 강이언인데. 근데 갑자기 이러면 어떡해, 응? 어떡

하냐, 혜인아?"

"야, 너 내려. 나 무서워서 너랑 같이 못 타고 가겠어."

"크크큭. 큭큭."

혜준이 혜인을 잡고 있던 손을 탁 놓으며 다시 털썩 의자에 몸을 기대앉았다. 어깨가 들썩이기 시작하더니, 손으로 얼굴을 덮고 미친 듯 웃기 시작했다.

차는 칠흑 같은 어둠 속을 향해 거침없이 달렸다.

6.

혜준이 돌아온 그날 이후로, 은수는 몇 날 며칠을 호되게 앓았다.

다시 나타난 혜준과 함께 2년 전 깊은 어둠 속으로 자취를 감춘 악몽이 다시 되살아났다. 아니, 악몽은 단 한 번도 은수의 곁을 떠난 적 없었다는 듯 밤마다 은수를 갉아 먹었다.

스멀스멀 어둠 속에서 바닥으로 기어 들어온 괴물과 같은 그것은 길게 갈퀴를 뻗어 은수의 목을 졸랐다. 숨이 막혀 도저히 참을 수 없을 즈음 땀으로 범벅이 된 창백한 얼굴로 침대에서 굴러떨어지고서야 그 손아귀에서 벗어나는 밤의 반복이었다.

온몸에서 열이 펄펄 끓어서 한 회장과 안 집사는 덩달아 뜬 눈으로 밤을 지새웠다.

똑똑.

작은 노크 소리 뒤로 한 회장이 쟁반을 받쳐 들고 방으로 들어왔다. 은수와 함께 앓기라도 한 것처럼 핼쑥한 얼굴이었다.

은수는 지친 얼굴로 아침 햇살 아래 힘없이 웃었다.

"생일날 이렇게 아파서 어떡하니. 생일파티해 주려 했는데."

한 회장은 침대에 기대어 앉은 은수의 무릎 위에 쟁반을 내려놨다. 뽀얀 밥과 김이 모락모락 나는 미역국이었다. 뒤에 따라 들어온 인천댁의 쟁반에는 갖가지 반찬이 작은 종지에 담겨 있었다.

"아플 땐 그저 잘 먹어야 해! 응? 안 먹혀도 좀 먹어 봐!"

은수는 고개를 끄덕이며 빙긋 미소를 지었다. 한 회장은 안타까운 손길로 링겔을 맞아 시퍼런 멍이 든 은수의 손등을 쓰다듬었다.

"생일 축하해, 우리 은수. 고물고물 기어 다니던 게 엊그제처럼 생생한데, 세월이 어찌나 빠른지."

"아유, 그럼요, 회장님. 애들 크는 거 보면 시간이 언제 이렇게 지났나 싶어요. 벌써 은수가 열여덟 살이라니, 이제 곧 신랑감 데리고 와서 시집간다고 할 날도 오겠죠. 호호호."

인천댁의 웃음소리에 은수가 미역국을 입에 떠 넣으며 살짝 얼굴을 붉혔다.

인천댁이 이언을 염두에 두고 이야기한 것도 아니고, 누구도 그의 이름을 꺼낸 사람이 없는데 은수는 자연스럽게 그의 얼굴이 떠올라 스스로도 당황스러웠다.

벌써 한참 그의 얼굴을 못 보았다. 들리는 말로는 본격적으로 회사 일을 시작해서, 이경의 말을 빌자면 '무시무시하게' 바쁘다고 했다.

안 그래도 평소에도 무시무시한 사람이 무시무시하게 일을 한다고 하면 얼마나 말도 못 하게 무시무시하다는 걸까.

은수는 숟가락을 입에 물고 상상하다가 자기도 모르게 몸을 바르르 떨었다.

어쩐지 한번 생각하기 시작하니 자꾸만 이언의 얼굴이 보이는 것 같았다. 동그란 그릇 안에 담긴 미역국 위로 이언의 얼굴이 둥둥 떠올랐다.

무시무시한 얼굴이라도 좋으니까 보고 싶다.

한숨이 나올 것 같아 미역국을 크게 떠 입에 넣는데, 다시 한 번 조용한 노크 소리 뒤로 안 집사가 나타났다.

"아가씨, 생일 축하드립니다."

"고맙습니다, 안 집사님."

안 집사는 주름 잡힌 얼굴로 미소 지었다. 그런 안 집사의 손에는 고급스러운 금빛 상자가 들려 있었다.

은수는 호기심 어린 눈을 빛내며 물었다.

"그건 뭐예요? 제 선물이에요?"

"아, 이건……."

며칠을 앓아 창백하게 얼굴색이 죽었어도, 생일선물을 바라보며 눈을 반짝이는 은수는 영락없는 열여덟 살 소녀였다. 안 집사는 빙긋 미소 지으며 은수의 손에 상자를 넘겨주었다.

"명운그룹에서 보냈습니다. 다른 분들도 선물을 많이 보내

주셨는데, 아가씨가 이걸 제일 먼저 보고 싶어 할 것 같아서요."

"이경 언니가 보낸 건가?"

상자에 둘러진 리본을 풀어내는 은수의 손길에 설렘이 묻어났다. 한 회장과 인천댁도 덩달아 궁금한 얼굴로 은수의 손에 시선을 모았다.

마침내 상자를 열고 감싸인 포장지를 열자 꽃잎처럼 고운 연분홍빛의 구두가 모습을 드러냈다. 은수의 하얀 살결과 꼭 어울리는, 은은하고 기품 있는 구두였다.

은수의 입술 사이로 나직한 감탄사가 새어 나왔다.

"정말 예뻐요."

"아래 카드가 있습니다, 아가씨."

몇 걸음 떨어진 곳에 말없이 서 있던 안 집사가 상자를 가리켰다.

은수는 구두를 무릎에 내려놓고 카드를 열었다.

금세 경직되는 은수의 표정에 한 회장이 의아한 얼굴로 안 집사를 돌아보자, 안 집사는 의미심장한 미소를 지으며 덧붙였다.

"이경 아가씨가 보낸 선물도 아래층에 있습니다."

은수는 그저 둥그렇게 뜬 멍한 눈으로 고개를 끄덕여 보일 뿐이었다.

카드에는 별다른 메시지가 적혀 있지 않았다. 그 흔한 생일 축하한다는 말도, 인사말도 없었다. 그저 하얀 카드의 아랫부분에 보낸 사람의 이름만 적혀 있을 뿐이었다.

[명운그룹 강이언]

그로부터 처음 사교모임의 초대장을 받았던 때가 떠올랐다. 그를 꼭 한 번 다시 보고 싶다는 일념으로 초대장을 꼭 쥐었던 그날.

이후에 알게 된 사실이지만, 명운그룹의 초대장을 받은 사람들 가운데 그의 이름으로 초대장을 받은 사람은 단 한 명도 없었다. 모든 사람들이 명운그룹의 이름으로 초대장을 받지만, 강이언의 이름으로 직접 초대받은 사람은 은수가 유일했다.

두근두근, 가슴이 정신없이 빠르게 뛰었다.

은수는 붉어진 얼굴을 꼭 쥔 카드로 가렸다. 한 회장과 인천댁이 구두를 보며 정말 예쁘다고 이야기하는 소리가 귓가에 웅웅거렸다.

그는 붉게 상처 난 은수의 발을 바라보며 탁하게 잠긴 낮은 목소리로 말했었다.

'다신 어울리지도 않는 구두 신지 마.'

익숙하지 않은 높은 구두를 신는 바람에 엉망이 된 발을 보여 주게 된 것도 부끄럽고, 조금이라도 움직이면 닿을 듯 가까운 그의 얼굴에 심장이 쿵쾅거려 제대로 정신도 차릴 수 없었던 밤.

은수는 말끄러미 구두를 바라봤다.

이제 이런 구두가 어울린다는 뜻일까?

가슴 한구석이 못 견디게 간질거려 꺅, 소리라도 치고 싶은데, 할머니와 인천댁이 있어 은수는 꾹 참았다. 한 회장은 장난을 치는 게 명백한 짓궂은 얼굴로 서운함을 토로했다.

"괜히 좀 서운하네? 이 할미가 사다 준 구두가 드레스 룸에 쌓인 것만 해도 천장까지 닿을 텐데. 이언 군이 준 이 구두 한 켤레만 못하구나?"

"할머니, 그런 거 아니에요."

"아니기인, 아주 좋아 죽겠다는 얼굴인데요, 회장님?"

"그치? 인천댁이 보기에도 그렇지? 에휴, 이래서 딸자식 소용없다는 건가 봐. 잘생긴 남정네 생기면 뒤도 안 돌아보고 홀랑 가 버리니, 원."

"아유, 회장님도. 명운그룹 자제면 잘생기기만 한가요? 그 정도면 그 뭐시냐, 요즘 말로 클라스가 다르죠, 클라스가!"

아, 어쩐지 다시 열이 오르는 것 같다.

능글능글 놀리는 말에 은수가 체념한 듯 고개를 푹 숙였다.

그래요, 제가 그 사람 좋아하는 게 뭐 비밀이기나 한가요.

"호호, 이러다 은수 울겠네요, 회장님."

"그래, 그만해야지. 우리 은수 다시 아플라. 이만 쉬렴, 은수야. 너무 좋아서 흥분하면 다시 열나니까 구두는 치워 줄까?"

"할머니이!"

은수가 고개를 팩 치켜들고 빽, 소리침과 동시에 인천댁과 한 회장은 후다닥 방을 뛰어나갔다. 깔깔거리는 여인들의 웃음소리가 문 너머로 길게 여운을 그리며 사라졌다.

갑자기 소리를 질러서인지 머리가 핑 돌았다.

방에 고요함이 찾아들고 나서야 은수는 크게 심호흡하며 숨을 골랐다.

평소에 할머니가 자주 구두를 사다 주긴 하셨지만, 생일날 구두를 선물받은 건 아빠가 돌아가신 이후로 처음이었다. 아빠는 어린 은수를 의자에 앉히고, 신데렐라의 발에 구두를 신겨 주는 왕자님처럼 반짝거리는 구두를 신겨 주셨다.

'은수야, 예쁘고 좋은 구두는 주인을 좋은 곳으로 데려가 준단다. 이 구두를 신는 동안 우리 은수도 좋은 곳만 다니게 될 거야.'

어린 은수에게 아빠의 그 말은 꼭 마법의 주문 같았다. 중요한 날에는 꼭 아빠의 주문이 걸린 구두를 신었다. 은수는 상자 안에 가지런히 놓여 있는 분홍빛 구두를 두 손에 꼭 쥐었다.

혜준이 돌아오고 나서 다시 시작된 악몽. 몸부림치고 떨쳐내려 하면 할수록 늪처럼 은수를 더 깊고 어두운 곳으로 잠식시키는 기억들.

이 구두를 신으면 그 악몽으로부터 걸어 나갈 수 있을 것 같았다.

"그냥…… 왠지 그럴 것 같아, 아빠. 그 사람이 거기에 있었거든."

정신없이 빗속을 달렸던 그날도, 그리고 리조트에서도 혜준으로부터 은수를 끌어낸 것은 이언이었다.

"왠지 이 구두를 신고 그 사람한테로 가면…… 다 괜찮아질 것 같아."

은수의 얼굴에 말간 미소가 떠올랐다.

어서 빨리 금요일이 왔으면 좋겠다. 냉담한 눈으로 슥 쳐다보고 돌아설지도 모르지만, 그에게 이 구두를 신은 모습을 빨리 보여 주고 싶었다.

하지만 은수는 몸이 다 낫고서도 리조트에 가지 못했다.

구두가 마법을 부리기도 전에 조급해진 악몽은 은수를 삼켜 버렸다.

⚜

혜준의 일이 있었던 16살 여름, 은수는 할머니의 손에 이끌려 정신과 상담을 받았다. 충격적인 사건을 겪은 후라 끊임없이 악몽에 시달렸기 때문이었다.

하지만 오히려 그 일을 '악몽'으로 정의함으로써 은수는 서서히 벗어날 수 있었다. 그것은 어둠이 내릴 때 잠시 잠깐 찾아와 위협할 뿐인, 아침 해가 솟아오르면 결국 그 찬란한 빛 아래 부서져 소멸될 꿈일 뿐이라고 스스로를 위안했다.

그렇게 평화롭고 안정된 생활 속에서 악몽은 희미해져 갔다.

하지만 은수는 지금 눈앞에 검은 정장을 입고 있는 사람들과 금방이라도 은수에게 말을 걸 듯 미소 짓고 있는 할머니의 영정사진을 바라보며 현실감이 해일처럼 밀려오는 것을 느꼈다.

악몽을 꾸었던 게 아니라, 그동안의 평온하고 안정된 생활이 달콤한 꿈이었던 것처럼. 이제야 그 꿈을 깨고 악몽이라고 치부하고 싶은 현실로 돌아온 것처럼.

할머니 한수나 회장이 갑작스럽게 뇌출혈로 쓰러졌다. 서재에 쓰러져 있던 한 회장을 안 집사가 발견하고 곧바로 병원으로 옮겨 수술에 들어갔지만, 수술 후 한 회장은 혼수상태에 빠졌다.

의식이 돌아오기만을 피가 마르게 기다렸지만 산소호흡기를 쓰고 깊은 잠에 들기라도 한 것처럼 미동도 없던 한 회장은 일주일 만에 심장마비로 숨을 거두었다.

아무런 준비도 없이, 갑작스러운 사고로 엄마 아빠를 떠나보내야 했던 순간이 떠올랐다.

말간 담갈색 눈이 빛을 잃고 허공에 떠 있었다. 이젠 무엇이 현실이고 꿈인지, 무엇을 슬퍼하고 기뻐해야 하는지 알 수 없었다.

이게 현실이라면 평생 눈을 뜨지 못해도 좋으니 꿈결 속을 헤매면서 살고 싶었다. 이게 꿈이라면 누군가 자신을 죽여서라도 악몽을 끝내 주었으면 싶었다.

구석에 앉아 할머니의 영정사진을 올려다보던 은수는 이내 무릎에 얼굴을 묻었다.

"할머니……."

이제 더 이상 불러도 돌아오지 않을 이름이 가슴에 사무쳤다.

가슴 한가운데 커다란 구멍으로 죽음의 기운을 담은 서늘한 바람이 은수의 몸을 뚫고 지나갔다.

"……부작용으로 인한 뇌출혈이라는 말씀입니까?"

안 집사의 물음에 의사는 고개를 끄덕였다. 안 집사는 곧바로 성마르게 덧붙였다.

"하지만 그동안은 전혀 부작용이 없었습니다. 이렇게 갑작스럽게, 그것도 돌아가실 정도의 부작용이라뇨!"

"모든 약은 독이 될 수 있는 치사량이 있습니다. 특히나 회장님은 장기간 복용하셨기 때문에……."

"그럼 회장님께서 평생 매일같이 드시던 약을 그날 갑자기 치사량으로 드셨단 말입니까?"

무거운 목소리로 몰아붙이는 안 집사의 말에 의사는 안경을 벗어 내리며 피곤한 기색이 역력한 얼굴을 쓸어내렸다.

"……자세한 건 윤 사장님께도 말씀드렸지만, 이미 회장님은 심장이 많이 약해지신 상태였고 수술 경과도 좋지 않은 편이었기 때문에……. 죄송합니다."

의사는 살짝 고개를 숙여 보이고 망연한 얼굴의 안 집사를 지나쳐 갔다. 안 집사는 한참을 그 자리에 발목이 붙잡힌 듯 서 있었다.

한 회장의 갑작스러운 죽음에 슬퍼할 겨를도 없이 장례를 서두르는 진우를 따라 정신없는 며칠을 보냈다. 하지만 뇌출혈이 약물 부작용 때문이라니.

안 집사는 의사의 말에도 마음 한구석에 남는 찜찜함을 지울

수 없었다. 그래서 다시 병원 1층에 위치한 장례식장으로 향하는 그의 얼굴이 어두웠다.

"아."

안 집사는 마침 장례식장을 나오는 남자를 발견하고 걸음을 멈췄다. 창백한 조명 아래, 검은 코트를 입은 이언이 기다란 그림자를 드리우며 서 있었다.

이언도 인기척을 느끼고 안 집사를 바라봤다.

"강 회장님께서 어제 오셨다기에 함께 왔다 가신 줄 알았습니다."

"은수는 어디에 있습니까?"

"7층에……. 회장님이 돌아가시기 전에 계셨던 특실에 있을 겁니다."

이언은 말없이 고개를 끄덕이고 걸음을 돌렸다. 주저 없이 엘리베이터로 향하던 그가 다시 안 집사를 향해 돌아섰다.

"묻고 싶은 게 있습니다."

"예, 말씀하십시오."

"회장님께서 생전에 남기신 유언장이 있습니까?"

왜 그런 걸 묻는 거지?

의아함이 든 것도 잠시, 안 집사는 분주한 장례식장 안을 들여다보고는 이언에게로 다가서서 대답했다.

"큰 사장님이 돌아가시고 수정하신 유언장이 있습니다."

"호텔을 은수에게 넘기실 생각이셨겠죠."

"……예, 맞습니다. 그래서 호텔 경영에는 현재 사장님의 개

입을 철저하게 막으셨으니까요."

"윤 사장이 호텔을 원한다면, 달라는 대로 주도록 하세요."

그게 무슨 말이냐는 듯 안 집사가 눈썹을 찡그렸다. 그러나 이언은 흔들림 없는 검은 눈으로 다시 말을 이었다.

"회장님이 은수에게 남겼지만 은수가 아직 어리다는 이유로 경영권을 위임하면 아무런 문제가 없을 겁니다. 유언장에 은수의 이름이 있으니 당장은 실질적인 경영권을 가졌다는 것만으로 윤 사장은 만족할 겁니다."

"그 말은……."

뒷말은 굳이 하지 않아도 짐작할 수 있었다. 강이언은 지금 윤 사장의 시야에서 은수를 빼내라고 말하고 있었다.

호텔이 은수에게 있는 이상, 윤 사장은 어떻게든 은수로부터 호텔 경영권을 뺏으려 할 것이었다. 그리고 지금 당장 윤 사장이 그렇게 한다 하더라도, 이제 겨우 18살이 되었을 뿐인 은수를 대신해 막아 줄 사람은 더 이상 없다.

많은 생각이 복잡하게 얽혀 안 집사의 얼굴에 드러났다.

"윤 사장은 원하는 것만 쥐여 주면 굳이 은수를 위협하는 수고로움을 감수하진 않을 겁니다."

안 집사의 생각을 읽기라도 한 것 같은 말이었다. 하지만 안 집사는 이언의 말이 끝나지 않은 것처럼 느껴졌다.

윤진우 사장은 원하는 것만 쥐여 주면 위협하지 않는다. 그렇다면 윤혜준은?

차마 묻지 못한 물음을 담은 눈이 이언을 향했다.

어째서 강이언은 당연하다는 듯이 윤진우가 은수를 위협할 거라고 생각하는 거지?

생각했던 것보다 강이언은 H&C에 대해 속속들이 알고 있다는 생각이 들었다.

그가 H&C를 이렇게까지 주시하는 이유는 뭐지? H&C를 주시하는 건 명운그룹인가, 아니면 강이언 개인일 뿐인가?

안 집사는 이내 자신의 생각에 헛웃음을 지었다.

그의 눈앞에 서 있는 강이언은 머지않아 강태형 회장의 뒤를 이어 명운그룹을 이끌어 갈 인물이다. 명운그룹이냐 강이언이냐는 의미 없는 물음이었다.

이언은 안 집사를 뒤에 남겨 두고 엘리베이터로 향했다.

굳게 닫힌 병실 문에는 창문 하나 없었지만, 그는 문 너머로 작게 웅크린 은수의 모습을 보는 것 같았다. 이내 그의 손이 소리 없이 병실 문을 밀었다.

이언은 불이 꺼진 병실 안에서 희미하게 빛이 새어 나오는 침실로 향했다. 그곳에 은수가 있었다. 아직도 한 회장이 그 자리에 누워 있기라도 한 것처럼, 은수는 의자에 앉아 침대 가장자리에 얼굴을 묻고 있었다.

말간 얼굴에는 채 마르지 않은 눈물 길이 콧방울 끝에 고여 있었다.

이언의 손이 축축한 물기를 훔쳐 내고, 부드러운 콧대와 젖은 채 감겨 있는 속눈썹을 지나 이마를 어루만졌다.

해쓱한 얼굴이 그의 커다란 손 안에 담겼다.

"흑……."

손 아래서 작게 흐느끼는 소리가 흘러나왔다. 꼭 감은 눈 사이를 비집고 눈물이 방울방울 떨어져 내렸다. 그가 전해 주는 온기에 더욱 서러워진 것처럼, 은수는 잠결에도 애처롭게 흐느꼈다.

이언은 천천히 은수의 머리를 쓸어 넘겼다.

"쉬이……."

그의 손이 부드러운 머리칼을 지나 작은 등을 토닥였다. 커다란 손이 주는 무게감과 천천히 등을 쓸어내리는 안정감에 흐느낌은 점차로 잦아들었다.

곧 젖은 속눈썹이 파르르 떨리다가 힘겹게 열렸다. 퉁퉁 부은 담갈색 눈이 이언의 얼굴 위에서 초점을 찾았다.

그 순간, 이언의 까만 머리칼이 내려와 은수의 머리카락과 얽혀 들어갔다. 그의 손은 여전히 은수의 등을 어루만지고 있었다.

뜨거운 입술이 부드러운 꽃잎처럼 눈 위에, 볼에, 콧방울에, 눈물 길을 따라가다가 이내 살짝 벌어진 창백한 입술로 내려앉았다. 눈물이 가득 차오른 은수의 눈이 다시 천천히 감겼다.

그의 입술은 오래도록 은수의 위에 머물렀다. 은수를 가득 채우고 있는 슬픔을 모두 가져가려는 양, 그는 입술을 붙이고 은수의 눈물을 들이쉬었다. 은수에게 곤한 잠이 찾아올 때까지, 은수가 평온한 숨을 내쉴 때까지.

한참이 지난 후에야 이언은 은수가 잠든 것을 확인하고 코트를 벗어 그녀의 어깨를 덮었다.

은수의 머리를 감싸고 길게 입 맞추는 그의 눈빛이 얼어붙을 것처럼 싸늘했다.

그 또한 한수나 회장의 죽음을 듣자마자 석연치 않음을 느꼈다.

몇 주 전, 강태형 회장으로부터 한수나 회장이 그녀의 아들인 윤진우 사장이 아니라 다른 이사진들 가운데 한 사람을 회장으로 세우는 것을 고려하고 있다는 이야기를 들었다. 그로부터 불과 2주도 채 되지 않아 한수나 회장이 죽었다. 고질병 때문에 거의 평생을 먹어 왔던 약의 부작용으로 인한 뇌출혈과 심장마비로.

이것이 윤진우와 윤혜준의 짓이라면, 그들은 분명 선을 넘었다. 은수 부모님의 죽음도 그저 빗길에 난 불의의 사고가 아닐 수도 있었다.

윤진우와 윤혜준이 패륜까지도 마다하지 않는다면, 은수 또한 그들의 희생양이 될 가능성이 높았다.

이언은 슬픔으로 짙게 물든 은수의 얼굴을 가만히 응시했다.

처음 은수를 보았던 때가 떠올랐다. 쏟아지는 비 아래서 그를 올려다보던 눈빛이 처연하면서도 동시에 누구에게도 쉽게 굽히지 않겠다는 듯 고고했다.

윤은수는 그랬다. 한 줌에 쥐면 바스락 깨어질 것처럼 연약해 보였지만 누구라도 쉽게 범접하지 못하게 하는 타고난 기품

이 있었다.

열여섯 살 여자아이를 보고 한눈에 사로잡힌 자신이 우스웠다. 고작 열여섯이었고, 지금도 은수는 고작 열여덟일 뿐이다.

"내가 돌아왔을 땐, 네가 좀 더 자라 있을까."

이언은 소리 없이 등 뒤로 문을 닫았다. 망설임 없이 돌아서는 그의 검은 눈이 선득했다.

7.

"경영권 위임?"

한 회장의 장례를 치른 지 두 달이 지났다.

진우와 여진은 아직 미성년자인 은수를 자신들이 데려가야 한다고 강하게 주장했다. 엄연히 지금 은수의 보호자는 자신들이라는 것이었다.

한 회장의 유언장이 공개되었을 때, 진우는 예상대로 호텔의 경영권이 은수에게 주어진 것을 알고 이를 갈았다.

호텔을 은수에게 줄 거라 예상하긴 했지만, 설마하니 호텔이 주식 같은 재산도 아닌데 아직 미성년자인 아이의 이름을 유언장에 떡하니 적어 놓았을 줄은 몰랐다. 적어도 은수가 성인이 되고 나서야 유언장을 고치실 줄 알았는데.

분노로 일그러져 있던 진우의 눈이 경영권 위임이라는 말에 번뜩였다.

“회장님이 호텔을 은수 아가씨에게 남기셨다고는 하지만…… 사장님의 말처럼 지금 아가씨가 실질적으로 경영을 하기란 무리입니다. 사장님께 경영권을 위임하도록 제가 아가씨를 설득할 수 있습니다.”

절대 나쁘지 않은 제안이었다. 유언장이 공개된 마당에 바꿔치기 할 수도 없는 노릇이고, 한 회장의 갑작스런 죽음으로 언론이 H&C를 주목하는 지금, 당장 진우가 은수에게 쥐어진 것들을 어떻게 할 수 있는 방법이 있는 것도 아니었다.

“하지만 조건이 있습니다. 제가 아가씨의 실질적 보호자로서, 아가씨가 성인이 될 때까지 저와 함께 회장님 집에서 사는 겁니다.”

한 회장은 오랜 세월 동안 그녀와 그녀의 집안을 돌봐 온 안 집사에게 한남동 집을 남겼다. 그로 인해 은수가 작은집에 다시 들어가지 않고도 머물 수 있는 보금자리가 있다는 것이 안 집사에게는 무엇보다도 다행스러운 일이었다.

안 집사의 눈길이 정원 테이블에 앉아 있는 은수에게로 향했다. 애처로울 정도로 마른 뒷모습이 힘없이 의자에 기대어 있었다.

어느새 눈이 설 녹은 땅 위로 새순이 돋아나기 시작했다. 하지만 봄볕이 내리쬐는 4월인데도 추위가 쉬이 물러나지 않아 얼굴을 스치는 바람이 싸늘했다.

시린 바람이 스쳐 간 자리에 눈물이 차올라, 은수는 가만히 눈을 감았다. 깜깜해진 시야에 이언의 얼굴이 나타났다. 얼어붙은 볼 위로 눈물이 후두둑 떨어져 내렸다.

그는 검은 코트를 입고 있었다. 그가 은수의 위로 몸을 기울였다. 바람처럼 서늘한 그의 입술이 가볍게 은수의 얼굴을 스치다가 바삭하게 마른 입술로 내려앉았다. 은수의 손이 그의 옷깃을 붙잡았다.

파르르 떨리는 눈을 뜨자 그의 모습이 거짓말처럼 바람 사이로 흩어졌다.

볼 위로 난 눈물 자국이 마를 새 없이 눈물이 흘러내렸다.

은수는 이언이 다녀간 그날 이후로 내내 그를 기다렸다. 다시 또 혼자가 되었다는 지독한 외로움이 엄습할 때마다 은수는 그의 입맞춤을 떠올렸다. 위로하듯 등을 어루만지던 커다란 손을 생각했다.

하지만 그는 다시 오지 않았다. 아니, 애써 부인했지만 어쩌면 그건 작별 인사였는지도 모른다.

얼마 전에 이경이 은수를 걱정하며 전화를 걸어 왔다. 그때 이경은 은수에게 이언이 떠났음을 알렸다.

'오빠는…… 미국 지사로 갔어. 그게 너무 갑작스럽게 그렇게 돼서 회사 사람 말고는 아직 아는 사람도 거의 없어. 누가 등 떠민 것도 아닌데 오빠가 기어코 가야겠다고 해서.'

왜, 대체 왜? 왜 지금 가야 했는데?

은수는 목구멍까지 밀려 나온 말을 참기 위해 입술을 꼭 깨물었다.

함께 있어 줄 것처럼, 그렇게 위로해 줬으면서. 왜 당신마저 날 혼자 두고 가 버린 건데?

은수는 주체할 수 없이 흐르는 눈물 때문에 무릎에 얼굴을 묻었다.

"대체 나는……."

나는 당신한테 뭐였는데?

안 집사는 은수에게 한국을 떠나 다른 곳에서 공부를 하는 게 어떻겠냐고 제안했다.

부모님과 할머니를 모두 잃은 이곳은 은수에겐 삶보다는 죽음에 가까운 곳이었다. 그래서 안 집사는 은수가 다시 돌아오는 한이 있더라도 당장은 한국을 벗어나는 게 낫지 않을까 생각했다.

은수는 떠나지 못할 이유가 없었다. 이제 그녀에게 남은 것이라고는 보험금과 유산으로 넘쳐 나는 돈밖에 없는 마당에, 가고 싶은 어디라도 갈 수 있었다.

여전히 은수에게 기이한 집착을 보이는 윤혜준을 피하기 위해서라도, 안 집사의 말처럼 떠나는 게 맞는 것이었다. 하지만 은수는 떠나지 않았다.

가끔 눈앞에 있어도 정신은 다른 곳을 떠도는 사람처럼 텅 빈 눈으로 허공을 바라보긴 했지만, 그럼에도 꾸역꾸역 현실에 머물렀다. 어디에서든 이언의 이름을 들을 때면 붉게 벌어진 상처를 후벼 파는 것처럼 가슴이 아팠다.

부정하고 싶었지만 은수는 알고 있었다. 죽음이 스치고 간 자리에 앉아 몸부림치면서도 떠나지 못하는 건 자신이 여전히 그를 기다리고 있기 때문이라는 것을. 그에게 은수는 아무것도 아니라는 듯 떠나 버린 사람인데.

그가 건넨 몇 번의 도움의 손길을 혼자 착각한 건지도 몰랐다. 애초에 그의 삶에 은수가 끼어들 틈은 없었던 건지도 몰랐다.

너도 그 사람을 버려. 더 이상 그 사람 때문에 아파하지 마.

스스로에게 말하는 동안 봄이 오고 여름이 와도 은수의 마음에는 여전히 눈이 내렸다.

몇 번의 봄이 지났다. 그럼에도 은수는 코끝에 서늘한 바람 냄새가 스칠 때마다 혹시나 하는 마음이 새순처럼 차갑게 언 마음을 비집고 올라와 뒤를 돌아봤다. 그러나 그가 검은 코트 안에 차가운 바람을 안고 돌아왔을까 하는 바람은 더욱 거세진 한풍에 스러지곤 했다.

그러던 어느 날, 은수는 믿기지 않는 얼굴로 신문에 커다랗게 난 사진을 들여다봤다.

[명운그룹 강이언 이사, 입국하자마자 H&C 호텔 윤혜인 실장과 만나.]

[명운그룹, 호텔 사업으로 눈 돌리나?]

헤드라인 아래 이언과 혜인이 함께 찍힌 사진이 줄줄이 이어졌다.

두 사람이 호텔 식당에서 마주 보고 앉아 있는 사진, 호텔을 걸어 나오면서 찍힌 사진, 이언이 문을 열어 주는 차에 혜인이 올라타는 순간의 사진.

왔구나……. 한국에 왔구나.

끊임없이 아니라고 부정했지만, 손바닥으로 전해지는 심장의 박동이 지난 5년간 그를 그리워했음을 말했다.

무엇보다도 명운그룹과 일을 최우선으로 생각하는 그가 은수를 가장 먼저 만나러 오지 않은 것은 어쩌면 이상할 것 없는, 당연한 일이었다. 그럼에도 무슨 이유 때문이든 그가 혜인을 먼저 만났고, 혜인과 함께 찍힌 사진으로 그가 한국에 있다는 것을 알게 되었다는 사실이 못 견디게 씁쓸했다.

매일같이 강이언과 윤혜인의 기사가 신문이며 인터넷에 쏟아졌다.

처음엔 명운그룹이 H&C와 함께 호텔 사업을 시작할 것이라는 추측성 기사가 주를 이루었지만, 이내 두 사람이 자주 함께하는 파파라치 사진이 매체에 오르내리면서 명운그룹과 H&C, 강이언과 윤혜인의 결혼설로 이어졌다.

이언과 혜인, 누구도 그들의 결혼설을 대놓고 인정하지도, 부인하지도 않았다.

두 사람의 결혼이 엄청난 시너지 효과를 낼 것이라며, 명운그룹과 H&C의 주가는 나날이 상한가를 쳤다.

그가 한국에 온 지 두 달이 지나도록 은수는 신문과 뉴스,

인터넷으로만 그의 얼굴을 볼 수 있었다.

5년의 기약 없는 기다림보다도 더한 배신감과 회의감이 가슴에 몰아쳤다. 그리고 그 배신감보다도 더 은수를 괴롭히는 것은 스스로에 대한 자괴감이었다.

애초에 강이언에게 윤은수는 아무것도 아니었던 것이다. 가슴에 품은 첫사랑을 놓지 못하고, 떠날 수 있음에도 떠나지 못하고 미련한 기다림을 지속한 것은 자신이었다.

은수는 그제야 5년 전에는 하지 못했던 결심을 했다.

이곳을 떠날 것이다. 더 이상 아무도 없는 곳에 혼자 남아 지독한 외로움에 몸부림치는 짓은 하지 않을 것이다.

그 후로 모든 것이 일사천리로 이루어졌다. 뉴욕에 집을 구하고, 비행기 표를 끊었다.

지난 5년간 은수의 근황을 꾸준히 보고받던 혜준도 별다른 말없이 묵인했다. 강이언이 돌아왔다는 소식에 은수를 향해 촉수를 세우고 있던 그였지만, 강이언은 애초에 은수와 상관없는 사람처럼 어떤 연락을 취하지도, 만나지도 않았다.

강이언이 정말 윤은수를 버린 건가?

긴가민가하면서도 혜준은 강이언이 직접 혜인을 통해 H&C에 접근해 오는 것이 흥미롭던 참이었다.

진우의 말이 맞았다. 다른 사업에선 무슨 짓을 해도 H&C가 명운이 잡고 있는 판도를 뒤집을 방법이 없었지만, 호텔만큼은 달랐다. 바로 그 명운그룹이 호텔 사업을 위해 H&C에 직접 손을 내밀고 있다는 사실에 그는 희열감마저 느꼈다.

어쩌면 5년 전 리조트에서 그가 느꼈던 것은 착각이었을지도 모른다는 생각이 들었다. 냉혈한 같은 이성을 가진 강이언은 결혼까지도 사업적 이익을 위한 수단으로 여기는 것이 지극히 당연했다.

모든 걸 잃고 그저 예쁜 인형처럼 삶을 지속하는 은수는, 강이언에게 더 이상 효용 가치가 없는 것이다.

강이언은 혜인을 통해 직접 싱가포르 호텔 건설 계약 건을 뚫어 주겠다고 제안해 왔다. 그래서 혜인은 호텔 계약을 맡고, 혜준은 H&C의 에너지 사업에 투자하기로 한 기업을 만날 예정으로 함께 싱가포르로 갔다.

그사이 은수는 착실하게 떠날 준비를 마쳤다.

그런데…….

"명운그룹입니다. 명운그룹 강이언 이사가 결혼을 발표했습니다."

"……그걸 모르는 사람도 있나요? 저한테 결혼식이나 참석하라고 하던가요?"

"방금 전 강이언 이사가, 혜인 아가씨가 아닌 은수 아가씨와의 결혼을 발표했습니다."

단 한 번의 연락도 없던 이언은 은수와의 결혼을 발표했다.

이언이 떠난 후로 죽은 듯 멈춰 섰던 운명의 톱니바퀴가 다시 맞물려 돌기 시작했다.

8.

찰박찰박, 걸음을 내디딜 때마다 바닥에 고인 물이 찰랑거렸다.

카페를 나오자 다시 추적추적 비가 내리기 시작했다. 노랗게 펼쳐진 우산 아래 선 은수의 얼굴에 미처 숨기지 못한 복잡한 감정이 그대로 드러났다.

"오늘 중으로 사람 보낼 테니 그렇게 알고 있어."

베를리오즈의 선율을 타고 잠시 잠깐 두 사람 사이에 고여 들었던 추억의 향기가 흔적도 없이 공기 중으로 흩어졌다. 다시 빈 공간으로 싸늘한 기운이 익숙하게 자리를 잡고 앉았다.

오만하게 내려 보는 그의 눈에 은수도 만만치 않게 차가운 얼굴로 응수했다.

"난 안 간다고 분명히 말했어요."

"네가 선택하고 말고 할 게 아냐."

"내 결혼이고 내 거처인데, 나 아니면 누가 선택할 수 있단 말이에요?"

감정을 드러내지 않고 말하고 싶었지만, 작게 떨리는 은수의 목소리에서 꾹 눌러 참고 있는 분노가 섞여 나왔다. 감정이라고는 찾아볼 수 없는, 철저하게 이성으로 무장한 그의 냉담한 눈빛이 은수는 지금 이 순간 치가 떨리도록 싫었다.

강이언은 원래 이런 사람이었다. 그가 하는 결정이 결과가 된다. 그가 하기로 정했다면 다른 이들에게 선택의 여지란 없다.

"네 선택이 널 지킬 수 있나?"

이언이 흔들림 없는 눈으로 물어왔다.

일순 힘이 탁 풀린 듯 은수의 담갈색 눈이 차분하게 가라앉았다. 아주 쓰고 떫은 커피를 마신 것처럼 혀끝에서 떨어지는 목소리가 씁쓸했다.

"지킬 수 있고 없고는 더 이상 나한테 중요하지 않아요. 아등바등하면서 지키고 싶은 삶은 아니니까."

차게 식은 눈빛이 아래로 떨어졌다가 다시 이언을 향했다.

"혜준 오빠 통해서 마무리하고 싶지 않아요. H&C 이름으로 당신을 모욕하고 싶은 마음도 없어요. 그러니까 직접 정정 기사 내세요. 그게 내가 당신에게 할 수 있는…… 마지막 배려예요."

은수는 천천히 의자를 밀고 일어나 돌아섰다. 이언은 은수를 잡지 않았지만, 카페를 나설 때까지 등 뒤로 따라붙는 그의 시선을 느낄 수 있었다.

보이지 않는 그의 시선이 좇아오기라도 하는 것처럼 은수는 쉼 없이 걸었다. 그러다 횡단보도의 빨간 불빛을 보고서야 걸음을 멈추고 긴 숨을 내쉬었다.

초점 없이 멍한 담갈색 눈동자 위로 빗물이 고여든 물웅덩이가 비쳤다. 물웅덩이는 점차로 깊은 호수가 되어 은수를 삼켰다.

은수는 저도 모르게 눈을 감고, 숨을 꾹 참았다. 떨어지는 빗방울처럼 셀 수 없이 많은 감정의 파편들이 웅덩이에 고여들었다. 출구가 없는 곳에 온갖 감정과 생각과 시간들이 가득 찼다. 그 안에서 숨이 막혀 괴로워하면서도, 은수는 그 무엇 하나 놓치지 않기 위해 발버둥 쳤다.

수면에 잠긴 것처럼 웅웅거리던 주변 소음이 순간 또렷하게 귀를 파고들었다. 은수의 곁에 신호등을 기다리며 서 있던 사람들이 물밀듯이 횡단보도로 쏟아져 나가고, 건너편에서 쏟아져 들어왔다.

은수가 흠칫 아래로 시선을 내렸다.

"초록 불인데……."

엄마의 손을 꼭 잡은 여자아이가 금방이라도 꺼질 듯 깜빡거리는 초록 불을 가리키며 말했다.

"초록 불이에요, 언니. 초록 불에는 건너도 되는 건데."

아이는 은수보다 자기가 더 안타까운 듯 작은 미간을 찡그렸다.

은수는 난처한 웃음을 지어 보였다가 허리를 숙여 아이와 눈을 맞췄다.

"그렇네, 초록 불에 건너야 했는데."

"괜찮아요, 초록 불은 또 켜지니까. 다음번에 건너면 돼요."

"응, 그럴게. 고마워."

말갛게 미소 짓는 은수의 모습에 아이는 쑥스러운 듯 엄마의 손을 꼭 잡고 손을 흔들었다. 은수도 마주 손을 흔들어 주고는 다시 빨간 불이 들어온 횡단보도에 섰다.

그를 기다렸던 지난 5년이 지금처럼 횡단보도 앞에 선 모습 같지 않았을까.

빨간 불과 초록 불밖에는 들어오지 않는 횡단보도에 서서 켜지지 않을 노란 불을 기다렸다. 빨간 불이 들어오면 기다리다가, 초록 불이 켜져도 건너지 않다가, 고여 있는 시간에 주저앉아 몇 번이고 건너가고 건너오는 사람들의 모습만 바라봤다.

그건 어쩌면 이언이 돌아와서 손을 잡고 함께 건너 주길 기대하는 철없고 미련한 마음이었다.

다시 신호등에 불이 들어오고, 은수는 천천히 사람들 사이로 걸음을 내딛었다.

"다녀왔습니다."

"아가씨."

은수가 현관문을 밀고 들어오자, 안 집사가 곧장 은수를 맞았다.

딱딱하게 경직된 주름진 얼굴을 보고 은수가 걸음을 멈췄다.

"왜 그러세요? 무슨 일 있어요?"

물으면서도 은수는 직감적으로 알 수 있었다. 내내 심란하던 마음이 발끝에서부터 타고 올라오는 불안함으로 요동치기 시작했다.

"상무님께서 오셨습니다."

혜준이 왔다.

은수는 흔들리는 눈빛을 감추려는 듯 지그시 눈을 감았다. 미세하게 떨리는 속눈썹 사이로 드러난 담갈색 눈은 언제 요동했냐는 듯 담담해졌다.

아가씨, 다급하게 부르는 목소리가 계단을 오르는 은수의 발목을 잡았다.

"괜찮아요. 차 좀 준비해 주세요."

안 집사는 그저 이 층으로 사라지는 은수의 뒷모습을 바라보고 있을 수밖에 없었다. 기운이 다 빠진 듯 지친 기색이 안쓰러웠다.

싱가폴에 출장을 갔다가 다음 주에나 돌아올 예정이었던 혜준이 이렇게나 빠르게 돌아온 이유는 단 하나뿐이었다. 강이언의 결혼 발표.

차라리 그때, 은수가 떠나기로 마음먹었을 때 강이언의 발표와 상관없이 등을 떠밀어서라도 보내는 게 나았을까. 하지만 은수가 어떤 마음으로 이언을 기다려 왔는지 알기에, 지금 와서 후회한들 안 집사는 시간을 되돌린다 하더라도 다시 같은 결정을 내렸을 것이다.

공기 중에 무겁게 가라앉은 정적을 뚫고 전화기가 울리기 시작했다.

은수는 주저 없이 빛이 새어 나오는 방의 문고리를 잡아당겼다. 그러자 빛이 뿌려진 방 한가운데 혜준이 보였다.

"여전히 책에 빠져 사나 봐, 우리 공주님은."

테이블 위에 둔 읽다 만 책의 낱장들이 혜준의 손끝에서 팔랑거렸다.

은수는 문을 완전히 닫지 않은 채 방으로 들어와 혜준의 맞은편에 앉았다.

"다음 주에나 온다더니. 생각보다 일이 잘 풀렸나 봐요?"

"왜? 나 없는 사이에 약혼부터 결혼까지 다이렉트로 끝내려고 했어? 내가 다음 주에 왔으면 신혼여행 간다고 없었으려나?"

혜준이 소파에 등을 깊게 묻었다. 테이블 너머로 은수를 건너보는 그의 입에 부드러운 미소가 감돌았다. 입술 사이로 흘러나오는 특유의 미성은 감미롭기까지 했다.

"언제부터였어?"

"……."

"강이언이 한국에 돌아온 후였나? 아님 그전부터 연락을 주고받았던 건가?"

"무슨 소리를 하는 건지 모르겠네요."

"내가 어디서부터 놓친 거지?"

"난 쫓아와도 혜인 언니가 올 줄 알았는데, 설마 오빠가 올 줄은 몰랐어요."

"그래, 뭔가 이상하긴 했어. 난 그래도 강이언이 돌아오자마자 널 만나러 갈 줄 알았거든."

접점이 없는 두 사람의 독백 같은 대화가 고요한 방 안에서 화살처럼 각기 다른 방향으로 날아갔다.

혜준의 눈은 똑바로 은수를 바라보고 있었지만, 마치 그 너머의 다른 것을 보고 있는 것처럼 초점이 없었다.

은수는 꾹 다문 입가에 억지로 미소를 머금었다.

"오빤 여전히 강이언에게 집착하네요. 결혼은 오빠가 해야지 싶어요. 그거야말로 세기의 결혼이 될 텐데. 주가가 폭등하다 못해 폭발하겠어요. 덕분에 나도 주식으로 재미 좀 보게. 알잖아요, 난 유산이랑 주식으로 먹고사는 거."

노래하듯 흘러나오는 청아한 목소리에 혜준의 초점이 또렷하게 은수의 얼굴로 모아졌다.

혜준은 손으로 얼굴을 가리며 크게 웃었다.

"푸하하! 아, 역시. 윤은수, 넌 정말 대단한 공주님이야. 난 정말 설마설마했잖아. 그때 강이언이 그렇게 떠나 버릴 줄 누가 알았겠어? 다른 사람은 몰라도 난 봤는데. 강이언이 널 탐내는 걸. 근데 강이언이 떠나고서 다시 생각해 보니까……. 그게 또 그게 아닌 거야. 할머니까지 죽어 버렸는데 강이언이 널."

"그만해요."

"강이언이 널, 더 이상 탐낼 이유가 없는 거야. 그렇잖아? 이익이 될 것도 아닌데 강이언이 뭐 하러 널 더 붙잡고 있겠어? 명운그룹밖에 모르는 그 냉혈한이?"

여왕처럼 고고한 얼굴로 혜준을 바라보던 은수의 얼굴에 순간 미세하게 금이 갔다.

고요하던 가슴 한구석이 꽉 조여 오는 것이 느껴졌다. 싱글싱글 미소 짓던 혜준의 얼굴이 순식간에 싸늘하게 굳었다.

"근데 그게 아니었네. 그게 아니었어. 앞에서는 호텔이니 뭐니 하면서 당근을 흔들더니, 뒤로는 이런 꿍꿍이가 있었어."

"나랑 상관없는 일이에요. 강이언이랑 직접 얘기하지 그래요?"

"애초에 강이언은 이럴 생각이었던 거야. 도둑놈처럼 내 뒤통수를 치고 널 가질 생각이었던 거야."

탕!

은수가 테이블을 세게 내려치며 자리에서 일어났다.

"제발 그만해요! 더 이상 날 가지고 이리저리 휘두를 생각하지 말아요. 강이언 때문이라면 더더욱."

혜준이 팔걸이를 잡고 천천히 몸을 일으켰다. 웃음기가 사라진 길게 찢어진 눈이 말없이 은수를 내려 봤다.

"손에 쥘 수 있는 거 다 쥐었어도 여전히 강이언이 무서워요? 싸울 자신 없으면 빌붙기라도 하든지."

콰당!

혜준이 앞에 놓인 테이블을 거칠게 밀어 넘어뜨렸다.

"윤은수! 다시는 내 앞에서 건방 떨지 말라고 했지."

광기로 번들거리는 혜준의 눈에 바들바들 몸을 떠는 열여섯 살의 은수가 겹쳐 보였다. 비가 쏟아져 내리던 그날을 보는 것처럼, 혜준이 검은 갈퀴 같은 손을 들어 천천히 은수의 목을 향해 뻗었다.

하지만 은수는 자신을 향해 다가오는 두 손을 바라보며 차게 웃었다.

"그래 봤자 네가 내 손안에 있는 건 변함이 없으니까."

"……예나 지금이나 내 목은 졸라도 강이언의 목을 조를 자신은 없나 보지."

혜준의 눈에 번뜩 빛이 스치는 순간, 방문이 벌컥 열렸다.

은수가 반사적으로 고개를 돌리고, 혜준의 손이 움찔하더니 은수의 목 근처에서 주먹을 꽉 쥐었다.

문을 열고 들어온 안 집사가 긴장한 기색이 역력한 얼굴로 넘어진 테이블과 마주 보며 대치하고 있는 두 사람을 바라봤다. 안 집사의 뒤로 검은 양복을 입은 남자 두 명이 따라 들어왔다.

머리를 쓸어 올리던 혜준이 그 둘을 보고 눈썹을 찡그렸다.

"뭐야, 이건? 나 모르게 집에서 이런 것도 키웠어?"

남자들은 곧장 은수에게 다가와 고개를 숙였다.

"강 이사님께서 모셔 오라고 하셨습니다."

이언이 보낸 사람들이었다.

은수와 혜준의 얼굴이 동시에 굳었다.

그가 자신의 말을 받아들일 것이라고 생각한 것은 아니었다.

그럼에도 기어코 사람을 보냈다는 것에 은수는 화가 치밀었다.

이언이 보낸 남자들을 향해 고개를 치켜드는 은수의 얼굴이 얼음장처럼 냉담했다.

"아니요, 난 안 가요. 강 이사님께 분명히 제 뜻을……."

"아가씨!"

안 집사의 목소리가 급하게 은수를 막았다. 은수가 돌아보자 안 집사는 단호한 얼굴로 고개를 저었다.

가세요, 아가씨.

안 집사의 눈이 말하고 있었다.

"……일단 간단히 짐을 싸 두었습니다."

"안 집사님!"

그들의 뒤에서 혜준이 웃음을 터뜨렸다. 안 집사와 은수가 동시에 혜준을 돌아봤다.

"내가 윤은수를 잡아먹기라도 할까 봐 사람을 보낸 거야? 응? 이봐, 너네가 모시는 그 잘난 이사님한테 전화 좀 걸어 봐."

"저희는 윤은수 씨를 모셔 오라는 지시를 받았을 뿐, 윤혜준 씨가 상관할 일이 아닙니다."

"그래? 어떻게 모시고 갈 건데? 재가 싫다잖아. 강이언 명령이면 강제로 끌고 가도 되는 거야?"

혜준이 고개를 비뚜름하게 기울였다. 조금은 흥분한 듯 묘하게 즐거운 듯한 웃음기 어린 목소리가 방 안을 울렸다.

"이거 납치다, 어? 그렇게 되면 난 납치 현장에 있는 목격자

이자, 윤은수의 보호자가 되는 거야. 알아들어?"

상황이 점점 점입가경으로 치닫자, 안 집사가 혜준의 눈에 띄지 않게 은수의 팔을 잡았다.

"아가씨, 상무님이 온 것을 알고 강이언 이사가 사람을 보낸 겁니다. 그러니 일단은 가세요."

"안 집사님."

"죄송합니다, 아가씨. 하지만 이게 지금 제가 아가씨를 지킬 수 있는 방법입니다."

은수만큼이나 지친 기색이 역력한 노(老)집사의 눈이 애처로웠다. 그의 얼굴을 바라보며 은수는 입술을 꼭 깨물었다.

왜 안 집사님이 그런 눈을 하고 계시는 거예요. 난 이제 윤혜준이 무섭지 않은데. 할머니가 돌아가신 뒤로, 떠나지 못할 거라면 사는 것보다 차라리 죽는 게 더 낫다고 여긴 삶인데. 왜 안 집사님은 절 지키기 위해 그렇게 필사적이신 거예요.

누가 잡아 뜯기라도 하는 것처럼 가슴 한구석이 아팠다.

은수는 꼭 깨물고 있던 입술을 열었다.

"……그만해요."

초점 없는 담갈색 눈이 텅 빈 것처럼 무감했다.

"괜히 일 크게 만들지 말고 돌아가요. 내 발로 가는 거니까."

유약하지만 여왕의 것처럼 위압적인 목소리였다. 은수는 안 집사의 주름진 손을 꼭 잡았다 놓고 남자들을 지나쳐 방을 나갔다.

혜준이 그의 앞을 막아서는 남자를 거칠게 밀치고 따라 나와 은수의 팔을 붙잡았다. 남자들이 재빠르게 제지했지만 은수의 팔을 잡고 있는 손에는 더욱 힘이 들어갔다.

은수가 속눈썹을 드리우며 혜준에게 우악스럽게 잡힌 팔을 내려 봤다.

"이거 놔요."

혜준이 순간적으로 몸을 굳혔다. 낮게 깔린 은수의 목소리에 금방이라도 터질 듯한 분노가 억눌려 있는 것이 느껴졌다.

"네가 지금……."

"이거 놓으라구요."

은수가 거칠게 팔을 휘둘러 혜준의 손을 털어 냈다. 혜준이 순간 욱하며 다시 은수에게 덤벼들었지만 이언의 사람들에 의해 붙잡혔다.

은수는 흔들림 없이 냉담한 얼굴로 혜준에게 가까이 다가섰다.

"이 사람들이 아니어도 당신은 더 이상 날 위협하지 못해요. 내가 아직도 열여섯 살인 줄 알아? 당신 눈에는 내가 살고 싶어서 안달이라도 난 것처럼 보여? 당신 말대로 난 잃을 수 있는 건 다 잃었는데. 사는 게 죽는 것보다 더 고통스러운데."

공기 중에 팽팽한 긴장감이 감돌았다.

은수는 허리를 곧게 펴고 턱을 치켜들었다. 비릿한 웃음이 담갈색 눈동자에 담겼다.

"그만 정신 차려요. 강이언은 당신이 하는 인질놀이에 관심도 없을 테니까."

은수는 주저 없이 돌아서서 계단을 내려갔다. 불에 덴 것처럼 아팠던 가슴이 냉랭하게 얼어붙었다.

대문 앞에 대기하고 있던 이언의 비서가 은수를 발견하고 뒷좌석의 문을 열었다.

차에 올라탄 은수는 뒷좌석에 몸을 깊게 묻으며 가슴 앞으로 단단히 팔짱을 꼈다.

가슴이 참을 수 없이 답답하고 억누른 분노로 턱이 떨렸다. 혜준보다 이언에게 더 못 견디게 화가 났다.

왜 이제 와서. 그렇게 긴 시간 동안 아무런 연락도, 소식도 없다가 왜 이제 와서 당연하다는 듯이 당신 멋대로 구는 건데?

♱

간결한 노크 소리 뒤로 나타난 비서를 보고 이언은 귀에 대고 있던 전화기를 뗐다.

"오피스텔로 모셨습니다."

"본가에 전화해서 사람 보내라고 해. 필요한 건 김 비서가 직접 은수한테 물어봐서 준비하고."

"알겠습니다."

"윤혜준은."

"한남동을 나와 곧장 H&C 본사로 갔습니다."

이언은 잠시 말을 멈추고 손가락으로 느릿하게 턱을 쓸었다. 심연처럼 깊은 눈이 다시 비서를 향했다.

"태영의 정 사장과는 컨택이 됐나?"

"예, 이사님. 이번 주 중으로 약속을 잡기로 했습니다."

"내일 3시. 에너지 사업팀 회의는 모레로 미루지."

"예, 그렇게 조정하겠습니다."

비서가 문을 닫고 나가기 무섭게 전화기 안에서 이수의 목소리가 튀어나왔다.

– 은수가 어디 있는데?

"오피스텔."

– 기어코 데려갔냐?

"신경 꺼."

– 넌 진짜……. 아휴. 내가 은수였으면 너 오기 전에 튄다.

"더 할 말 없으면 끊어."

– 야, 윤혜준 잡으려고 발로 뛰는 건 나거든?

이수가 볼멘소리를 내며 한숨을 쉬었다. 이언은 전화를 끊을 듯 귀에서 뗐다가 미간을 좁히며 다시 갖다 댔다.

– 진짜…… 도저히 뭐가 안 나오더라고. 그냥 심장마비로 돌아가신 게 당연하다고 생각하고 싶을 만큼. 그러다가 완전 처음부터 다 뒤져 보자 싶어서 한 회장님 병실에 들락날락한 의사랑 간호사들을 전부 조사했지. 통장만 뒤진 게 아니라 완전 싸그리 다, 가족 관계부터 헤어진 연인까지 싹 다. 그렇게 하니까 하나 걸리긴 했어. 한 회장님 병실에 일주일 동안 들락거린 간호사가 수간호사 포함해서 3명인데, 그중 한 명의 오빠가 H&C 경호팀에서 일하다가 관두고 지금은 어디로 갔는지

행방불명이야. 그 간호사 통장은 진작에 조사했을 때도 깨끗했고, 그 오빠 신상도 다 뒤졌는데 통장이고 뭐고 아무것도 없어. 내 말 무슨 말인지 알지?

이언은 눈앞에 이수가 있는 것처럼 짧게 고개를 끄덕이며 담배를 물었다.

– 겨우 H&C와 연관 있는 사람 하나 찾은 걸론 턱없이 부족하다는 말이야. 약물을 썼다 해도 병원에서 일어난 일이라 구입 경로를 추적하는 것도 무의미하고. 수술 경과가 안 좋았다는 의사 소견까지 있어서 약물 반응이 나왔어도 그거 때문에 심장마비가 왔다고 증명하기도 어려워.

가만히 듣고 있던 이언이 의자를 돌려 어둠이 내리기 시작한 창가로 시선을 두었다.

"그럼 자백을 받아야겠네."

– 뭐, 그렇지. 만약 그 사람이 정말 윤혜준과 관련된 사람이면, 지금으로선 그 사람을 찾아서 직접 증언하게 하는 수밖에 없기는 한데…….

"통장은 깨끗한데 5년간 잠적하고 있다? 죽은 게 아니라면 뒤를 봐주고 있는 사람이 있다는 거겠지. 대포 통장을 쓰거나, 아예 현금으로 주거나. 그것도 아니면."

검은 눈에 빌딩 숲 사이로 스러져 가는 붉은 노을이 담겼다. 어둠에 잠식되기 시작한 붉은빛은 담배 끝에서 다시 타올랐다.

"……돈이 필요한 곳에 직접 대 주고 있거나."

탁.

이언이 라이터를 등 뒤로 던졌다. 그의 입술 사이로 뿌연 연기가 길게 흘러나왔다.

짙게 가라앉은 담갈색 눈과 차분한 목소리가 그에게 말했다.

'지킬 수 있고 없고는 더 이상 나한테 중요하지 않아요. 아등바등하면서 지키고 싶은 삶은 아니니까.'

누구 맘대로?

담배를 문 이언의 입술이 비틀렸다.

누구 맘대로 내가 지켜 온 너를 네가 포기할 듯이 굴어?

하얗게 흩어지는 연기 사이로 그의 눈이 가늘어졌다.

5년 전, 이언은 강태형 회장을 찾아가 미국 지사로 발령을 내려 달라고 말했다. 하지만 강 회장은 고개를 저었다.

"급하게 가려고 하지 마라, 강이언. 본사에서 차근차근히 밟고 올라가."

"아니요, 지금 가겠습니다. 기술이 있는데 미국 시장도 잡지 못할 이유가 없습니다. 어차피 포기하려고 했던 거, 버리는 셈 치고 저를 보내시면 됩니다."

"대체 갑자기 이러는 이유가 뭐냐? 이사진들이 널 경계한다 해도 그건 네가 아직 어리기 때문이지, 네가 내 후계자가 될 거라는 건 다들 인정하는 사실이야."

강 회장도 쉽게 물러서지 않을 듯 목소리가 단호해졌다.

그의 말처럼 이언이 강 회장의 뒤를 이어 명운을 이끌어 갈 것이라는 건 누구도 부정하지 않았다.

하지만 명운그룹의 이사진들은 끊임없이 이언을 경계해 왔다. 그건 그들이 이언을 강 회장의 후계자로 인정하지 않기 때문이 아니라, 명운그룹의 수장이라는 자리가 그만큼 거대한 권력과 책임을 수반하기 때문이었다.

아래로는 명운의 직원들뿐 아니라 수많은 하청 업체들의 생계를 책임지고, 위로는 한 나라의 경제를 뒤흔들 만한 영향력을 끼치는 명운그룹의 리더는 절대 핏줄만으로 인정받을 수 있는 자리가 아니었다.

이언의 검은 눈이 선득하게 빛났다. 그가 강태형 회장까지도 포기하듯 버린 미국지사로 가기를 원하는 이유는 단 한 가지였다.

"저는 제 이름 자체가 명운그룹의 권력이 되기를 원합니다, 회장님."

조선시대였다면 반역자라 해도 이상하지 않을 대담한 대답이었다.

이언이 원하는 건 최대한 빠른 시간 안에 정점에 오르는 것이었다. 그의 이름만으로 H&C 정도의 대기업을 뒤흔들 수 있을 만한 권력을 얻는 것.

그것을 위해 그는 지난 5년간 미국지사를 완전히 뒤집어 새로운 시스템을 만들고, 이미 다른 나라에서 검증된 명운의 반도체 기술을 가지고 차근차근 미국 시장을 잡았다.

버린 시장을 두말할 필요 없는 명운의 최대 무기로 만들어 온 그를 누구라도 인정하지 않을 수 없었다.

그가 미국에 있는 동안 그의 형인 강이수 검사는 은수의 부모님과 한수나 회장의 죽음에 대한 뒷조사를 했다.

그는 한국에 있는 비서를 통해 은수와 H&C에 대한 보고를 꾸준히 받았지만, 누구를 통해서든 은수에게 어떤 연락도 취하지는 않았다. 냉혹하다 싶을 만큼 철저하게 은수를 외면했고, 그로 인해 은수에 대한 윤혜준의 집착이 서서히 사라지게 만들었다.

윤혜준에게 강이언이 없는 5년이란 승승장구의 시간이었을 것이다. H&C는 윤혜준의 주도 아래 재생에너지 사업을 시작했고, 이언은 에너지 연구와 관련하여 유망한 회사들을 끊임없이 윤혜준에게로 밀어 넣었다.

추락을 위한, 다시 맛보지 못할 황홀한 초석이 되었으리라.

이언은 담배를 재떨이에 비벼 끄고 자리에서 일어났다.

그가 오피스텔에 들어섰을 때, 환하게 불이 들어온 집은 사람이 없는 것처럼 적요했다.

이언은 곧장 테라스에 기대어 서 있는 은수를 발견했다. 비가 휩쓸고 간 청명한 밤하늘이 은수의 뒤로 펼쳐져 있었다.

고요한 아름다움은 은수가 돌아서는 순간 날카롭게 깨졌다.

"오늘 자주 보네요, 강이언 이사님."

싸늘하게 굳은 얼굴에서 흘러나오는 목소리는 찌를 듯 날이 서 있었다.

이언의 시선이 말없이 부엌 테이블로 향했다. 본가에서 왔다 간 아주머니가 차려 놓은 밥이 전혀 손을 타지 않은 상태로 차게 식어 있었다.

"저녁은?"

"어때요, 결국 내가 여기에 와 있는 걸 보니까."

"아직 안 먹었으면 같이 먹지."

"성취감이 들어요? 결국 당신이 말한 대로 돼서?"

이언의 몸이 다시 은수를 향해 돌아섰다. 그의 검은 눈도 은수의 것만큼이나 탁하게 흐려졌다.

이언은 테라스 문턱을 넘어 은수에게 성큼 다가갔다.

"자존심이 상했나? 그래서 이러는 거야?"

"자존심? 내 선택 따위는 애초에 안중에도 없던 당신한테 내가 자존심을 세울 수 있기나 한가요?"

분노인지 흥분인지 모를 것으로 손이 덜덜 떨렸다. 은수는 팔짱을 껴 팔뚝을 꾹 잡았다.

그녀의 앞에 선 이언에게서도 냉기가 흘러나왔다.

"설마 당신이 나를 여기 데려온 게 윤혜준한테서 날 구해 준 거라고 말하려는 건 아니겠죠."

"그럼 내가 널 어떻게 했어야 하지? 어떻게든 널 죽이려고 하는 윤혜준과 함께 내버려 두었어야 했나?"

"어떻게 했어야 하냐고요? 당신은 내가 혼자 떠나도록 내버려 두었어야 했어요! 내 의사와는 상관없는 결혼 발표 따위를 할 게 아니라!"

오피스텔에서 그가 오기를 기다리는 동안 꾹꾹 눌러 참았던 분노가 단번에 터져 나왔다. 두 사람의 목소리가 한 치의 양보도 없이 공기 중에서 쨍하게 부서졌다.

은수는 밭게 숨을 내쉬며 어깨를 들썩였다. 담갈색 눈 안에 눈물이 빠르게 차올랐다. 눈물을 떨어뜨리지 않으려 은수는 주먹을 꽉 쥐었다.

"당신이 윤혜준하고 다른 게 뭐예요?"

그 말이 냉담하게 얼어붙은 이언의 얼굴을 세게 치기라도 한 것처럼, 표정 없던 그의 얼굴근육이 불끈 움직였다. 검은 눈이 금방이라도 불길이 일 것처럼 흔들렸다.

그는 화를 참으려는 듯 크게 숨을 들이쉬었다. 은수의 말에 분노하는 그의 모습이 묘한 희열감을 주었다.

나는 당신이 나만큼 아팠으면 좋겠어. 나 같은 건 안중에도 없다는 냉담한 당신의 얼굴을 볼 바엔, 당신도 나처럼 고통에 몸부림치고 화를 냈으면 좋겠어.

"당신도 당신 뜻대로 나를 움직이고 싶은 것뿐이잖아. 필요 없을 땐 버렸다가, 필요할 땐 다시 주워서 옆에 세웠다가."

"윤은수, 그만해."

그가 어금니를 꽉 물었다. 이언은 더 이상 말없이 냉혹한 얼굴로 돌아섰다. 은수의 볼 위로 끝내 눈물이 후드득 떨어져 내렸다.

왜 당신이 이런 말에 화를 내는데? 이런 말에 상처를 받아야 하는 건 나잖아.

하얗게 뼈가 도드라지도록 꽉 쥔 주먹과 딱딱하게 경직된 어깨가 그가 얼마나 화를 눌러 참고 있는지를 고스란히 드러냈다.

은수는 눈물로 흥건해진 얼굴로 웃었다.

"그거 알아요? 나한텐 윤혜준보다 당신이 더 끔찍해요."

거침없이 거실을 가로질러 가던 그의 걸음이 뚝 멎었다. 환한 조명 아래 돌아보는 그는 어느새 냉철한 이성으로 무장한 강이언으로 돌아와 있었다.

"유감이군. 곧 윤혜준보다 끔찍한 남편을 맞게 될 테니."

"윤혜준도, 당신도 날 멋대로 휘두를 순 없어요. 난 떠날 거예요."

문고리를 잡은 손에 부드득 힘이 들어갔다.

문을 부수기라도 할 것처럼 바라보던 그가 다시 은수를 향해 고개를 돌렸다.

"신혼여행지는 원하는 대로 정해. 어디든 같이 가 줄 테니까."

9.

"이게 대체 무슨 소리야! 계약 해지라니! 위약금이 얼만데, 제정신이 있는 것들이야?"

금방이라도 터질 듯 시뻘겋게 열이 오른 얼굴로 통화를 하던 진우가 바닥으로 전화기를 내팽개쳤다.

"윤혜준 상무 어디 있어! 당장 내 방으로 오라고 해!"

비서가 연락을 취하기도 전에 혜준은 이미 벼락같은 소식을 듣고 본사로 가고 있었다. 기사를 대기시킬 시간도 없이 직접 운전대를 잡은 그의 얼굴도 윤진우 회장의 것과 다르지 않았다.

지지난 해부터 혜준이 직접 맡아 공을 들인 에너지 사업과 관련하여 기술과 투자를 계약한 회사들이 무엇 때문인지 줄줄이 계약 해지를 요청해 왔다. 계약금의 10배에 달하는 위약금을 지불하면서까지 계약을 해지하겠다는 것이었다. 혜준이 직접 통화를 해도 상대방은 막무가내였다.

본사로 온 혜준은 곧장 회장실 문을 열고 들어섰다. 그러자 진우가 벌떡 자리에서 일어나며 고함쳤다.

"사업이 장난이야? 여기다 투자한 돈이 얼만데 이 모양 이 꼴을 만들어!"

"아무 이유 없이 해지하겠다는 건 아닐 겁니다. 지금 이유를 알아보……."

"위약금을 물면서까지 해지하겠다는 마당에, 그걸 지금 알아내서 뭘 하겠다고! 그렇게 자신 있다고 해서 다른 데 투자할 것까지 다 끌어가 쓰더니, 이게 네가 보여 주겠다던 거냐?"

혜준은 자리에 앉지도 못한 채 문가에 서서 주먹을 꽉 쥐었다.

대체, 대체 왜!

투자자들이라면 몰라도 계약금의 10배나 되는 위약금을 지불하려면 한동안 회사가 휘청댈 중소기업들이 왜 갑자기 기술을 제공할 수 없다는 건지 혜준은 도저히 알 수 없었다.

게다가 한 군데도 아니고 계약을 한 대부분의 기업들과 연구소가 계약 해지를 요청했다. 마치 짜고서 장난이라도 치는 것처럼. 대놓고 H&C를 기만하겠다고 작정이라도 한 자들처럼 말이다.

장난? 기만?

이렇게 돈을 처들여서 H&C에게 장난을 칠 수 있는 기업이 있다면 딱 한 군데뿐이다.

혜준의 주먹에 불끈 힘이 들어갔다. 계약을 해지하게 되더라도 진우가 알게 되기 전에 그 배후에 누가 있는지는 입막음을 해야 한다.

그때였다. 책상 위에서 전화기가 요란한 소리를 내며 울린 것은.

진우는 거친 손길로 전화기를 들었다.

"명운그룹? 그것들이 죄다 명운그룹이랑 계약을 하려고 했단 말이야!"

혜준이 꾹 눈을 감았다. 혀끝에서 욕지거리가 당장이라도 튀어나올 듯 맴돌았다.

콰당!

진우는 전화기를 부서트릴 듯 내려놨다. 그리고 혜준을 향해 돌아서는 눈에 불길이 일었다.

"강이언이었냐? 결국 강이언이었어?"

문가에 선 혜준의 뒤로 비서들이 모르는 척, 들리지 않는 척 눈을 아래로 깔고 자리를 피하는 모습이 보였다.

진우의 비아냥거림이 거침없이 혜준을 향했다.

"내가 뭐라고 했냐? 이기지 못할 거면 납작 엎드려 기라고 했지? 네까짓 게 어쭙잖게 명운을 건드려서 적으로 만들어?"

"회장님, 제가……."

"입 닥쳐! 넌 이제 에너지 사업에서 손 떼! 그거 어떻게 더 해 보려고 하지도 마. 넌 그냥 강이언이 던지고 간 위약금이나 주워서 챙겨 놓으란 말이야, 알았어?"

멱살이라도 쥘 듯 핏대를 세우고 소리치던 진우는 혜준의 앞에서 돌아섰다.

"쓸모없는 새끼."

낮은 중얼거림이 혜준의 귓가로 날카롭게 파고들었다. 꽉 쥔 주먹 안으로 손톱이 손바닥을 찍어 눌렀다. 가슴이 분노로 터질 것처럼 쿵쾅거렸다.

혜준은 주저 없이 돌아서서 회장실을 나와 엘리베이터로 향했다.

당신이라고 강이언을 상대로 뭐라도 할 수 있을 것 같아?

닫힌 엘리베이터 문을 주먹으로 쾅 내려치자 혜준을 담고 있는 네모난 박스가 위태롭게 흔들렸다.

⚜

한남동으로 돌아가기 위해 오피스텔을 나서던 은수는 흠칫하며 다시 문 안으로 한 걸음 물러났다.

한남동 집으로 은수를 데리러 왔던 경호원 중 한 명이 은수를 발견하고는 고개를 숙였다.

명운그룹의 대단하신 이사님은 오피스텔에도 경비를 세우나 보다.

은수는 그를 지나쳐 엘리베이터로 향했다. 그런데 그냥 오피스텔을 지키는 줄만 알았던 그가 한 걸음 뒤에서 은수를 따라 나왔다.

은수가 눈썹을 찡그리며 돌아봤다.
"뭐예요?"
"오늘부터 윤은수 씨의 경호를 맡았습니다."
"경호?"
거대한 목석처럼 선 그는 짧게 고개를 끄덕였다.
"고맙지만 그럴 필요 없어요. 경호원이 필요하면 내가 사서 쓴다고 전해요."
"저는 이사님의 지시를 따를 뿐입니다."
은수가 뭐라고 하든 따라나선다는 말.
싸늘한 얼굴로 돌아보자 경호원은 딱딱한 말투로 덧붙였다.
"그리고 당분간 한남동 집에는 가지 말라고 하셨습니다."
은수는 웃음이 나올 것 같은 얼굴로 경호원을 쳐다봤다.
강이언의 사람답게, 은수가 뭐라든 표정 하나 없는 얼굴.
"내가 가겠다고 하면 가둬 두기라도 할 건가요?"
"한남동 집은 윤혜준이 올 수 있기 때문에 그렇습니다."
"내가 볼 땐 강이언 이사님도 만만치 않게 위협적이 존재인데. 내가 보호를 받는 게 맞긴 한가요?"
경호원을 노려보던 은수는 순간 난처해지는 그의 표정에 맥이 탁 풀렸다.
이 사람은 그저 강이언의 명령을 받고 일하는 사람일 뿐이다. 이 사람한테 화풀이하듯 따져 든다고 해서 달라질 건 없다.
은수는 홱 돌아서서 다시 오피스텔 안으로 들어갔다. 곧장 가방을 뒤져 핸드폰을 누르자 몇 번의 통화 연결음 끝에 비서가 전화를 받았다.

"윤은수예요. 강 이사님 바꿔 주세요."

– 지금 회의 중이십니다. 필요한 게 있으시면…….

그는 단지 윤혜준 때문에 사람을 보낸 게 아니었다. 애초에 은수의 거절 따위는 안중에도 없는 사람이다.

은수는 차갑게 식은 얼굴로 종료 버튼을 눌렀다.

이언이 회의를 마치고 나온 건 저녁이 다 된 시간이었다. 회의 동안 사무실을 지키고 있던 세컨드 비서가 곧장 은수의 전화를 보고했다.

"한남동 집으로 곧장 가시려고 했는지, 경호원이 제지하고 나서 바로 전화를 하셨습니다. 오늘 본가에서 오신 아주머니가 끼니때마다 음식을 준비했지만 한 끼도 안 드셨다고 합니다."

"음."

마른손으로 쓸어내리는 얼굴에 피곤이 깊게 배어 있었다. 저주라도 하듯 그에게 쏘아붙이던 은수의 목소리가 하루 종일 그의 귓가를 맴돌며 신경을 날카롭게 긁었다.

'당신이 윤혜준하고 다른 게 뭐예요?'

그 싸늘한 음색이 몇 번이고 그의 가슴에 차가운 비수를 내리꽂았다. 그 말을 듣는 순간 곧장 은수의 앞으로 달려가 그 연약하고 작은 어깨를 부러뜨릴 듯 쥐고 흔들면서 소리 지르고 싶었다.

내가 무엇 때문에 널 철저하게 외면하면서까지 이 자리에 올라왔는데.

'당신도 당신 뜻대로 나를 움직이고 싶은 것뿐이잖아. 필요 없을 땐 버렸다가, 필요할 땐 다시 주워서 옆에 세웠다가.'

네가 어떻게 그렇게 말할 수 있지? 내가 널 얼마나!

그는 테이블 위로 주먹을 꽉 쥐었다. 어느새 그의 표정이 냉혹하게 돌아왔다.

"안 집사에게 전화해서 인천댁을 오피스텔로 보내라고 해. 그리고 윤은수한테는 당분간 한남동에 갈 생각하지 말라고 해. 섣부르게 행동했다간 원하는 대로 가둬 둘 수도 있다고."

나가 보라는 손짓에 세컨드 비서는 짧게 고개를 숙이고 이사실을 나왔다. 등 뒤로 문을 닫으면서 비서는 길게 한숨을 내쉬었다. 매번 저렇게 찔러도 피 한 방울 안 나올 것 같은 얼굴로 은수를 대하니 곁에서 지켜보는 그로서는 속이 터질 노릇이었다.

윤은수를 위해 수십억의 손해를 감수하면서까지 H&C를 몰아붙이는 분이, 정작 당사자에게는 어째서 저렇게 마음에도 없는 비수 같은 말만 내뱉으실까.

하지만 한편으로는 이해할 것도 같았다. 강이언 이사에게는 명령과 그에 따른 복종만이 숨 쉬는 것처럼 당연한 방식이었다.

태어나기를 명령하는 자로 태어났고, 그가 틀렸다고는 단 한 번도 생각해 본 적이 없을 사람이 바로 강이언이다. 그가 하는 말과 행동을 은수가 어떻게 받아들이냐보다, 한 치의 오차도 없이 그의 계획이 이루어지는 것이 더 중요한 것이다. 윤은수가 원하든 원하지 않든.

그날 이후 이언이 다시 오피스텔을 찾은 건 이틀이 더 지난 뒤였다.

은수는 오피스텔에 온 후로 꼬박 3일을 아무것도 입에 대지 않았다. 마치 그곳에서 그녀가 할 수 있는 유일한 것이 음식을 거부하는 일뿐인 것처럼. 그녀가 엄마처럼 따르던 인천댁을 보내도 마찬가지였다.

이언이 오피스텔에 들어섰을 때 은수는 그에게 등을 보이고 앉아 있었다.

"죽을 생각이야?"

냉담한 목소리에도 은수는 고개조차 돌리지 않았다.

두 사람 사이로 팽팽한 긴장감이 맴돌았다. 공기가 냉랭하게 얼어붙었다.

"어린애처럼 굴지 마, 윤은수."

윤혜준보다 강이언이 더 끔찍하다는 건, 어쩌면 말뿐이 아닌지도 몰랐다. 지금 은수는 거부하고, 밀어내고, 그의 보호를 받을 바에는 차라리 윤혜준을 맞닥뜨리는 것이 더 낫다고 여기는 것처럼 보였다.

그의 검은 눈이 분노를 꾹 눌러 담은 채 묵묵부답으로 앉아 있는 은수의 뒷모습을 바라봤다.

열여덟 살이던 때보다 더 작고 야위어 보이는 뒷모습. 민소매 밖으로 드러난 양쪽 어깨뼈가 뾰족했고, 굳이 만져 보지 않아도 등 위로 날개뼈가 선명했다.

이럴 바엔 차라리 나한테 욕을 하고 저주를 퍼부어. 너 자신을 죽이려 하지 말고 차라리 나한테 비수를 던지면서 살란 말이야.

"떠날 거라며. 말뿐이었나?"

의도적으로 비아냥거리는 그의 말에 은수가 천천히 고개를 돌렸다. 하얗게 말라붙은 입술이 비틀려 올라갔다.

"떠나게 해 주기나 할 건가요? 당신은 완벽하게 당신의 계획대로 돼야만 하는 사람이잖아요. 대단하신 강이언 이사님."

"네가 안전하다는 확신이 흔들리지 않는 한 그럴 거야. 그러니 내 보호를 좀 누리는 건 어때?"

은수가 앉아 있던 자리에서 일어나 테라스로 향했다.

커다란 창 안으로 습한 여름바람이 들어왔고, 칠흑 같은 밤하늘을 마주하고 선 은수의 뒷모습이 금방이라도 검은 하늘에 삼켜질 듯 위태로웠다.

비를 머금은 바람에 은수가 스러질 것도 아닌데, 그는 저도 모르게 움찔하며 은수를 향해 다가섰다.

널 나한테서 빼앗을 수 있는 죽음 같은 건 없어. 너 자신이라도 나한테서 너를 뺏진 못해.

그 누구도 아닌, 그 자신의 안에 도사린 불안에게 으름장을 놓는 말이었다.

끊임없이 그를 거부하고 외면하고, 떠나려 하는 은수가 그를 불안하게 만들었다. 5년을 한국에 얌전히 머물러 있던 그녀가 갑작스레 모든 걸 정리하고 한국을 떠나려 한다는 걸 알았을 때, 무리라는 것을 알면서도 결혼 발표를 감행한 것도 그 때문이었다.

"고양이가 쥐 생각하는 꼴이네요."

은수가 그를 향해 돌아섰다. 말갛고 초췌한 얼굴에는 비릿한 웃음기가 서려 있었다.

그럼에도 그는 한 걸음 더 은수에게 다가서며 말했다. 딱딱하게 굳은 표정과는 달리, 목소리는 밤하늘처럼 부드럽게 가라앉히며.

"난 해골같이 마르고 우울한 신부를 맞고 싶진 않으니까."

"그게 두렵다면 지금이라도 늦지 않았어요. 난 해골 같은 신부보다 더한, 도망치는 신부가 될 테니까."

"재미있군. 평생 기억에 남을 만한 이벤트가 되겠어."

그가 다가오자 은수는 더 물러설 곳 없는 난간을 딛고 올라섰다. 은수의 허리가 난간 위로 쑥 올라갔다.

그 순간, 이언은 냉담한 얼굴로 숨기려 했던 초조함을 빨라진 걸음으로 드러내며 단번에 은수를 끌어 내렸다. 그리고는 부러질 듯 마른 팔을 힘주어 잡았다.

"죽음으로 도망칠 수 있다고 생각해?"

"아니요. 하지만 적어도 평생 당신을 보면서 사는 것보단 낫겠지."

칼 같은 말이 한 치의 망설임도 없이 그의 가슴을 날카롭게 후볐다. 나뭇가지 같은 팔뚝을 잡은 손에 부드득 힘이 들어갔다.

“어리광 부리지 마. 넌 아직 제대로 직면한 게 아무것도 없어.”

“그럼 당신이 말해 봐요. 내가 직면해야 할 게 뭔지.”

은수가 도전적으로 고개를 치켜들었다. 그러자 이언은 혈관이 불거진 얼굴로 어금니를 꽉 물었다.

죽음보다 더한 진실.

지금 고작 나한테서 벗어나려고 죽음을 택한다면, 넌 그 진실을 마주했을 때 더 이상 무엇으로 도망칠 거지?

대답 없는 그의 손 안에서 은수가 벗어나기 위해 바르작거렸다.

“말해 봐요. 말해 보라구요.”

은수가 팔이 잡힌 채 그의 가슴을 밀어냈다. 탁하게 메말랐던 그녀의 목소리에 물기가 어렸다.

“왜, 나를 떠났는지…….”

주먹 쥔 손이 힘없이 떨어졌다. 눈물이 차오른 담갈색 눈 아래로 꼭 깨문 입술이 파르르 떨렸다.

“내가 직면한 게 아무것도 없다고? 윤혜준이 나한테 한 짓은…… 당신이 한 거에 비하면 아무것도 아니야……. 당신이 그걸 알아요?”

푹 꺼지는 고개와 함께 눈물방울이 후두둑 떨어져 내렸다. 그리고 무릎이 꺾이면서 은수의 몸이 그의 품 안으로 쓰러졌다. 품에 꽉 안아 가두지 않으면 바람결에 흩어져 버릴 것처럼 가볍고 마른 몸이었다.

이언은 그의 가슴에 머리를 묻은 은수의 어깨를 끌어안았다. 냉혹한 표정의 가면이 깨어지고 일그러진 그의 마음이 드러났다.

그는 가만히 은수를 안아 들고 테라스를 나왔다.

윤혜준과 윤진우가 위협이 되는 것이 아니었다. 이언은 그가 이미 확인한 진실, 그가 가진 부와 권력으로도 바꿀 수 없고 감출 수도 없는 진실로부터 은수를 지키고자 했다. 결국에는 은수가 직면해야 하는 것이라 해도, 지금은 아니었다.

그가 침대 위로 은수를 내려놓았다. 이언의 손이 작은 손과 가느다란 손목을 쓸었다.

"왜, 너를 떠났냐고."

낮게 가라앉은 목소리가 바람이 되어 은수의 머리칼을 흔들었다.

내가 지금 모든 걸 너에게 말한들, 네가 감당할 수 있을까. 윤혜준의 앞에서도 여왕처럼 당당했던 네가, 소중한 사람들을 죽음으로 내몬 추악한 진실 앞에서도 버틸 수 있을까. 지푸라기처럼 잡고 있던 삶을 주저 없이 놓아 버리고, 너의 주변을 내내 맴돌던 죽음이 너의 운명인 것처럼 기꺼이 그 손을 잡아 버리진 않을까.

너를 왜 떠나야만 했는지 알고 싶다면,

"조금만 더 견뎌. 나를 저주하면서 어떻게든 살아 내."

내가 모든 걸 바로잡을 때까지.

은수는 꿈결에 누군가 자신의 손을 쓰다듬는 것을 느꼈다.

크고 강인한 손이 한참 동안 은수의 손을 잡고 있었다. 은수도 그 손을 마주 잡고 싶었지만, 마음처럼 힘이 들어가지 않았다.

은수의 마음을 눈치채기라도 한 것처럼, 단단한 손이 대신 은수의 손을 힘주어 잡았다.

악몽에 시달리던 많은 여름날들, 할머니가 그것을 쫓아 내듯 밤새 곁을 지켜 주었던 것처럼 그 손은 끊임없이 은수에게 자신의 존재를 인식시켰다.

내가 여기 있어. 너를 떠나지 않을 거야.

감은 눈을 비집고 눈물이 흘러나왔다. 그 언제인가, 환한 대낮에도 칠흑 같은 어둠이 떠나지 않았던 때 단 한 사람으로부터 듣고 싶었던 말. 그 말을 붙잡고 싶은 것처럼 은수의 손에 힘이 들어갔다.

눈을 뜨지 않을 거야. 당신이라는 것도, 당신이 아니라는 것도 확인하지 않을 거야. 그냥 이대로 당신이 누구든, 어둠이 물러갈 때까지 함께 있어 줘.

⚜

조만간 찾아올 것이라 예상했던 얼굴이 보란 듯이 소파에 앉아 있는 걸 확인하고 이언은 입술을 비틀어 올렸다. 비서실장에게 언제든 그를 들여도 좋다고 이야기해 놓은 것을 알지 못하는 말단 여비서는 혼자 자리를 지키고 있다가 벼락이라도 맞은 양 울 것 같은 표정이었다.

"죄송합니다, 이사님. 안 된다고 했는데도 막무가내로……."

비서실장이 여비서를 내보내고 이사실 문을 닫았다.

이언은 혜준이 앉아 있는 소파를 지나쳐 책상으로 향했다.

"에너지 사업 전망이 참 좋아, 그치? 그 대단한 명운그룹이 위약금을 대신 물어 주면서까지 기술을 뺏을 만큼."

결국 혜준은 몇 날 며칠 동안 어떤 계약도 되돌리지 못했다. 모든 이들이 처음부터 이럴 작정이었던 것처럼 그와는 약속조차 잡으려 하지 않았다. 이미 명운 쪽으로 돌아선 마당에 괜히 혜준을 만나서 강이언에게 책잡히기 싫은 것이었다.

비아냥대는 말에 이언이 피식 웃었다.

"'빼앗았다'라……. 애초에 네가 뿌린 것에 비해 일이 너무 잘 풀린다는 생각은 안 해 봤어?"

"입 닥쳐! 내가 몇 년을 공들인 사업이었어!"

"아니, 넌 내가 몇 년 동안 너한테 밀어 넣은 기업들, 연구소들, 투자자들과 착실하게 계약을 한 것뿐이야. 운이 좋다고 생각했겠지, 그것도 능력이라고 자만하면서. 넌 정말 한 치의 의심도 하지 않더군. 너무 간단해서 나도 놀랐어. 한 회장님이 계셨다면, 아니, 네 아버지 정도만 되었더라도 이렇게까지 쉽진 않았을 텐데."

의자에 등을 깊게 묻고 앉아 턱을 느릿하게 쓸어내리던 이언의 눈이 오만함과 비웃음을 담고 혜준을 향했다.

"운? 있으면 좋지. 그런데 사업은 네가 생각하는 것보다 정직한 거야. 네가 돈을 들이는 만큼, 사람을 사는 만큼, 의심하는 만큼 결과가 나타나지. 아직도 네 아버지 한마디에 빌빌거리는 네가 이 중에 무엇 하나라도 제대로 할 수 있는 게 있었나?"

이언의 말 한 마디 한 마디가 혜준의 신경을 까득까득 날카롭게 긁었다. 벌겋게 충혈된 눈은 이미 끝까지 몰릴 대로 몰린 사람의 초조함과 공격적인 분노를 드러냈다.

혜준은 몸을 앞으로 수그리며 깍지 낀 손에 턱을 괴었다. 기이하게 번들거리는 눈이 깜빡임도 없이 이언을 노려봤다.

"이제 윤은수도 네 손에 쥐었다 이거지. 네 목적이 뭐야. H&C를 먹는 거야? 리본 묶어 포장해서 윤은수한테 결혼 선물로라도 주려고?"

"예나 지금이나 윤은수가 경영권에 관심이 있기나 한가? 너랑 윤진우 회장이 지레 겁을 먹고 은수가 아무것도 모를 때 빼앗은 것을. 윤은수가 H&C를 갖고 싶은 게 아니면 나도 관심 없어."

"그럼 대체 왜 네가 이렇게까지 하는 거야!"

"하지만 난 윤혜준, 너한테는 아주 관심이 많지."

이언은 말을 멈추고 의자를 밀며 일어났다. 검은 셔츠를 입은 그는 자비라고는 없는 냉담한 지배자의 얼굴로 혜준의 건너편에 앉았다.

"계단에서 떠밀고, 목을 조르고, 끊임없이 보호자라는 이름으로 곁을 맴돌면서 위협하고."

"하……. 천하의 강이언이 정말 단단히 미쳤구나? 고작 그런 것들이 네가 수십억을 날리면서까지 윤은수를 위해 복수해야 할 일이야? 너야말로 나한테 사업을 운운할 처지는 아닌 것 같은데."

"정말? 네가 한 짓이 고작 그것뿐이야? 확신할 수 있나?"

선득한 빛이 스치는 검은 눈에 혜준이 움찔하며 몸을 뒤로 물렸다. 순간적으로나마 살의마저 느껴져 팔뚝 위로 소름이 돋았다.

강이언이 지금 무슨 말을 하는 거지? 뭘 알고 이런 말을 하는 거지?

혜준이 팔걸이 위로 주먹을 부드득 쥐었다. 하지만 이언은 언제 그랬냐는 듯 느긋하고 오만한 눈으로 혜준을 바라봤다.

"원하는 결과를 얻으려면 끊임없이 의심해야 돼. 수십억? 내가 얻고자 하는 건 그보다 더한 돈을 들여도 아깝지 않지. 너는 절대 못 할 일을 네가 이해할 수 있겠나?"

혜준은 점차 감당할 수 없는 분노에 잡아먹혔다. 붉게 달아오른 얼굴이 일그러지기 시작했다.

조금 더, 조금만 더.

이언은 날카로운 눈을 혜준에게서 떼지 않았다.

악귀처럼 날뛰어 봐, 윤혜준.

"상무라는 이름이 아깝군."

이언이 담배를 물고 불을 붙였다. 다리를 꼬고 앉은 그의 검은 눈앞으로 하얀 연기가 뿌옇게 흩어졌다.

"한 회장님이 왜 네 아버지가 아닌 윤재준 사장에게 모든 것을 줬는지, 이제 조금은 알겠나? 권력은 네 욕심으로 얻을 수는 있어도 유지할 순 없어. 너 같은 놈을 왕으로 둔다면 그 어떤 철옹성도 모래성이 되어 버리지. 아니, 상무 자리에 앉고도 윤진우 회장이 아니면 아무것도 못 하는 네가 왕이 될 수나 있을지 모르겠군. 그런 주제에 뭘 믿고 날 찾아온 거지? 네 아버지한테 하듯이 나한테 징징대면 뭐라도 수습이 될까 봐?"

"그 입 닥치지 못해!"

쿠당탕!

순식간에 혜준의 몸이 이언을 향해 튀어 나갔다. 동시에 이언이 자리를 박차고 일어나며 다리를 뻗어 혜준의 복부를 단번에 걷어찼다.

갑작스런 충격에 혜준의 몸이 바닥으로 나동그라졌다. 급소를 얻어맞고 고통스럽게 몸을 웅그리는 혜준의 눈앞으로 반도 채 태우지 않은 담배가 툭 떨어졌다.

"비아냥거리고 협박하는 거, 바닥을 기고 빌빌대면서 기회를 보는 거. 그게 네가 그동안 원하는 걸 얻으며 살아온 방식이겠지."

윤이 나는 검은 구두가 느릿하게 담배를 짓누르고 비볐다.

"다음에 나를 만나러 올 땐 좀 더 거래할 만한 걸 들고 와."

네 아비가 그랬던 것처럼 너도 추잡한 열등감을 무기로 그 자리에 올라가 봐.

10.

이언은 아침에 현관을 나서면서 통보하듯 말했다.

"모레 이경이 보낼 테니까 같이 외출해."

무슨 소리냐고 묻는 것처럼 은수가 쳐다보자, 이언은 무표정한 얼굴로 돌아봤다.

"결혼 준비."

그 한마디에 모레부터 은수가 이경과 함께 무엇을 하게 될지 머릿속에 그려졌다. 여느 예비 신부들이 하는 것처럼 최고급 웨딩샵을 돌면서 드레스를 몇 벌씩 갈아입고, 메이크업부터 손톱에 바를 매니큐어 색깔 하나하나까지 고르게 될 것이다.

은수는 대답 대신 다른 요구를 했다.

"그럼 오늘 한남동에 다녀오게 해 줘요."

"필요한 게 있으면 말해. 사람 시켜서 갖다 줄 테니까."

"거긴 내 집이에요. 내 유일한 가족과도 같은 안 집사님이 계신 곳이구요."

"그럼 안 집사를 불러 주지."

"어차피 경호원 붙일 거잖아요. 윤혜준과 만난다 해도 뭘 어떻게 할 수 있겠어요?"

은수가 이게 뭐 별일이나 되냐는 듯이 어깨를 가볍게 으쓱했다.

이언은 가늘게 뜬 눈으로 은수를 바라봤다. 며칠 내내 밤마다 수액을 맞고 식사도 조금씩 하기 시작해서인지, 확실히 훨씬 나아 보이는 얼굴이었다. 위태롭고 불안정하던 눈빛도 고요한 수면처럼 차분해졌다.

그리고 윤혜준은 에너지 사업 뒷수습을 하는 와중에 굳이 은수가 없는 한남동을 찾지는 않을 것이다.

"그렇게 해."

이언은 가만히 은수를 바라보다가 이내 오피스텔을 나갔다. 천천히 닫히는 문 사이로 두 사람의 시선이 얽혔다. 문이 닫히고 그의 모습이 완전히 시야에서 사라지고 나서야 은수는 눈을 꾹 감았다.

이언이 나가고 난 오피스텔은 일상적인 소음 하나 없이 적요했다.

마치 진공상태에 있는 듯한 그 느낌이 싫어서 은수는 이중으로 꽉 닫혀 있는 테라스 문을 활짝 열었다. 그제야 아침의 소리가 환하게 집 안으로 쏟아져 들어왔다.

며칠 전 은수는 인천댁 아주머니를 한남동으로 돌려보냈다. 그 뒤로는 이언이 본가에서 보낸 아주머니가 와서 식사를 차려주고, 자잘한 집안일을 돌보았다.

"이사님이 테라스 문 열지 말라고 하셨는데……."

은수가 아주머니를 돌아보며 빙긋 웃었다.

"답답해서요. 장마가 끝났나 봐요."

"그럼, 진작 끝났지. 바람에 눅눅한 게 없잖아."

은수의 미소에 마음이 놓였는지 아주머니는 더 이상 별다른 말없이 부엌일로 돌아갔다. 진작 끝났지, 그 말이 메아리처럼 귓가에서 몇 번이고 맴돌았다.

진작 끝났는데. 진작 끝난 건데. 네가 누구를 탓할 수 있어? 결국 후련하게 떠나지도, 네 의지로 머무르지 못한 것도 너잖아.

은수는 담담한 얼굴로 고개를 끄덕였다. 맞아, 내가 그렇게 못한 거야. 지난 5년의 지독한 외로움이 무색할 만큼 그 사람이 좋아서, 좋은 만큼 밉고 서러워서, 차라리 욕하고 증오하면서도 계속 보고 싶었던 거야. 그 사람에게 내가 아무것도 아닐 바엔, 차라리 상처를 내서라도 내가 그 사람에게 아픈 존재가 되기를 바랐던 거야.

은수는 이제야 그가 왜 그토록 자신과 결혼하려 하는지 알 것 같았다. 따지고 보면 명목상의 아내로서 윤은수만큼 결혼하기 좋은 상대는 없었다.

정재계 사람들의 결혼이란, 그저 단순하게 가족을 이루는 것만이 아니었다. 끊임없이 서로의 득과 실을 따지는 과정에서 양쪽의 이해관계가 거미줄처럼 얽혀 들어가는 것이 그들의 결혼이었다.

시너지 효과를 내면서도 최대한 상대방보다 손해 보지 않는 것. 이 세계에서 결혼이란 어쩌면 그 무엇보다도 정치적인 행위이다.

윤은수는 H&C 윤가(家)의 둘째 딸이지만 H&C 내에서 어떤 권리도 주장할 수 없는 그늘 속의 존재이다. 강이언과 결혼하여 명운그룹의 사람이 된다고 해서 조금이라도 H&C의 이득을 얻기 위해 호시탐탐 기회를 엿보지도 않는다. 드물지도 않은 재벌 간의 혼사라 언론에서 요란하게 신데렐라 스토리를 떠들어 대며 귀찮게 할 일도 없다.

하나씩 따지고 보니 그가 의도한 그림이 너무나 선명하게 보여서 허탈한 웃음마저 나왔다.

결국 그 모든 것을 자초한 것은 자신이다. 그에게 마음대로 휘두르지 말라고 해 놓고, 결국 이제껏 휘두르도록 내버려 둔 것도 자신이다.

이언이 결혼 발표를 했을 때, 아니라고 말해야 했는데, 충분히 말할 수 있었는데 바보같이 그걸 할 수가 없었다. 정말 밉고 증오했는데, 그럼에도 어떤 식으로든 그에게 흠집을 내고 싶지 않았다.

"정말 바보같이……."

태양의 열기를 담은 바람이 머리를 흩트리고 지나갔다.

은수는 하늘을 올려다보며 자조적으로 웃었다.

이언과 혜인의 결혼설이 나돌 때, 마음이 너덜너덜해질 만큼 상처를 받으면서도 애써 스스로를 위안했던 건, 그것이 그저 사업의 일환으로써 사랑 없는 결혼이 되리라는 걸 알기 때문이었다. 그 위안은 자신이 그의 신부로 지목되자 날카로운 비수가 되어 돌아왔다.

"한남동으로 갈 거예요."

"예, 모시겠습니다."

이미 이언의 지시를 받았는지, 경호원은 은수를 막지 않고 엘리베이터에 올랐다.

당신의 진심이 뭐든, 나는 당신의 인형 같은 신부가 되지는 않을 거야.

은수가 탄 차의 뒤로 경호원들의 차가 한 대 더 따라붙었다.

평생 당신을 그리워하게 될지라도, 나는 차라리 강이언이 갖지 못한 유일한 존재가 될 거야.

한남동에 도착하자 경호원 두 명이 먼저 집으로 들어가 윤혜준이 있는지 확인했다. 인천댁이 걱정스러운 얼굴로 거실 창에서서 멀리 은수를 발견하고는 한숨을 내쉬었다.

경호원들이 집 안에 인천댁 외에는 아무도 없다는 것을 확인하고서야 은수는 집 안으로 들어갈 수 있었다.

"안 집사님은요?"

"잠깐 외출하셨어. 아유, 저 사람들은 오피스텔에서 볼 때부터 무시무시하게 생겨 가지고. 경호원 맞긴 한 거지?"

인천댁이 현관 앞을 지키고 선 경호원들을 창 너머로 건너보며 말했다.

은수는 인천댁을 두고 곧장 이 층 방으로 올라갔다. 한참 동안 주인이 없었던 방은 정갈하게 정리되어 있었다.

아무렇지 않은 얼굴로 여기까지 왔는데, 이제야 긴장이 풀려서인지 서랍을 뒤적이는 손이 작게 떨렸다.

은수는 서랍에서 빠르게 여권과 카드를 핸드백 안에 챙겨 넣고 다시 일 층으로 내려가 인천댁을 찾았다.

"아줌마, 제가 부탁드린 건요?"

"어어, 잠깐만."

인천댁이 황급히 가방에서 통장과 카드를 꺼내 내밀었다.

"네가 말한 대로 딸내미 시켜서 만들어 오긴 했는데……."

"아줌마, 고마워요. 정말. 그리고 이거 받으세요."

"이건 뭐야?"

"제가 아주머니 휴가 보내 드리는 거라고 생각하시고, 다음주에 가족들이랑 길게 여행이라도 다녀오세요."

은수가 자신의 카드를 인천댁 손에 쥐여 줬다. 그러자 인천댁이 손을 내저으며 만류했다.

"아유, 됐어! 휴가면 휴가지 무슨 카드를 줘! 네가 준다고 해서 내가 이걸 어떻게 덥석 받아서 써!"

"받아 주세요, 아줌마. 할머니 돌아가신 뒤로 저한테는 아주머니가 엄마나 마찬가지였잖아요."

"아니, 그래도……."

"제가 진작 좋은 데 보내 드렸어야 했는데, 이런 식이 되어서 오히려 죄송해요."

빙긋 웃으며 하는 말에 인천댁의 눈에 눈물이 고여 들었다.

그 후, 은수는 안 집사가 주로 시간을 보내는 서재로 들어갔다. 오래된 책과 가구의 냄새가 공기 중에 떠돌았다.

은수는 가만히 손으로 책상을 쓸었다.

죄송해요, 안 집사님. 죄송해요. 말 안 듣고 고집부리다가 이제서야 이렇게 떠나서. 하지만 아시죠, 제가 언제나 돌아오고 싶은 곳은 이곳이라는 거. 안 집사님이 계신 곳이 제 집이라는 거.

"은수야, 괜찮은 거지?"

"그럼요."

은수는 현관 앞에서 걱정스러운 얼굴을 한 인천댁을 꼭 껴안았다.

"긴 여행을 다녀오는 거라고, 그렇게 생각하세요, 아줌마. 안 집사님께도 그렇게 말씀해 주세요. 안 집사님은…… 무슨 말인지 아실 거예요."

언제 돌아올지 알 수 없는 긴 여행. 어쩌면 5년 전에 진작 떠났어야 했던 길. 그랬더라면 뭐가 달라졌을까. 5년이라는 시간 동안 나는 당신을 깨끗이 잊을 수 있었을까.

은수는 마침내 문고리를 잡았다.

⚜

"김사훈?"

이수는 이언의 맞은편에 털썩 앉으며 길게 하품했다.

"어, 그 간호사 이름은 김사영이고. 몇 번이나 떠봤는데 김사영은 진짜 몰라, 김사훈 어디 있는지. 와, 이 좁은 땅덩이에서 어떻게 그렇게 흔적 하나 안 남기고 숨을 수 있지? 아님 진짜 죽은 거 아냐?"

이언은 말없이 담배를 입에 물었다.

이수가 앞으로 몸을 쭉 내밀며 목소리를 높였다.

"야, 가능성 있는 얘기 아니냐? 혹시 알아, 윤혜준이 뭐가 뒤틀려서 죽였을지?"

"한 것도 없는데 왜 죽여. 병원비는 또 왜 대 주고? 아직 김사훈을 쓴 적이 없으니까 꼬박꼬박 돈을 대 주는 거겠지."

전 H&C 경호팀 김사훈과 윤혜준의 연결 고리를 끈질기게 뒷조사하던 이수는 마침내 그가 어떤 식으로 김사훈과 김사영에게 돈을 대 줬는지 알았다.

김사영이 근무하는 대학병원에 두 사람의 막냇동생이 희귀병으로 몇 년째 수술과 입원을 반복하고 있었다. 전 세계에서 보고된 환자도 거의 없고, 마땅한 원인을 알 수 없어 제대로 연구된 치료법도 없기 때문에 그때그때 나타나는 증상에 따라 수술과 치료를 해야 하는 희귀병이었다.

대기업 경호팀의 말단 경호원과 대학병원 간호사의 연봉으로는 택도 없을 병원비가 필요했을 것이다.

동생은 이미 3살 때부터 병을 앓고 있었고, 5년 전까지만 해도 병원비를 내기 위해 진 빚이 어마어마했다.

"김사훈이 잠적하는 것과 동시에 완벽한 빚 청산. 그야말로 악마의 유혹이었겠지. 윤혜준한테도 전문적으로 훈련된 김사훈은 더할 나위 없는 도구였을 테고."

이수가 혀를 차며 고개를 내저었다. 그 뒤로 병원비는 한 번도 밀리지 않고 제때 수납되었다. 김사훈도 김사영도 아닌, 익명의 수납자에 의해.

"이게 뭐 1, 2년도 아니고 5년을 잠적하고 있는 새끼를 어디서부터 어떻게 찾아야 할지 감도 안 온다."

이수가 마른세수를 하며 소파에 몸을 길게 뉘었다.

그때, 이언의 핸드폰이 짧게 울렸다.

"오늘 본가로 오지? 할아버지가……."

"아니. 오피스텔."

핸드폰을 들여다보던 이언의 얼굴이 딱딱하게 굳었다. 핸드폰에서 눈을 떼지 않고 자리에서 일어나 곧장 문으로 향하는 모습에 이수가 얼떨떨한 얼굴로 물었다.

"어디 가?"

"오피스텔."

아, 진짜. 은수 있다고 오피스텔 타령만 하네.

이수가 불퉁하게 입술을 내밀거나 말거나, 이언은 빠르게 이 사실을 나섰다.

[오늘 바쁘지 않으면 같이 저녁 먹어요.]

저녁을 같이 먹자는, 그야말로 별다를 것 없는 일상적인 문자를 보는 순간, 이언은 심장이 쿵 하고 떨어지는 것 같은 진동을 느꼈다. 어제 은수와 함께 한남동에 갔던 경호원의 보고에 따르면, 은수는 고작 30분 남짓 한남동 집에 머물렀다고 했다. 며칠 전에는 자기가 직접 인천댁을 한남동으로 돌려보냈다.

금방이라도 부서져 스러질 것 같아 한시도 눈을 떼지 못했던 며칠 전과는 달리, 요즘은 밥도 잘 먹고 오피스텔 생활에 적응해 가는 듯 보였다. 그게 체념했기 때문인지, 아니면 강이언의 아내로서 살아 보겠다는 결심 때문인지는 모르겠지만.

무엇 때문이든, 은수가 그의 공간에서 일상을 살아 내려고 하기 시작했다는 것이 중요했다.

차에 오른 이언의 입가에 보일 듯 말 듯 미소가 어렸다.

"왔어요?"

현관에 들어서자 푸른색 원피스를 입은 은수가 그를 맞았다. 화장기 없는 말간 얼굴에, 담갈색 머리가 어깨 한쪽으로 부드러운 물결을 그렸다.

이언은 그 모습이 너무나 일상적인 장면이라 오히려 이질감이 느껴져 그 자리에 멈춰 섰다.

강이언의 삶 속에 스며든 윤은수는, 그에게 있어서 하나의 꿈과 같은 것이었다.

그의 신부가 될 유일한 여자.

이언은 순간 가슴이 뻐근하게 조여 오는 것을 느끼며 은수에게 다가섰다.

윤은수에게 강이언은, 어쩌면 매일 밤 그녀를 찾아오는 수많은 악몽 중 하나일지도 모른다. 내가 너에게 악몽이 될 수밖에 없다 해도 너를 놓을 수 없다는 걸, 네가 이해할까.

그가 천천히 손을 들어 올렸다. 그의 손가락 사이로 긴 머리칼이 부드럽게 흘러내렸다.

“아주머니가 식사 준비해 주고 가셨어요. 같이…… 먹어요.”

은수가 돌아서자 그의 손 안에서 머리칼이 모래처럼 스르륵 빠져나갔다. 순식간에 공허함이 차오르는 손바닥을 꽉 쥐었다.

부엌 테이블에는 거창하진 않지만 정갈한 밥상이 차려져 있었다. 이언은 말없이 은수의 맞은편 자리에 앉았다.

그러자 은수가 조심스럽게 뚝배기에서 찌개를 덜어 이언의 앞에 놓아주었다.

“저녁에 고기 같은 거 먹으면 속만 부대낄 것 같아서, 그냥 간단하게 차려 주시라고 했어요.”

그 뒤로 두 사람은 말없이 음식을 먹었다.

숟가락과 젓가락이 입술을 스치는 부드러운 소리만이 정적의 틈을 메웠다. 긴장감으로 팽팽하게 당겨진 정적이 아닌, 하얀 밥 위로 포근하게 올라오는 따뜻한 김 같은 고요함이었다. 울분에 차서 노려보는 윤은수도, 냉담하게 돌아서는 강이언도 없었다.

은수는 어느 순간 숟가락을 내려놓고 이언이 밥 먹는 모습을 바라봤다. 반도 채 비우지 못한 밥그릇을 보고 이언이 말했다.

"더 먹어."

"배불러요."

은수가 냅킨으로 입술을 꾹 눌러 닦고 다시 곱게 접어 한쪽에 내려놨다.

말간 담갈색 눈이 곧게 이언을 향했다. 아래로 선하게 휘어진 눈이, 얼핏 웃는 것처럼 보이기도 했다.

"있잖아요."

아니, 은수는 정말로 작게 미소 짓고 있었다. 마치 재미있는 이야기를 막 시작하는 사람처럼 운을 띄우면서.

"내가 무슨 음식을 제일 좋아하는지 알아요?"

이언의 검은 눈도 은수를 향했다. 진짜로 음식에 대해서 묻는 건지, 아니면 다른 의도가 있는지를 파악하려는 눈빛이었다.

사업가들이란, 이래서 안 된다니까.

은수가 작게 한숨을 내쉬었다가 다시 물었다.

"내가 뭘 편식하는지는요?"

"……."

"밥 먹고 난 뒤엔 꼭 디저트로 초콜릿을 먹는다는 건 알아요?"

이언이 수저를 내려놓고 미간을 찌푸렸다. 질문 자체보다 여전히 그 의도를 알아내는 데 집중하는 것 같았다.

그 반응에 은수는 대답을 얻기를 포기하고 어깨를 으쓱했다.

"난 몰라요. 당신이 무슨 음식을 제일 좋아하는지, 싫어하는 건 뭔지. 초콜릿을 좋아하긴 하는지……. 참, 신기한 거 있죠? 이렇게 당신에 대해 아무것도 모르면서 어떻게 그렇게나 좋아할 수 있었을까."

과거를 더듬는 듯 아득한 목소리였다.

이언의 눈이 깜빡임도 없이 은수를 바라봤다. 그는 얼어붙기라도 한 것처럼 움직임이 없었다.

그를 바라보는 은수의 눈빛은 꿈결처럼 부드러웠다.

"당신을 많이 좋아했었어요. 한때는 당신이 내 구원이기를 간절히 바라기도 했어요. 그래서 당신을…… 참 미련하게도 기다렸어요."

이언이 주저 없이 의자를 밀며 일어났다. 그가 성큼성큼 테이블을 돌아 은수에게 다가왔다.

"하지만 이제 알아. 우린 서로의 일상이 될 수 없어요."

"모르는 건 차차 알아 가면 돼. 일상? 나와 같이 저녁을 먹는 건 너의 일상이 아닌가?"

그의 손이 은수의 턱을 들어 올렸다.

"나를 봐, 윤은수."

닿을 듯 말 듯, 그의 숨결이 은수의 입술 위에서 흩어졌다.

"네가 내 눈앞에 있는 것. 내 옆에서 숨을 쉬는 것. 내 일상은 그런 거야."

이언의 입술이 은수의 것 위로 스치듯 닿았다 떨어졌다. 그리고는 이마를 맞댄 채 은수가 눈을 뜨기를 기다렸다.

하지만 은수는 고집스럽게 감은 눈을 뜨지 않았다.

그의 입술이 다시 부드럽게 은수의 위로 내려앉았다. 뜨거운 혀가 다물린 입술을 가르고 들어가 도망칠 듯 움츠러드는 작은 혀를 유연한 생물체처럼 부드럽게 휘감고 쓸어 올렸다.

은수가 한 치의 틈도 없이 맞붙은 입술 사이로 숨을 쉬기 위해 바르작거리자, 그의 손이 겨드랑이 아래로 들어와 은수를 일으켰다.

이언의 입술이 은수의 목으로 미끄러져 내려옴과 동시에 그가 은수를 품에 안아 들었다.

순식간에 몸이 붕 떠오르자 바닥이 무너진 것처럼 어지러웠다. 은수는 급하게 숨을 헐떡이며 그의 어깨를 붙들었다.

침대로 향하는 그의 걸음에는 주저함이나 망설임이라고는 없었다. 침대 위로 두 개의 기둥처럼 선 그의 팔 사이에 은수가 눕혀졌다. 심연과 같은 검은 눈이 잡아 삼킬 듯 은수를 바라봤다.

거대한 그의 아래서, 은수는 새처럼 작았다.

네가 내 눈앞에 있는 것. 내 옆에서 숨을 쉬는 것. 내 일상은 그런 거야.

내가 함께하는 당신의 일상은 그런 거구나.

네가 숨 쉬는 모든 순간이 내가 살고 싶은 일상이야.

나는 그저 당신의 인형처럼 당신의 옆에 진열되어 있기만 하면 되는 거야.

네가 무엇을 좋아하든 내가 무엇을 싫어하든,

내가 좋아하는 것, 당신이 싫어하는 것,

네가 내 곁에 있다는 것만으로

하나하나 알아 가며 당신을 사랑하고 싶었어.

내 일상은 그걸로 충분해.

그게 언제인가 꿈꿨던 당신과 나의 일상이었어.

미처 다 전하지 못한 말이, 결코 귓가에 닿지 않을 목소리가 서로를 바라보는 시선 가운데 흩어졌다.

은수가 정처 없이 흔들리는 눈빛을 감추려 눈을 감았다.

이언의 손이 원피스를 어깨에서부터 끌어 내렸다. 순간, 가슴 한구석이 꽉 조여 오듯 아팠다.

아픈 가슴 위로 이언의 입술이 찾아들었다. 하얀 살결에 입맞추는 그의 입술이 데일 것처럼 뜨겁고, 그 지나간 자리는 바람처럼 부드러워서 눈물이 울컥 터져 나왔다.

차라리 그 차가운 말처럼, 냉담한 표정처럼 그의 입술도 아프고 사나웠으면 나았을 텐데. 마치 크리스탈 조각품을 다루듯 더없이 부드럽고 섬세한 그의 입맞춤이 은수를 더욱 슬프게 만들었다.

"그만……."

물기 어린 목소리가 이언의 머리 위에서 흘러나왔다.

"그만해요……."

이언이 고개를 들어 은수를 바라봤다. 허리까지 끌어 내린 푸른 원피스 위로 드러난 하얀 살결이 마치 바다 위에 떠 있는 것 같았다.

은수는 이언을 바라보지 않고 고개를 옆으로 돌렸다.

"그만 나가 줘요. 잘래요."

"윤은수."

"나중에……."

은수가 이언의 팔 아래서 옆으로 몸을 둥글게 말았다. 커다란 그림자가 지붕처럼 은수의 위에 드리웠다.

이언은 천천히 몸을 일으켰다. 몸을 웅크린 은수는 마치 아이처럼 작아 보였다.

그가 이불을 끌어와 은수의 어깨 위로 덮었다.

"……그래, 나중에."

준비되지 않은 은수를 안을 마음은 없었다. 은수가 그를 밀어내지 않고, 그에게서 벗어나려 하지 않고 손이 닿는 곳에 머문다는 것만으로 일단은 만족할 수 있었다.

이언의 등 뒤로 방문이 닫혔다.

적요한 어둠의 장막 아래서 은수는 가만히 눈을 감았다.

나중에.

이언의 마지막 말이 긴 여운을 남기며 귓가를 맴돌았다.

11.

"어디 가? 이따 이경이 온다고 하던데."

현관문을 여는 소리에 일하는 아주머니가 종종걸음으로 따라 나왔다.

은수는 문고리를 잡은 채 보이지 않게 숨을 길게 내쉬고 돌아섰다.

"도서관 다녀오려구요. 책이라도 빌려 올까 해서요."

"그래, 그럼. 이경이는 점심 지나서 온다니까 늦지 않게 와."

"네, 다녀올게요……."

긴장으로 말끝이 흐려지는 목소리에도 아주머니는 별다르게 생각하지 않고 은수에게 손을 흔들었다. 문고리를 힘주어 돌리는 손에 땀이 축축했다.

오피스텔 밖으로 나오자 어김없이 경호원 세 명이 따라붙었다. 은수는 나란히 선 검은 차 두 대를 힐끗 보고는 앞차에 올라탔다.

"학교로 가요."

"예, 알겠습니다."

경호원이 백미러를 통해 시선을 던졌다가 이내 차를 출발시켰다.

은수는 무릎 위에 놓인 핸드백을 꽉 쥐고 창밖으로 고개를 돌렸다. 이경이 올 것이라는 말을 들었을 때, 은수는 경호원을 떼어 내고 외출할 수 있는 처음이자 마지막 기회라고 생각했다. 어떻게든 이경과 함께 외출할 때 도망을 칠 생각이었다.

하지만 은수는 이내 마음을 바꿨다.

누군가 톡 건드리기만 해도 고여 있는 눈물이 전부 펑 하고 터져 버릴 것 같은 이런 상태로 이경의 얼굴을 본다면, 겨우 다잡고 있는 마음이 하릴없이 와르르 무너져 내릴 것 같았다. 그리고 은수는 어떤 식으로든 이경을 곤란하게 만들고 싶지 않았다.

그러자면 경호원을 떼어 낼 수 있는 다른 방법이 필요했다. 한순간만이라도 경호원의 시야에서 벗어날 수 있는, 경호원이 동행할 수 없는 장소가.

두 대의 검은 차가 학교 도서관 앞에 멈춰 섰다.

경호원이 열어 주는 문으로 은수가 내리자, 지나가던 사람들이 힐끗힐끗 호기심 어린 시선을 던졌다. 방학 중에도 계절학기를 듣는 학생들이 많아서 교정에는 학교다운 활기가 있었다.

뒤차에서 내린 경호원 둘은 도서관 앞에서 대기하고, 한 명만 은수와 동행했다.

은수는 마른 입술을 혀로 적시고 핸드백 안에서 학생증을 꺼내 들었다.

삑, 짧은 기계음과 함께 자료실 문을 가로막고 있던 바가 열렸다. 뒤따르던 경호원은 은수가 통과하자마자 닫히는 바에 가로막혔다. 그의 얼굴에 당황스러움이 스쳤다.

도서관 경비가 가늘게 뜬 눈으로 은수와 경호원을 번갈아 봤다.

"여기서 기다리셔야겠네요. 학교 도서관이라 외부인 출입이 금지되어 있거든요."

경호원은 고개를 쭉 빼고 도서관 안쪽을 살폈지만, 운동장처럼 넓은 공간에 책장이 빽빽하게 들어차 있을 뿐, 별다른 위험요소는 보이지 않았다.

은수가 차분한 목소리로 다시 말했다.

"책만 빌리고 나올게요."

"예, 그럼 저는 여기서 기다리겠습니다."

내키지 않는 얼굴로 경호원은 고개를 끄덕이며 말했다. 은수는 천천히 돌아서서 책장들 사이로 걸음을 옮겼다.

바깥출입이 거의 없는 생활을 해 온 은수가 눈에 띄지 않게 경호원과 이언의 경계를 풀 수 있는 곳이 어딜까? 답은 쉽게 나왔다.

외부인이 사용하는 걸 막기 위해 도서관은 학생증이 있어야

출입이 가능했지만, 건물 내부에서는 구름다리로 다른 건물과 연결되어 있었다.

은수가 고개를 돌려 경호원의 위치를 확인했다. 그는 닫힌 바 뒤에 서서 통화를 하고 있었다.

이언에게 위치를 보고하는 걸까?

경호원이 통화에 집중하는 사이에 빠른 걸음으로 책장 사이를 가로질렀다. 에어컨 바람에 공기가 서늘했지만, 등 뒤로는 식은땀이 흘러내렸다.

거대한 자료실은 구석진 곳에 있는 철문을 통해 곧장 열람실로 향했다. 열람실만 지나면 계단 아래로 뒷문이 나 있고, 구름다리를 통하면 바로 옆 건물로 넘어갈 수 있었다.

조급한 마음이 가방끈을 꽉 쥔 손의 떨림으로 나타났다. 금방이라도 이언의 지시를 받은 경호원이 뒤쫓아 올 것 같아 가슴이 쿵쾅거렸다.

열람실을 거의 다 지났을 즈음엔 거의 뛰고 있었다. 열람실에서 공부를 하던 몇몇 학생들이 불쾌한 시선을 던졌지만, 은수는 전혀 의식하지 못하고 열람실 밖으로 뛰어나왔다. 그제야 저도 모르게 꾹 참고 있던 숨이 터져 나와 몸을 휘청이며 헐떡거렸다.

"하아, 하아……."

은수는 난간을 붙잡고 주저앉았다. 긴장으로 뻣뻣하게 굳어진 다리가 후들거렸다. 하지만 숨을 고를 새도 없이 고요한 가운데 뚜벅뚜벅 구두 소리가 계단을 타고 올라왔다.

"예, 건물 뒤쪽으로 문이 있습니다. 자물쇠가 걸려 있는 걸 보니 평소에는 잠궈 두는 것 같은데."

굵직한 남자 목소리에 어깨가 흠칫 떨렸다. 난간 사이로 계단을 밟고 올라오는 검은 구두가 보였다. 은수는 즉시 벌떡 일어나 구름다리를 향해 뛰었다. 닿을 듯 가까웠던 구두 소리가 다시 멀어졌다.

긴 구름다리에는 무더운 태양의 열기가 고여 있어 숨 막힐 듯한 공기가 덮쳤다. 그럼에도 개의치 않고 은수는 정신없이 계단을 뛰어 내려가기 시작했다. 이마 위로 땀방울이 흘러내렸다.

그러다 다리가 꼬여 순간 계단 아래로 주르륵 미끄러졌다. 다행히 마주 올라오던 남자가 깜짝 놀라 반사적으로 손을 뻗어 붙잡아 주었다.

"괜찮으세요?"

"네, 괜찮……."

은수가 고개를 드는 순간, 남자의 어깨 너머 커다란 창으로 여자 두 명이 막 택시에서 내리는 것이 보였다.

은수는 남자의 손을 뿌리치고 계단을 뛰어 내려갔다. 저 택시를 잡아야 한다.

막 출발하려는 택시의 뒷문이 기습적으로 벌컥 열리자, 택시 기사는 화들짝 놀라 급하게 브레이크를 밟았다. 운전석에서 벼락같은 고함 소리가 튀어나왔다.

"학생! 위험하게 뭐 하는 거야!"

은수는 택시에 몸을 밀어 넣기 직전, 반사적으로 고개를 돌려 위를 올려다봤다. 그 순간 구름다리의 창문 너머로 귀에 리시버를 낀 검은 양복의 남자와 눈이 마주쳤다.

은수를 발견한 경호원이 리시버를 잡고 뭐라 뭐라 말을 하면서 날듯이 구름다리를 내달리기 시작했다. 은수는 힘껏 택시 문을 당겨 닫고 택시기사를 재촉했다.

"아저씨, 빨리 출발해 주세요!"

"나 참! 아니 학생, 누가 쫓아오기라도 해?"

"빨리요!"

다급한 은수의 목소리에 택시기사는 얼결에 속도를 높였다. 택시는 순식간에 검은 차가 세워져 있는 도서관 앞을 지나쳤다.

경호원이 도서관 밖으로 뛰어나와 앞차에 오르고, 뒤차가 먼저 택시를 뒤쫓기 시작했다.

은수는 흔들리는 눈으로 계속해서 뒤를 돌아봤다.

"학생, 괜찮아? 몹쓸 놈들이 쫓아오는 거야? 곧장 경찰서로 갈까?"

"아, 아니요, 아저씨. 저……."

은수의 눈이 다시 다급하게 뒤로 향했다. 택시가 빠르게 학교를 빠져나와서 경호원들의 차는 아직 시야에 들어오지 않았다. 그제야 은수는 발목이 욱신거리는 것을 느꼈다.

곧, 불안정하게 흔들리는 담갈색 눈이 도로를 훑었다.

그들은 전문적으로 훈련받은 경호원들이다. 아무리 짧은 순간이었다 해도 택시 번호를 캐치했을 것이다. 그리고 이언이 직접 손을 쓴다면 경호원들의 차를 따돌리더라도 이 택시는 어느 길목에서든 금세 붙잡힐 것이 불 보듯 뻔했다.

사거리 앞에서 신호에 걸린 택시가 멈춰 섰다. 마른 입술을 꼭 깨물고 초조하게 창밖을 살피는 눈이 순간 커다랗게 뜨였다.

은수가 창에서 눈을 떼지 않고 말했다.

"아저씨, 인천공항까지 요금이 얼마나 나오죠?"

"공항? 학생 공항까지 가려고? 여기서 공항까지 가려면 꽤 나올 텐데."

핸드백 안을 뒤적이던 손이 불쑥 택시기사의 얼굴 옆으로 튀어나왔다. 은수의 손에 쥐어진 돈을 본 택시기사가 화들짝 목소리를 높였다.

"아이고, 학생! 이 돈이면 공항을 세 번은 찍고 와!"

"아저씨, 다른 손님 태우지 말고 곧장 인천공항으로 가 주세요. 부탁드려요. 그리고 저는……."

말하는 사이 건너편 도로에서 학교버스가 막 정차하려 속도를 줄이고 있었다. 은수가 정확하게 학교버스를 손가락으로 가리켰다.

"저는 저 학교버스 앞에 세워 주세요."

"학생은 내려 주고 나만 인천공항으로 가라고?"

그제야 택시기사도 꺼림칙함을 느끼고 백미러를 힐끗거렸지만, 은수의 재촉에 일단 정류장에 정차해 있는 학교버스 앞으로 차를 세웠다.

은수는 돈뭉치를 떠밀듯 택시기사에게 쥐여 주고 차에서 내렸다.

다리를 절뚝거리며 버스에 올라 의자에 주저앉듯이 털썩 앉자, 은수를 내려 주고 다시 출발하는 택시의 뒤꽁무니가 보였다. 근처에 경호원들의 차가 있었다면, 버스에 가려 은수가 내리는 것이 보이지 않았기를 바랄 뿐이었다.

은수는 길게 숨을 내쉬며 이마를 짚었다. 긴장으로 서늘해진 피부에 땀이 송글송글 맺혔다.

"아!"

은수가 다급히 핸드폰을 꺼내 배터리를 분리했다. 택시는 인천공항까지 도달하기도 전에 강이언의 사람들에게 잡힐 가능성이 높았다.

그들이 궁극적으로 쫓는 건 윤은수다. 택시 번호를 안다 해도, 이언이라면 택시가 아니라 은수를 직접 추적할 것이다.

핸드폰을 쥐고 있는 손이 작게 떨렸다.

아직, 아직 아니야. 서울 시내는 강이언의 손바닥 위라고 해도 과언이 아니다. 경호원들을 따돌린 것 정도로는 강이언을 상대로 도망을 쳤다고 말할 수도 없다.

"도망……."

이런 식으로 그를 떠나야 한다는 사실이 은수의 가슴을 아프게 푹 찔렀다.

차라리 그가 돌아오기 전에 먼저 떠날 것을.

그렇게까지 미련하게 이언을 기다렸던 건 그의 입으로 직접 듣고 싶은 말들이 있기 때문이었다. 그가 돌아와서 자신에게 온다면 모든 것을 말해 줄 것이라는 믿음으로 기다렸다.

왜 떠나야만 했는지, 그리고 은수에 대한 그의 마음은 무엇인지를.

그가 돌아와 말해 준다면 은수는 냉혹했던 외로움의 시간까지도 잊고 그의 손을 잡겠다고, 그를 바라보며 환하게 웃어 주겠다고 결심했었다.

홀로 허황되고 달콤한 미래를 그리며 했던 부질없는 결심.

은수를 오피스텔에 붙잡아 놓기까지 했으면서도 정작 그의 마음과 행동에 대해 제대로 말해 주지도, 이해시키려 하지도 않는 모습에, 그녀는 비로소 떠날 결심을 할 수 있었다.

스스로를 얽맸던 5년간의 지독한 희망고문은 끝났다.

학교버스는 시간에 맞춰 정류장에 정차했다가 다시 학교로 돌아갈 것이다.

은수는 손목시계를 확인했다. 한 시간 안에 서울에서 벗어나야 한다.

택시기사는 은수의 말대로 인천공항으로 향하고 있었다. 중간에 그냥 다른 손님이나 태울까, 하는 마음이 들었지만 은수가 떠밀 듯 주고 간 돈을 보며 쩝, 입맛만 다셨다.

공항까지 갔다가 손님이나 태워 오지, 뭐.

"그 학생은 무슨 죄라도 지었나? 그렇게 꽁무니가 빠지게…… 아이고, 뭐야."

공항에 거의 다다른 도로 한가운데서 조수석과 뒷좌석 문이 동시에 벌컥 열렸다.

오늘 타는 손님마다 왜 이래!

택시기사는 경악한 얼굴로 돌아봤다. 도로 한 중간에서 택시를 기습한 건 이언의 경호원들이었다. 그사이 신호가 바뀌고 택시 뒤에 선 차들이 요란하게 클랙슨을 울렸다.

경호원들은 은수가 없는 것을 확인하고 낭패감이 서린 얼굴로 서로를 쳐다봤다.

"뭐, 뭐야, 당신들!"

"30분 전에 명운대학교에서 태운 아가씨, 어디서 내렸습니까."

"그, 그 여학생 말하는 거요?"

경호원은 도로 한중간에 멈춰 선 세 대의 차로 인해 엉망으로 꼬인 차들을 아랑곳하지 않고 조수석에 상체를 들이밀고 물었다.

택시기사는 당황한 얼굴로 떠듬떠듬 말했다.

"그, 은행 앞에 사거리 지나서……."

"이런!"

택시기사의 말이 다 끝나기도 전에 경호원이 거칠게 조수석 문을 닫고 돌아섰다. 은수가 이미 한참 전에 내렸다는 것을 확인한 경호원들의 얼굴이 낭패감으로 일그러졌다.

같은 시간, 이언은 회의 중간에 비서실장이 전한 소식에 회의실을 박차고 나왔다. 이언의 뒤로 비서진들과 경호원들이 검은 물결처럼 따라붙었다.

경호원들이 은수가 탄 택시를 뒤쫓고 있고, 차가 인천공항 쪽으로 향하고 있다는 보고를 듣자마자 곧장 공항으로 사람을 배치시킨 참이었다.

그러나 30분 만에 잡힌 택시에는 은수가 없었고, 은수의 핸드폰은 진작 꺼져 있었다.

칠흑같이 검은 눈이 분노로 거칠게 일렁였다. 하지만 곧, 빠르게 로비를 가로지르면서 분노에 잠식되었던 이성이 싸늘한 빛을 내며 되돌아왔다.

그는 냉혹한 얼굴로 바로 곁에 따라오는 비서실장에게 지시했다.

"국제선이 뜨는 모든 공항으로 사람 풀어. 그리고 공항 주변에 있는 호텔, 숙박업소 다 뒤져."

공항에 사람을 배치하긴 했지만, 이언은 은수가 지금 당장 비행기를 탈 거라고 생각하지 않았다. 지금 당장 떠나는 것처럼 보이도록 택시만 공항으로 보내 놓고, 언제든 준비가 되면 떠날 수 있게 공항 주변에 몸을 숨길 가능성이 높았다.

꽉 쥔 주먹 안으로 손톱이 손바닥을 파고들었다.

지난밤 은수의 목소리가 아련하게 메아리쳤다.

'당신을 많이 좋아했었어요.'

그 말에, 그 목소리에 그는 걷잡을 수 없이 가슴이 뛰었었다.

'한때는 당신이 내 구원이기를 바라기도 했어요.'

은수가 자신의 마음 한 자락을 보여 줌으로써 그에게 한 발짝 더 가까이 다가왔다고 생각했다. 마침내 그의 곁에 머물기로 마음먹은 것이라고. 그래서 그는 안심했다.

그 모든 게 날 속이기 위한 거짓말이었나? 날 안심시키고 이런 식으로 도망치려고?

걷잡을 수 없는 배신감이 그의 눈 안에서 검은 용암처럼 끓어올랐다.

그가 바로잡고자 했던 모든 것은 윤은수가 그의 곁에 있어야만 완벽할 수 있었다. 오로지 그것을 위해 그는 지금껏 달려왔다.

지금 은수를 놓친다면, 그녀는 절대 다시 그의 곁으로 돌아오지 않을 것이다.

맹수의 것과 같이 으르렁대는 목소리가 소리쳤다.

"어떻게든 찾아, 어떻게든!"

냉혹한 얼굴로 외치는 목소리에 절박함이 묻어났다.

이언은 모든 인력을 총동원하여 매일 하루도 빠짐없이 국제선이 있는 공항을 순찰하듯 살피고, 공항 주변을 이 잡듯이 뒤졌다. 시간이 갈수록 손안에서 모래가 빠져나가듯 은수가 그의 손이 닿지 않는 곳으로 멀어져 가는 느낌에 더욱 이를 악물었다.

은수가 공항 주변에 머물면서 출국할 기회를 기다릴 것이라고 생각했지만, 그의 예상을 비웃기라도 하는 것처럼 어디에서도 은수를 찾을 수 없었다. 실종신고를 내서라도 전국을 샅샅이 뒤질 수 있었지만, 그랬다가는 자극적인 이슈에 굶주린 언론이 득달같이 달려들 것이었다.

한국에 있기만 하다면 시일이 얼마가 걸리든 찾을 수 있다.

이언은 공항 주변 지역을 수색하는 인원을 나눠 점차 범위를 넓혀 나갔다. 어떤 식으로든 윤혜준의 귀에 들어가는 것을 막으려면 철저하게 명운그룹의 인력으로만 은수를 찾아야 했다.

그리고 은수가 그를 떠난 지 이 주가 지나고 나서야 비서실장은 은수의 흔적을 찾았다.

⚜

또각또각, 매끈한 힐이 대리석 바닥을 차갑게 두드리는 소리가 로비를 울렸다.

혜인이 엘리베이터 앞에 서자 몇몇 사람들의 힐끗거리는 불편한 시선이 느껴졌다. 지난 몇 주 동안 H&C든 명운이든, 어디를 가도 '강이언 이사한테 까인 윤혜인이다.' 라고 말하는 듯한 시선들이었다.

혜인은 더욱 고개를 꼿꼿이 들고 엘리베이터에 올랐다.

혜준이 주도했던 H&C의 에너지 사업이 보란 듯이 강이언에 의해 무산된 후, 혜인은 내내 명운그룹을 향해 촉을 세우고 긴장을 늦추지 않았다.

혜준의 일을 보면서 강이언이 이미 오래전에 계획했다는 걸 알 수 있었다. 그가 손을 뻗었던 H&C호텔도 비슷한 수순으로 한순간에 무너뜨릴 거라고 생각했다.

하지만 명운그룹은 호텔 사업에 대한 지원을 끊지 않았다. 오히려 명운 측에서 해외 건설계약을 뚫는 데 더 적극적이었다.

호텔은 더 키워서 아예 명운으로 흡수시키겠다는 건가? 빼앗아서 윤은수한테 주기라도 하겠다는 거야?

강이언의 행보에 대한 의문이 꼬리에 꼬리를 물었다.

설사 에너지 사업처럼 호텔을 빼앗으려 한다 해도, 순순히 당하진 않을 것이다. 강이언이 무엇을 계획하고 있든, 이쪽에서도 명운을 이용할 수 있는 만큼 이용해 주리라 생각했다.

혜인은 도도하게 치켜든 얼굴로 엘리베이터에서 내렸다. 명운그룹에서 싱가포르 호텔 건설 건에 대한 회의가 있을 예정이었다.

회의장을 향해 막 코너를 돌기 직전, 적요함이 감도는 복도에서 들려오는 목소리에 혜인은 본능적으로 걸음을 멈췄다.

"세부?"

"예, 일주일 전부터 카드가 결제된 곳을 확인했는데……."

"그런데 인천댁이었단 말이지."

"혹시 몰라서 뒤를 밟았는데 윤은수 씨는 그곳에 없는 게 확실했습니다. 인천댁 이름으로 된 카드도 추적했지만."

"잠깐."

비서실장이 인기척을 느끼고 손을 들어 말을 막았다. 벽을 짚고 서서 귀를 기울이던 혜인은 재빨리 아무렇지 않은 얼굴로 코너를 돌아 나왔다.

비서실장은 혜인을 발견하고 표정 없는 얼굴로 짧게 고개를 숙여 인사했지만, 가늘게 뜬 눈은 신중하게 혜인을 살폈다.

혜인은 그에게 눈길도 주지 않고 회의실로 들어갔다. 비서실장의 시선이 집요하게 따라붙는 것이 느껴졌다. 방금 들었던 내용을 되짚느라 머릿속이 바쁘게 돌아가기 시작했다.

세부? 인천댁? 윤은수가 없는 걸 확인했다는 게 무슨 말이지?

미리 와 있던 H&C 직원들이 혜인을 발견하고 자리에서 일어나 인사했다.

혜인은 직원이 빼 준 의자에 앉으면서도 눈을 빠르게 굴렸다.

왜 강이언의 사람들이 카드를 추적해 가면서 윤은수를 찾는 거지? 마치…….

그때 회의실 앞문이 열리고 비서진과 함께 이언이 모습을 드러냈다.

검은 셔츠에 짙은 슈트를 입은 그는 여느 때와 다름없이 냉담한 얼굴이었다. 하지만 깊은 주름이 파인 미간과 회의실 전체를 뒤덮는 싸한 분위기가 그의 심기가 무척이나 불편하다는 걸 말해 주고 있었다.

혜인은 붉게 칠한 입술을 비틀어 올렸다.

그래, 마치…… 윤은수가 명운그룹의 냉혈한으로부터 도망이라도 친 것처럼 말이야.

이언은 혜인에게 잠시 싸늘한 눈길을 주었을 뿐, 고개를 까딱이는 것으로 회의를 시작했다.

혜인은 회의 중에 조심스럽게 이언을 관찰했다. 회의는 순조로웠지만 그의 얼굴은 심기가 불편하다 못해 회의를 뒤엎기라도 할 것 같은 표정이었다.

회의가 끝나자마자 이언은 지체 없이 자리에서 일어났다.

"은수는 잘 지내요?"

이언의 곁에 선 비서실장의 얼굴이 먼저 구겨졌다. 이언은 위압적인 기운을 풍기는 검은 눈으로 빙긋 미소 짓는 혜인을 내려 봤다.

"신경 꺼."

"어떻게 신경을 안 쓰나요, 그래도 몇 안 되는 혈육인데. 결혼식은 언제죠?"

혜인이 고개를 옆으로 기울이며 이언의 반응을 살폈다. 이언은 눈 한 번 깜빡하지 않고 비웃음과 경멸이 섞인 목소리로 말했다.

"너는 남보다도 못한 걸 혈육이라고 하나 보지? 결혼식에 올 필요 없으니까 윤은수한테 신경 꺼."

이언이 돌아서자마자 혜인은 입가에 미소를 지웠다. 싸늘한 눈빛이 회의실을 나가는 이언의 뒤통수를 노려봤다.

강이언과 윤혜인의 파혼?

애초에 호텔 사업을 확장하기 위한 비즈니스였을 뿐, 스캔들 정도로 서로 이득을 볼 수 있다면 아무래도 상관없었다. 하지만 강이언이 은수와의 결혼을 발표하는 순간 상황은 달라졌다.

순식간에 강이언은 보란 듯이 혜준의 에너지 사업을 무너뜨렸고, 그 일로 H&C 내에서 혜준의 입지는 바닥으로 떨어졌다. 어마어마한 위약금을 받았기 때문에 결론적으로 손해가 난 것은 아니었지만, 혜준과 계약했던 모든 중소기업과 연구소들이 명운과 손을 잡았다는 게 언론에 알려지면서 H&C의 자존심은 밑바닥으로 떨어졌다.

그 이후로 윤진우 회장과 혜인은 강이언의 속내를 알기 위해 신경을 곤두세우고 있었다.

한 회장이 죽은 후에 진우가 경영권을 위임받고 모든 실질적인 경영을 하고 있지만, 법적으로 호텔은 은수의 것이었다. 은수가 강이언을 등에 업는다면 호텔을 빼앗지 못할 이유가 없다.

강이언이 H&C와 손을 잡고 건설 확장 사업에 투자하는 이유가 그것 때문일 것이라고 혜인은 생각했다.

그런데.

"윤은수가 도망쳤다……."

"네? 실장님?"

"아니에요. 난 갈 데가 있으니까 먼저 가세요."

혜인은 비서에게 전화를 걸어 혜준의 위치를 확인하고 곧장 강남에 있는 바로 향했다. 혜준은 테이블에 축 늘어진 채 잔을 기울이고 있었다.

혜인은 바로 옆 의자에 엉덩이만 살짝 걸치고 앉아 한심하다는 눈길로 연거푸 술만 들이켜는 혜준의 옆얼굴을 쳐다봤다. 그러다 혜인이 손등에 턱을 괴고 입술을 씩 말아 올리며 말했다.

"꼭 실연당한 사람 같네? 에너지 사업이야, 윤은수야?"

혜준은 눈길도 주지 않았다. 그의 손이 허공에서 휘청이다 다시 양주병을 잡았다.

"그 많은 계약이 파기됐으니 연달아 실연을 당한 건가?"

"죽기 싫으면 입 닥치고 꺼져."

"그래도 그것보다 윤은수를 뺏긴 게 더 컸을 거야, 그치? 네가 가지고 있는 것 중에 윤은수가 제일 쓸 만한 무기였는데 말이야."

쨍그랑!

혜인의 얼굴 옆으로 날아간 유리잔이 벽을 맞고 산산조각으로 흩어졌다.

그의 눈이 혜인을 죽이기라도 할 것처럼 살기로 형형하게 빛났다. 양주병을 움켜쥔 손이 바들바들 떨렸다.

분노와 살기로 뒤범벅된 혜준과는 달리, 느리게 깜빡거리는 혜인의 눈빛은 뱀처럼 부드럽고 교활했다.

"윤은수. 어떻게 지내는지 알아?"

"입 닥치랬지. 네가 지금 호텔 있다고 눈에 뵈는 게 없나 본데, 그래 봤자 너도 강이언한테 이용만 당하고……."

"내가 오늘 재미있는 얘기를 들었거든."

이보다 더한 비밀은 없다는 듯이 속삭이는 목소리가 은밀했다. 혜준을 마주하는 혜인의 눈이 아득해졌다.

폭우가 쏟아지던 한남동 저택 어두운 복도에 열여덟 살의 혜인이 서 있었다.

'살려 달라고 빌어. 어서, 공주님.'

음산한 목소리가 빛을 타고 어둠까지 스며들었다.

혜인은 말없이 광기에 찬 등과 연약한 숨소리를 뱉어 내며 하얗게 질린 얼굴을 바라보고 있었다.

언제나 혜인을 굽어보던 담갈색 눈이 이내 빛과 어둠의 경계에 서 있는 혜인을 발견했다. 눈물이 가득 차오른 눈이 혜인을 절박하게 바라봤다.

'살려……. 살려 줘…….'

습한 공기와 빗소리 사이로 흩어지던 목소리가 손에 잡힐 듯 생생했다.

혜인은 절망과 분노, 광기가 뒤섞여 번들거리는 눈을 바라보며 고개를 저었다.

네가 무슨 생각으로 강이언을 떠났는지는 몰라도, 그래, 거기는 네 자리가 아니야, 은수야.

너는 윤혜준의 인질이 어울려.

보이지 않는 검은 손이 혜준의 등을 부드럽게 밀었다.

혜준은 비틀거리는 걸음으로 더욱 극단에 다가섰다. 그 너머는 칠흑의 심연처럼 아무것도 보이지 않았다. 교활한 목소리가 혜준의 귀에 속삭였다.

저 어둠 속에 네가 원하는 게 있어. 이 선을 넘기만 하면 넌 강이언을 무릎 꿇릴 수 있어.

등을 토닥이듯 떠미는 부드러운 손길에 혜준의 걸음이 어둠으로 한 발자국 걸어 들어갔다. 기다렸다는 듯이 숨죽이고 있던 어둠은 악마 같은 갈퀴를 뻗어 혜준을 통째로 집어삼켰다.

12.

이언은 소파에 등을 깊게 묻고 앉아 있었다. 그의 까만 머리칼이 등받이 뒤로 늘어졌다. 지그시 감은 눈은 미동이 없었다.

한낮임에도 먹구름이 몰려와 하늘을 시커멓게 뒤덮었다. 장마가 끝난 뒤 불볕더위가 계속되더니, 변덕스러운 여름은 다시 비를 몰고 왔다.

불과 십 분 전, 그의 앞에는 혜준이 앉아 있었다. 혜준이 걸어 들어올 때 걸음마다 구두에서 물이 찌걱찌걱하는 소리가 났다. 비에 젖은 머리가 엉겨 붙은 하얀 얼굴은 어딘지 모르게 기이한 분위기를 풍겼다.

혜준이 이언의 맞은편에 앉자, 그의 옷에서 흘러내린 물이 검은 소파에 긴 물길을 그렸다.

"거래할 만한 걸…… 가지고 오라고 했지?"

냉담한 얼굴을 마주하며 혜준은 씩 웃었다. 그 얼굴은 확신에 차 있었다.

혜인의 말이 맞았다.

윤은수는 강이언을 떠났다. 명운이라는 왕좌에 앉아 손에 넣지 못할 게 없었던 강이언도 윤은수만은 어쩌지 못했다.

허벅지 옆으로 축 늘어진 혜준의 손이 바들바들 떨렸다. 손끝이 짜릿할 정도로 희열감이 느껴졌다.

은수가 강이언을 떠났다는 것은 혜준에게 다시없을 기회였다. 그는 지금 강이언을 무릎 꿇릴 수 있다면 무슨 짓이든 할 수 있을 것 같았다. 저 오만한 얼굴을 내 발아래 깔아뭉갤 수만 있다면.

십여 년 전 진우가 했던 말이 맞았다. 이 나라에서 강이언을 잡는다는 건 만능열쇠를 손에 쥐는 것이나 마찬가지다. 하지만 혜준은 그 만능열쇠로 문을 여는 데는 관심이 없었다. 떠받들어야 하는 만능열쇠를 가질 바엔, 아예 문을 부숴 버리고 말겠다.

혜준이 몸을 앞으로 내밀었다. 흰자위가 번들거리는 눈이 이언을 바라보며 이가 보이도록 활짝 웃었다. 섬뜩한 웃음이었다.

이언은 눈살을 찌푸렸다. 비에 푹 젖은 채 손과 다리를 덜덜 떨면서 히죽거리고 있는 혜준은 누가 봐도 제정신이 아니었다. 그는 광기에 이성이 잠식당한 사람처럼 보였다.

혜준은 잇새로 밭은 숨을 뱉었다.

"누가 먼저 윤은수를 찾는지 내기할까? 어때, 이 정도면 구미가 당기나?"

이언은 어금니를 꽉 물었다. 윤혜준은 은수가 떠났다는 걸 이미 알고 있다.

이언은 싸늘하게 얼어붙은 눈으로 혜준을 쳐다봤다.

"마치 윤은수가 도망이라도 친 것처럼 말하는군. 내가 왜 그래야 하지? 때가 되면 돌아올 약혼녀를 굳이 찾아야 할 이유가 있나."

"그럼, 찾아야지. 넌 윤은수를 찾으려고 안달이 났을 거야. 찾지 않으면 윤은수는 너한테 돌아오지 않을 테니까."

헤죽거리는 입술 사이로 속사포 같은 말이 흘러나왔다. 혜준은 깜빡임도 없이 커다랗게 뜬 눈으로 이언의 미세한 표정 변화 하나도 놓치지 않겠다는 듯 쳐다봤다.

"넌 죽여서라도 윤은수를 네 옆에 데려다 놓을 거야. 내가 틀렸다고 말할 수 있어?"

그래 봤자 너도 나랑 똑같은 인간일 뿐이야. 그동안은 강 회장과 명운을 등에 업기만 하면 뜻대로 안 되는 게 없는 세상이니까 그렇게 오만하게 굴 수 있었겠지. 네가 만약 나처럼 모든 걸 내 힘으로 얻어야만 했다면, 너라고 해서 나랑 달랐을 것 같아?

당장이라도 튀어나올 듯한 말에 마른 입술이 달싹였다.

이언은 유리잔을 가볍게 손에 쥐었다. 투명한 잔에 담긴 물이 그가 흔드는 방향으로 찰랑거렸다. 검은 눈이 바닥이 보이지 않는 심연처럼 아득하게 깊어졌다.

적요한 공간에 혜준의 밭은 숨소리만 간헐적으로 들렸다.

굳게 닫혀 있던 이언의 입술 사이에서 무섭도록 낮게 가라앉은 목소리가 흘러나왔다.

"윤은수는 죽여서 얻을 수 있는 전리품 같은 게 아니야. 힘이나 권력으로 억압해서 억지로 옆에 둘 수 있는 것도 아니지. 내가 틀린 건 그 부분이야."

짧은 순간 검은 눈동자에 얼핏 자조의 빛이 어렸다. 하지만 이내 혜준을 바라보는 눈은 위압적인 지배자의 것으로 돌아왔다.

"난 할 수 있는 한 온전하게 윤은수를 내 옆에 데려올 생각이야. 이건 네가 틀린 부분이지. 내기? 윤은수를 두고 내기를 하자고 했나? 넌 그 내기에서 네 목숨을 걸어야 할 거야. 네가 윤은수를 찾는다면 난 네 숨통을 끊어서라도 데려올 테니까."

검은 살기가 싸하게 뒷목을 감도는 느낌에 혜준은 움찔 몸을 떨었다. 긴장으로 수축했던 숨은 이내 웃음으로 터져 나왔다. 혜준이 젖은 머리를 흔들며 어깨를 들썩였다.

"큭큭, 좋아. 아주 좋아. 한번 죽어라고 찾아봐, 강이언."

혜준이 숙였던 고개를 번쩍 들어 올렸다. 핏대가 선 눈이 이언을 노려봤다. 꽉 문 잇새에서 억눌린 음성이 흘러나왔다.

"난 내 방식으로 윤은수를 부를 테니까."

이언은 감았던 눈을 천천히 들어 올렸다.

검은 가죽에 고여 있던 물이 바닥으로 똑똑 떨어지고 있었다. 혜준이 떠난 빈자리에는 그가 남긴 음산한 기운만 남았다.

전화기의 호출 버튼을 누르자 잠시의 지체도 없이 비서실장이 들어왔다.

"윤혜준한테 감시 붙여. 그리고……."

이언은 잠시 말을 멈추고 비가 쏟아져 내리는 창 밖으로 고개를 돌렸다.

"실종 신고 내. 언론에 새어 나가는 건 최대한 막고, 되도록 경찰 선에서 찾을 수 있도록."

하늘을 쪼갤 듯한 천둥소리가 검은 하늘을 흔들었다.

⚜

"비 한번 시원하게도 쏟아지는구먼."

"워매 깜짝이야! 저게 뭐당가?"

낚시가게 장씨는 지붕 아래 앉아 비가 쏟아지는 것을 바라보고 있었다. 시장에 갔다가 비를 만나 후다닥 뛰어 들어오던 그의 부인이 호숫가 벤치에 앉아 있는 검은 인영을 발견하고는 놀라 소리쳤다.

장씨는 심드렁한 얼굴로 부인의 우산을 받아 들며 말했다.

"뭐긴 뭐당가, 사람이제. 저 처자가 또 왔구먼."

"아니, 요로코롬 비가 오는디 워째 저기 사람이 있대요잉? 시커먼 우산 쓰고 누굴 잡을라고?"

"잡긴 누굴 잡어? 어제 웬 아지매랑 얘기하는 그 보니께 서울서 온 거 같드만."

"어제도 왔어라? 저 처자는 뭐 땀시 저라고 있다요?"

"내가 으찌 알겄어? 뭔 사연이 있나 브제. 한 일주일 전부터 만날 와서 저러고 앉아 있드만."

"아따, 허여멀건 처자가 시커먼 우산 쓰고 앉아 있응께 귀신인 줄 알고 손님들 놀라 자빠지겄소!"

부인의 말에 장씨는 어깨만 으쓱하고 말았다.

햇볕도 못 보고 자란 것마냥 하얗고 온실 속 난초처럼 곱디곱게 생긴 여자는 일주일 넘게 매일 같은 시간에 와서 저녁나절까지 하염없이 호수를 바라보다 돌아갔다. 가끔 옆집 매점에 들러서 생수 따위를 사기도 했다.

오늘은 비가 쏟아지길래 안 오겠지 했는데 여자는 어김없이 같은 시간에 호수를 찾았다.

"참 별난 사람도 다 있구마."

장씨는 이내 가게 안으로 들어갔다.

검은 우산 아래 하얗게 뜬 달처럼 은수는 말간 얼굴로 빗방울이 쉼 없이 크고 작은 동심원을 그리는 수면을 바라봤다.

택시를 인천공항으로 보내고 경호원들을 따돌렸던 그날, 은수는 곧장 터미널로 향했다. 목적지를 정하는 건 생각보다 어렵지 않았다. 일단 국제선이 뜨는 공항은 전부 제외했다.

이언은 은수가 도망친 걸 아는 순간 제일 먼저 공항을 봉쇄할 것이었다. 서울에서 태어나 평생을 서울에서 살아온 은수가 알 만한 곳은 손에 꼽았다.

처음부터 은수가 가야겠다고 정한 곳은 한 곳뿐이었다. 할머니 한 회장의 고향이자, 생전의 바람대로 할머니가 잠드신 곳. 여수였다.

"할머니……."

거센 바람에 날려 차가운 빗방울이 얼굴을 때렸다.

오전에는 할머니가 묻혀 있는 묘지에 들렀다.

어디로 가야 할지 모르겠는 막막함보다도 더욱 은수의 마음을 짓누르던 것은 죄책감이었다. 이언이 떠난 것에만 괴로워하고 그리워하다가, 정작 할머니를 제대로 보내 드리지 못한 것이 아물지 않은 상처처럼 쓰라렸다.

그래서 꼭, 한국을 떠나기 전에 마지막으로 할머니를 만나고 싶었다.

눈물이 핑 돌았다.

할머니는 고향인 여수보다 훨씬 더 긴 세월을 서울에서 사셨는데도 때때로 고향을 그리워하곤 하셨다.

그 이유를 은수는 여수에 발을 딛자마자 알 수 있었다. 사람은 고향의 정취를 닮을 수밖에 없다는 것을.

여수의 바람, 흙, 빗방울, 모든 것에서 할머니가 느껴졌다.

비가 내리는 여수 하늘은 검은 먹구름에 덮여 있었다.

떠나기로 결심한 뒤 은수는 인천댁을 한남동 집으로 돌려보내면서 한 가지 부탁을 했다. 인천댁의 딸의 이름으로 통장과 카드를 만들어 달라는 것.

현금 다발을 싸 들고 다닐 게 아닌 이상, 한국을 떠나기 전까지는 다른 명의의 카드가 필요했다. 당연하게 예상할 수 있는 안 집사나 인천댁의 것은 제외했다.

인천댁에게 은수 자신의 카드를 주면서 휴가를 다녀오라고 했지만 고작 며칠의 시간을 벌었을 뿐이라는 걸 알고 있었다.

어찌 되었든 최대한 빨리 한국을 떠나야 한다는 사실에는 변함이 없었다.

이제 은수의 마음에 남은 하나는 안 집사였다. 떠나온 날 이후로 한 번도 핸드폰을 켜지 않았다. 안 집사의 전화가 추적될 가능성을 생각하고 다른 전화로도 걸어 보지 못했다.

분명 많이 걱정하고 계실 것이다. 떠나기 전에 아주 잠깐이라도 잘 있다고 안부를 전할 수 있다면.

은수는 어두운 얼굴로 자리에서 일어났다.

호텔에 돌아와 밤까지 잠을 이루지 못하고 방을 서성이다 은수가 마침내 핸드폰을 손에 쥐고 전원을 켜자 부재중 전화 수십 통이 들어왔다. 그중 반 이상은 안 집사의 전화였다.

안 집사의 번호를 누르려는 찰나에 메시지함이 깜빡이는 것이 보였다. 오늘 낮 시간에 모르는 번호로 음성메시지가 한 통 와 있었다.

은수는 잠시 망설이다가 이내 핸드폰을 귀에 갖다 댔다.

– 안녕, 공주님?

은수는 흠칫 놀라 핸드폰을 떨어뜨릴 뻔했다. 다시 전화기 속 목소리에 귀를 기울였다. 음성메시지일 뿐인데, 마치 은수의 대답을 기다리는 것처럼 혜준은 일정 시간을 두고 말을 이었다.

– 어디야? 어디로 간 거니? 그렇게 말없이 가 버리면 걱정되잖아.

불안정한 목소리가 간헐적으로 떨리고 있었다. 단어 사이사이 내뱉는 밭은 숨이 전화기를 통해 느껴졌다. 뒤이어 이어진 말에 은수는 숨쉬는 것도 잊고 얼어붙었다.

– 아무리 그래도 작은아버지 장례식에는 와야지 않겠니? 우린…… 가족이잖아.

이게 무슨 말이지? 장례식?

은수의 눈이 혼란한 빛을 띠고 흔들렸다.

세차게 내리는 비가 더욱 매섭게 호텔 창을 흔들고, 달래는 듯 부드럽던 혜준의 목소리가 돌연 싸늘하게 돌변했다.

– 이렇게 말해도 넌 안 올 거야, 그치? 안 집사는 어때? 안 집사 장례식이라면…… 올 거니?

심장이 쿵 내려앉았다. 지금 그가 무슨 말을 하고 있는 건지 도무지 알 수가 없었다.

작은아버지, 장례식, 안 집사. 불길한 단어들이 머릿속에서 소용돌이쳤다.

지금 무슨 일이 일어나고 있는 거지?

은수는 전화기를 떼지 않은 채 침착하게 호텔 방 벽에 붙어 있는 리모콘을 찾았다.

— 어서 와, 은수야……. 나는 널 기다리고 있어.

그 말을 끝으로 메시지는 끝났다.

은수는 곧장 TV 앞으로 달려가 뉴스 채널을 틀었다. 양손에 핸드폰과 리모콘을 쥐고 앵커가 이런저런 사건사고를 전하는 것을 한참 기다렸지만 윤진우 회장에 대한 어떤 뉴스도 없었다. 다른 뉴스 채널을 몇 개 더 찾아 틀었지만 마찬가지였다. H&C 정도 되는 기업의 회장이 죽었다면 언론이 이렇게 잠잠할 리가 없었다.

리모콘을 들어 볼륨을 내리자 화면 속에서 앵커가 입만 벙긋벙긋거렸다.

초점 없는 눈이 멍하니 허공에 걸렸다.

왜 이런 메시지를 남긴 거지? 안 집사님에게 무슨 일이 생긴 건 아니겠지?

이내 발목을 타고 올라오는 꺼림칙한 느낌을 떨쳐 내려는 듯 고개를 저었다. 그리고 은수는 침대에 앉아 망설임없이 안 집사의 번호를 눌렀다. 전원이 꺼져 있다는 허탈한 기계음만 들렸다.

아무 일도 아닐 거야. 윤혜준은 지금…… 강이언을 잡기 위해 혈안이 돼서 이런 헛소리를 하는 것뿐이야. 애써 자위하면서 은수는 핸드폰 전원을 껐다.

무슨 일이 일어나고 있는지는 몰라도, 이런 메시지를 남긴 것만으로도 윤혜준은 제정신이 아니었다.

날이 밝자마자 다시 안 집사님에게 전화를 해야겠다고 생각하며 어둠처럼 밀려오는 불안을 떨쳐 내려 애썼다.

⚜

쏴아아아.

세찬 빗줄기 사이로 검은 인영이 덤프트럭에서 훌쩍 뛰어내렸다.

쉼 없이 쏟아지는 빗소리에 미약하게 울리던 자동차 경보음마저 끊어졌다.

검은 모자에 후드를 뒤집어쓴 남자는 덤프트럭과 가드레일 사이에 낀 채 완전히 찌그러진 승용차로 다가왔다. 곧장 덤프트럭에 받힌 운전사는 즉사한 듯 보였다.

깨진 자동차 앞창을 통해 뒷좌석을 살피던 남자는 이내 후드 위로 머리를 긁적이며 다시 덤프트럭에 올라탔다.

트럭이 으르렁대는 엔진음을 내며 후진했다. 남자는 공간을 만들고 다시 차로 다가와 우그러져서 잘 열리지 않는 뒷좌석 문을 힘주어 열었다.

뒷좌석으로 상체를 넣고 살피는 사이, 헤드라이트를 비추며 다가온 검은 차에서 혜준이 내려섰다.

"죽었어?"

남자는 손을 들어 빛을 가리며 고개를 저었다.

"아직 숨이 붙어 있는 것 같습니다."

혜준이 다가와 허리를 숙여 뒷좌석을 살폈다. 빗줄기 아래서 그의 눈이 붉게 번들거렸다.

"어차피 그냥 두면 죽을 거야. 오히려 잘됐어. 작별 인사를 할 기회가 생겼네."

그리고 혜준은 고개를 돌려 남자를 향해 이를 보이며 웃었다.

"수고했어, 김사훈. 오래 기다렸어."

사훈은 꾸벅 고개를 숙이고 덤프트럭 쪽으로 돌아섰다.

혜준은 우그러진 차체를 손으로 짚고 뒷좌석 안으로 얼굴을 밀어 넣었다. 피범벅이 된 진우가 뒷좌석에 힘없이 늘어져 있었다. 습한 공기에 비릿한 피 냄새가 섞여 들었다.

혜준은 코를 찡긋하며 진우의 코앞으로 얼굴을 들이댔다. 진우가 몸을 들썩이며 쿨럭였다. 그의 입에서 검붉은 피가 터져 나왔다. 혜준의 얼굴에 피가 튀어 흘러내렸다.

혜준은 아랑곳하지 않고 킥킥 웃었다.

"제가 회장님, 아니, 아버지한테서 배운 게 참 많아요. 금수저는 태어나고서 손에 쥐는 게 아니라 입에 물고 나와야 한다는 거. 일단 내 입에 금수저가 없는 걸 확인했으면 물고 태어난 놈의 입을 찢어서라도 뺏어야 한다는 거."

"컥, 컥……."

진우의 입에서 피가 울컥 솟구쳤다. 혜준이 차를 툭툭 치며 말했다.

"참, 이것도 아버지 보고 배운 거네요. 어떠세요, 직접 타 보니까. 밖에서 보는 거랑은 또 다르죠?"

차 안을 휘 보던 혜준의 얼굴이 순식간에 얼어붙었다.

"저한테 지겹도록 말씀하셨죠. 강이언에게 빌붙어라. 강이언 앞에 넙죽 엎드려라. 그 새끼가 핥으라면 핥고, 죽으라면 죽어라. 아버진 단 한 번도, 단 한 번도 강이언보다 제가 낫다고 말씀해 주신 적이 없어요. 그 자식도 고작 고등학생이었는데. 그저 명운이라는 이름만으로 아버진 강이언에게 벌벌 떠셨죠. 그때부터 제가 뺏어야 할 금수저는 아버지 입에 물린 것이었어요. 아직도 큰아버지의 피가 묻어 있는…… 그 금수저요. 아버지 저는, 강이언한테 빌붙지 않을 거예요. 저는…… 그놈이 물고 있는 것도 한번 뺏어 보려고요."

영차, 하며 혜준은 뒷좌석에서 상체를 뺐다. 굵은 빗방울이 혜준의 얼굴에 묻어 있던 피를 씻어 내렸다. 혜준은 우그러진 차 문을 발로 쾅 밀어 닫았다.

"다음엔 지옥에서 만나요, 아버지."

⚜

은수는 아침에 눈을 뜨자마자 핸드폰부터 들었다. 핸드폰 전원이 켜지기를 초조하게 기다리면서 TV를 틀었다. 곧 화면에 우비를 쓰고 속보를 전하는 기자가 나타났다.

[……오늘 새벽 한 시경, 5톤 덤프트럭이 윤진우 회장이 타고 있던 세단과 충돌했습니다. 이 사고로 운전자 이 모 씨와 뒷좌석에 타고 있던 윤진우 회장이 숨졌고, 덤프트럭의 운전자는 도주한 것으로 나타났습니다. 경찰의 조사 결과 덤프트럭의 브레이크는 고장 난 상태로…….]

은수는 믿기지 않는 얼굴로 TV를 쳐다봤다. 기자의 뒤로 종잇장처럼 우그러진 검은 차체가 보였다.

리모콘을 떨어뜨릴 듯 덜덜 떨리는 손으로 채널을 돌렸다. 모든 뉴스 채널에서 윤진우 회장의 사고를 속보로 다루고 있었다.

더 이상 앵커의 목소리가 귀에 들어오지 않았다. 지난밤 전화기를 통해 들려오던 혜준의 목소리가 다시 재생되었다.

'아무리 그래도 작은아버지 장례식에는 와야지 않겠니? 우린…… 가족이잖아.'

"말도 안 돼. 분명 그 메시지는……."

은수는 다급하게 핸드폰에서 그 음성메시지를 찾았다. 착신 시간은 어제 14시 27분. 뉴스에서 이야기하는 진우의 사고 추정 시간보다 한참 전에 보내진 것이었다.

은수는 불현듯 손에서 핸드폰을 떨구고 손으로 입을 막았다. 커다랗게 확장된 동공이 바람 앞에 촛불처럼 마구 흔들렸다.

단순히 혜준이 제정신이 아닌 거라고 생각했다. 그렇게라도 꺼림칙한 기분을 떨쳐 내고 싶었다. 하지만 이로써 명백해졌다. 진우는 우연한 빗길 사고로 죽은 게 아니라…….

기습적으로 울리는 벨소리에 은수가 흠칫 몸을 떨었다. 바닥에 떨어진 핸드폰이 울리고 있었다.

은수는 천천히 손을 뻗어 핸드폰을 쥐었다. 입안이 바싹 말랐다.

핸드폰 화면에 '윤혜준' 세 글자가 선명하게 빛났다.

은수는 혀로 마른 입술을 축이고 통화 버튼을 눌렀다. 전화기에서는 아무런 소리도 들리지 않았다.

은수는 숨을 죽이고 기다렸다. 이내 낮게 가라앉은 목소리가 또렷하게 흘러나왔다.

– 어, 받았다.

등에서부터 뒷목을 타고 소름이 돋았다. 은수는 전화기를 놓치지 않기 위해 더욱 꽉 쥐었다. 파르르 떨리는 입술 사이에서 신음이 나올 것 같아 입술을 꽉 깨물고 전화기에 귀를 기울였다.

윤혜준은 아무 이유 없이 이런 짓을 저지른 게 아니다.

그는, 강이언을 떠난 자신을 다시 잡으려고 하는 것이다.

– 은수야, 올 거야?

"……."

– 안 올 거야? 그럼 너, 안 집사라면 올 거야?

윤진우 회장에게 한 것처럼, 안 집사에게도 똑같이 할 수 있다는 명백한 협박.

긴장으로 힘이 들어간 무릎이 덜덜 떨렸다. 금방이라도 툭 끊어질 듯, 위태롭게 이어지는 그의 목소리만 들어도 무슨 말로든 그를 자극해선 안 된다는 것을 알 수 있었다. 일단 혜준이 손을 쓰기 전에 안 집사에게 상황을 알려야 했다.

은수는 테이블에 놓여 있는 호텔 전화기로 손을 뻗었다.

그 순간, 서늘하게 축 가라앉은 혜준의 목소리가 들렸다.

– 그래서 내가 안 집사도 잡았어.

"헉……."

꾹 참고 있던 숨이 신음과 함께 흘러나왔다.

은수는 자리에서 벌떡 일어났다. 눌러 참았던 불안이 단박에 목소리로 터져 나왔다.

"왜, 대체 왜 이런 짓을 하는 거예요! 안 집사님을 잡아서 뭘 어쩌겠다고!"

– 네가 안 오면 죽일 거야.

"당신은 미쳤어. 지금 무슨 짓을 저지르고 있는 건지 알아요? 당장 경찰에……."

– 지금 죽일까?

떠나기로 결심한 순간부터 다시는 누구에게도, 그게 운명이라 할지라도 끌려가지 않으리라 결심했다. 어떤 위협을 한다 해도 내 의지가 없는 일에 휘청이지 않겠다고.

세상 물정 모르고 온실 속에서만 자라온 여자애의 위협은 위협이 아니라 징징거림일 뿐이라는 것을 알았다. 누군가가 나를 구원해 주기를 하염없이 기다리기만 해서는 검은 갈퀴처럼 목을 옥죄는 운명을 절대 끊어 낼 수 없다는 것도.

그것이 떠나는 게 더욱 절실해진 이유였다.

하지만 은수는 스스로에게 물었다.

정말 그럴까? 그저 떠나는 것만으로 끊어 낼 수 있을까? 정말 도망치기만 하면 모든 게 끝날 거라고 생각해?

– 너만 오면 돼, 공주님. 간단하잖아. 나한테 오기만 하면 돼. 그럼 아무 일도 없을 거야.

은수의 시선이 땀으로 축축하게 젖어 든 손바닥으로 향했다. 모든 선택이 손안에 놓여 있다.

반복되는 운명을 끊어 내고 싶다면 끌려가지 말고, 도망치지도 말고, 끌어야 한다.

13.

온 언론이 윤진우 회장의 사망 사고와 향후 H&C의 귀추에 대해 떠드는 가운데, 가장 분주해진 것은 이언의 최측근 비서실장과 경호실장이었다. 그들은 이른 아침부터 날듯이 이사실로 내달렸다.

이언은 뉴스를 확인하자마자 윤혜준의 위치를 파악할 것을 지시했고, 분주한 비서실에도 팽팽한 긴장감이 감돌았다.

전화 통화를 하던 세컨드 비서가 비서실장을 발견하고 자리에서 일어났다.

"실장님, 윤은수 씨의 소재가 파악되었습니다!"

"어딘가?"

"전남 여수입니다. 경찰에서 사람을 풀어 일일이 찾아다녔는데 사진을 보고 바로 알아본 자가 있답니다."

"그쪽으로 사람 보냈나?"

"네, 연락 받자마자 보냈습니다."

비서실장은 안도의 숨을 내뱉었다.

혜준이 다녀간 이후로 거의 모든 인력이 총동원되어 은수를 찾고 있었다. 되도록 언론의 눈에 띄지 않고 내부 인력만으로 모든 일을 처리해야 하는 데다가, 그나마 남아 있던 인력은 강이수 검사와 함께 김사훈을 찾는 데 투입되었기 때문에 윤혜준 감시에 소홀해진 게 화근이었다.

하지만 이렇게 빨리 일이 터질 줄이야. 이 와중에 이쪽에서 먼저 은수를 찾았다는 건 천만다행인 일이었다.

비서실장은 곧장 이사실로 들어갔다. 먼저 들어간 경호실장이 윤혜준에 대한 보고를 하고 있었다.

"윤혜준은 병원에서 시신을 확인하고 성북동으로 갔습니다. 사고가 난 덤프트럭의 주인은 찾았지만 이틀 전에 도난신고된 차량이라고 합니다."

사고가 난 정황을 듣자마자 이언은 절대 우연히 일어난 사고가 아님을 확신했다.

윤혜준은 이미 오래전부터 거사를 치르는 것처럼 이번 일을 계획했다. 이번 일에 이용하기 위해 김사훈을 몇 년 동안이나 숨겨 둔 것이다.

윤진우가 윤재준을 죽였던 방식과 똑같은 방법으로 자신의 아버지를 없애기 위해 김사훈처럼 절박하고, 오랜 시간 숨겨 둘 수 있는 사람이 필요했을 것이다. 그가 은수를 부르겠다는 말은 이것이었다.

이언의 검은 눈이 선득하게 빛났다.

8년 전, 윤진우는 우연한 빗길 사고로 위장하여 자신의 형 윤재준을 죽였다. 이번 사고와 다른 점이라면 덤프트럭이 아니라 윤재준이 탄 차의 브레이크를 직접 고장 내서 사고를 냈다는 것이다.

윤진우의 오랜 심복이었던 비서가 큰돈을 받고 브레이크를 고장 냈다. 그 비서는 사고 직후 잠적했으나, 끈질기게 추적한 끝에 그가 사고가 있은 지 얼마 후 강원도의 한 호텔에서 과다한 약물과 알코올 복용으로 숨졌다는 것을 확인했다.

경찰이 후에 그의 호텔방에서 유서를 발견했고, 이 모 씨로 명시되어 자살사건으로 인터넷 기사에 올랐을 뿐이었다.

자살로 위장한 타살. 윤진우의 방식을 그대로 따른 윤혜준도 빠른 시일 내에 김사훈을 쥐도 새도 모르게 처리할 가능성이 높았다. 김사훈이 다시 잠적하기 전에 찾아야 했다.

비서실장의 보고가 곧바로 이어졌다.

"이사님, 전남 여수에서 윤은수 씨를 본 목격자가 있습니다. 호숫가 근처 낚시가게 주인이라고 하는데, 경찰이 사진을 보여주자마자 바로 알아봤다고 합니다. 목격한 시기도 윤은수 씨가 사라진 시점과 얼추……."

"잠깐."

이언이 손을 들어 비서실장의 말을 막았다. 핸드폰 액정을 바라보는 그의 검은 눈이 순간 크게 확장되었다.

이언은 즉시 통화 버튼을 누르고 귀에 붙였다. 잠시도 기다리지 않고 목소리가 튀어나왔다.

“윤은수.”

이를 악물고 내뱉는 목소리였다.

이언은 숨을 크게 들이쉬었다. 은수의 이름을 확인하자마자 가슴 깊은 곳에서 무언가가 울컥 치밀었다.

분노? 아니, 그는 불안과 안도의 경계에서 아슬아슬하게 줄타기를 하고 있었다. 흔들리는 눈빛과 핸드폰을 꽉 그러쥐는 손에서 조바심이 드러났다.

빨리, 네 목소리를 들려줘.

은수가 완벽하게 안전하다는 것을 그의 두 눈으로 확인하기 전까지는 안심하지 못할 것이다.

비서실장과 경호실장이 덩달아 긴장한 얼굴로 이언을 주시했다.

– 저예요.

이언은 입술 사이로 터져 나올 것 같은 신음을 꾹 참으며 마른손으로 얼굴을 쓸어내렸다.

혹여 놓치기라도 할까 매일같이 공항을 이 잡듯이 뒤졌지만 은수는 그걸 알기라도 하는 것처럼 공항 근처에도 오지 않았다.

제한된 인력으로 최대한 빠르게 수색 지역을 넓혀 갔지만, 시간이 지날수록 그는 이를 악물고 초조함을 견뎌야 했다.

새삼 5년 전 은수가 그를 기다리지 않고 떠났다면, 완전히 그를 떠나기로 마음먹고 비행기에 올랐다면 그는 영영 은수를 찾지 못했을지도 모른다는 생각이 들었다.

그는 거칠게 머리를 쓸어 올렸다.

"지금 어디야."

– 그전에, 부탁이 있어요. 당신이 꼭 들어줘야 해요.

은수의 목소리는 단호했다.

이언은 은수가 앞에 있기라도 한 듯 흔들림없는 눈으로 고개를 저었다.

"네가 어디 있는지부터 말해."

– 사고가 아니에요. 작은아버지를 죽인 건 윤혜준이에요. 그리고…… 윤혜준이 안 집사님을 잡고 있어요.

이언이 전화기를 움켜쥐고 눈을 부릅떴다. 은수의 목소리 끝이 가늘게 떨리는 것이 느껴졌다.

은수를 부르는 미끼는 윤진우가 아니었나?

은수는 잠시 숨을 고르고 다시 말을 이었다.

– 나한테 윤혜준이 작은아버지를 죽인 것에 대한 증거가 있어요. 결정적이진 않지만, 내가 윤혜준을 다시 만나서 증거를 잡을 수 있을 것 같아요. 그러니까…….

"윤은수, 쓸데없는 소리 하지 말고 당장 어딘지 말해!"

짐승 소리 같은 고함이 터져 나왔다.

그 모습에 비서실장은 곧바로 세컨드 비서에게 은수를 찾아 여수로 내려간 부하 직원을 연결하라고 일렀다. 아직 이른 시간, 은수는 여수에 있을 가능성이 높았다.

이언은 거칠게 숨을 내쉬며 말이 없는 전화기에 귀를 기울였다. 은수는 숨소리도 내지 않고 고요하게 있다가 말했다.

– ……난 절대 윤혜준이 원하는 대로 끌려가지 않을 거예요. 하지만 안 집사님의 목숨이 걸린 상황에서 배짱을 부릴 자신은 없어요. 안 집사님이 무사하지 않으면…… 난 정말 윤혜준이 시키는 대로 할지도 몰라. 그러니까 당신이 안 집사님을 찾아 줘요. 안 집사님이 무사할 수 있게…… 당신이, 그렇게 해 줄 수 있죠?

결국 떨리는 목소리에 물기가 어렸다. 그 목소리를 듣고 있는 이언은 누가 가슴 깊은 곳을 터뜨릴 것처럼 비틀어 짜는 듯 아팠다.

세상에 남겨 둘 미련도, 죽지 못해 살아야 할 이유도 없는 윤은수에게 가장 무섭고 고통스러운 건 또다시 소중한 사람을 잃는 것이다. 윤혜준도 그것을 정확하게 알고 있기에 안 집사를 잡은 것이다.

이언은 가슴을 들썩이며 크게 숨을 내쉬었다. 눈을 꾹 감은 그의 얼굴에서 분노가 열기처럼 뻗어 나왔다.

곧 감았던 눈을 뜬 이언은 비서실장에게 눈짓했다. 전화를 받고 있던 비서실장은 미간을 찡그린 채 고개를 저었다. 여수에 내려 보낸 직원이 은수를 찾지 못했다는 뜻.

이언은 욕지거리가 나올 것 같은 것을 이를 꽉 무는 것으로 참았다.

"안 집사를 찾는 것도, 윤혜준을 잡는 것도 내가 할 거야. 그러니까 넌……."

– 윤혜준이 원하는 건 나예요.

"윤혜준이 원하는 건 널 이용해서 날 무너트리는 거야!"

– 내가 이번에도 도망쳐 버리면 윤혜준은 언제까지고 날 이용하려 들 거예요. 당신도…… 당신이 뭘 하든 윤혜준은 날 걸고넘어질 거고요. 이번에도 당신이 날 보호하려 들면, 윤혜준은 정말로 나를 잡기만 하면 당신을 쥐락펴락할 수 있는 줄로 착각할 거야. 내가 윤혜준한테 가는 게 맞아요.

서울로 향하는 버스 안에는 승객이 거의 없었다. 은수는 창밖을 쳐다보며 핸드폰을 귀에 붙이고 있었다. 이언은 한참 동안 말이 없었다. 간간이 한숨 같은 그의 숨소리만 들릴 뿐이었다.

– 은수야.

은수의 눈이 순간 놀라움으로 커졌다.

항상 무감하고 차가운 목소리로 윤은수, 라고 부르던 그가 처음으로 은수야, 라고 불렀다. 전화에서 흘러나오는 그의 목소리가 애틋하게 느껴지는 건 이 상황이 슬프고 고단하기 때문에 드는 착각일까.

은수는 지그시 눈을 감았다. 그의 목소리가 남긴 여운을 오래 느끼고 싶었다. 하지만 이언이 더 말을 잇기 전에 은수는 매정하게 전화를 끊었다.

이 기회를 놓치고 싶지 않았다. 윤혜준과 홀로 마주하고 자백을 받아 낼 수 있는 기회였다. 안 집사는 이언이 어떻게든 찾아 줄 것이다.

강이언이니까.

그를 사랑해서 기다렸고, 미워해서 떠났지만 그를 향한 복합적인 감정에도 강이언이라는 이름에 대한 확신은 굳건했다. 그렇기에 안 집사를 찾아야 한다는 생각이 들었을 때 가장 먼저 떠오른 건 그였다.

이언이 은수를 찾기 전에 윤혜준을 만나서 끝내야 한다. 확실한 증거를 잡기 전에 이언이 들이닥쳐 버리면 윤혜준을 잡기가 더 어려워진다는 것을 은수도 알고 있었다.

터미널에 내리자마자 지체 않고 택시를 잡아탔다. 학교로 가면 윤혜준이 보낸 차가 기다리고 있을 것이었다.

은수는 택시 안에서 안 집사의 핸드폰으로 전화를 걸었지만 여전히 전원이 꺼져 있다는 자동응답기의 소리만 들렸다. 곧바로 한남동 집으로 전화를 걸자 연결음이 몇 번 울리기도 전에 인천댁이 받았다.

"아줌마, 저예요. 은수."

– 아이고, 은수야!

"안 집사님은요?"

– 안 집사님 어제 외출하시고 아직 안 들어오셨어. 너 어디니, 괜찮은 거야? 뉴스 보고 전화한 거지?

혹시나 건넨 물음에 인천댁의 답은 절망적이었다.

은수는 입술을 꽉 깨물며, 나중에 다시 전화한다는 말만 남기고 전화를 끊었다.

은수를 태운 택시가 도서관 건물을 빙 돌아 구석진 야외 주

차장에 들어서자, 혜준이 말한 것처럼 검은 차가 시동이 걸린 채 빗줄기 아래 헤드라이트를 밝히고 서 있는 것이 보였다.

은수는 택시비를 지불하고 내려 검은 차를 향해 천천히 걸어갔다. 조수석에서 내린 남자가 뒷좌석 문을 열어 주었다.

'은수야.'

아까 들었던 이언의 목소리가 걸음을 떼는 은수의 발목을 잡았다. 뒤이을 그의 말이 무엇이었을지, 은수는 듣지 않아도 알 것 같았다.

가지 마. 결국 그가 하고자 했던 말은 이것이 아니었을까.

그 목소리가 강이언답지 않아서, 그 애틋하고 어딘지 모르게 지친 듯한 목소리가 그답지 않아서일 것이다. 그의 목소리가 계속 귓가에 맴도는 것은.

그를 마음에 품은 첫 순간부터 지금까지, 은수의 모든 감정은 줄곧 이언만을 향해 왔다. 그가 손을 내밀었을 때 느꼈던 설렘도, 그가 가슴 깊이 들어와 사랑이 되었다 느낀 순간도, 그를 그리워하며 지속하던 기다림도, 그리고 미움까지도. 감정의 결정체가 한순간도 이언이 아닌 다른 것을 향했던 때가 없었다.

열다섯, 부모님이 돌아가시고 작은아버지 집에 들어가 살기 시작했을 때부터 이어졌던 혜준의 위협이 두렵지 않았던 것은 아니었다. 하지만 그 두려움을 통째로 잊을 수 있을 만큼 은수의 마음은 온통 이언으로 가득 차 있었다.

이언도 그러길 원했다. 다른 무엇보다도 은수의 마음에 집중해 주기를, 보호라는 이름의 독단이 아니라 은수에게 그만이 중요했듯 그렇게 은수를 봐 주기를 바랐다.

그의 보호가, 은수를 원한다는 그의 말이 그 마음을 표현하는 한 방법일 것이다 생각했다가도 그의 냉담한 말 한마디에 마음이 한 꺼풀 스러지고, 주저 없이 돌아서는 그 뒷모습에 또 한 꺼풀 찢어졌다. 그럼에도 이언을 사랑하는 그 마음만은 꺼지지가 않아서, 그게 또 은수의 가슴을 할퀴었다.

내가 당신에게 안 집사님을 찾아 달라 요구한 건 당신을 향한 내 기다림의 보상.

내 손으로 나와 당신에 대한 윤혜준의 집착을 끊어 내겠다는 결심.

그리고…… 내가 당신의 유일한 약점이 되지 않을 수 있다는 걸 보여 주고 싶은 당신을 향한 내 마지막 미련.

은수는 차에 올랐다. 알지 못하는 장소로 갈 것이라고 예상했던 것과는 달리, 은수를 태운 차는 성북동 작은집에 도착했다. 천천히 대문이 열리고 차는 정원을 가로질러 차고로 들어갔다.

은수는 혜준의 부하가 이끄는 대로 집 안으로 들어섰다.

문 앞에, 그리고 거실에 경호원처럼 보이는 남자들이 배치되어 있고 거실 한가운데 혜준이 앉아 있었다. 은수는 보이지 않게 주머니에 손을 넣었다. 손 안에 서늘한 감촉이 느껴졌다.

혜준은 무표정한 얼굴로 손에 무언가를 들고 던졌다가 뽑았다를 반복하고 있었다. 가까이 다가가서야 그것이 서늘하게 날이 선 단검이라는 것을 알았다. 혜준의 손을 떠난 단검이 푹, 소리를 내며 가죽 소파에 꽂혔다가 다시 뽑혔다.

검은 상복 차림의 그는 볼이 푹 꺼져 광대뼈가 도드라져 보였다. 음영 진 그의 얼굴이 은수를 발견하고 히죽 웃었다.

"왔어?"

선득한 기운이 발등을 타고 올라와 은수는 저도 모르게 미간을 찌푸렸다. 그 느낌을 떨쳐 내려 애쓰며 입을 열었다.

"안 집사님은 어디 있어요?"

"뭐가 그렇게 급해. 다시 돌아온 걸 환영해. 이 집에 온 게 얼마 만이야?"

혜준이 앉은 채로 두 팔을 활짝 벌렸다. 가죽 소파에 꽂혀 있는 단검이 꺼떡꺼떡 흔들렸다.

은수는 단검에 눈길을 두지 않으려고 애쓰며 경멸이 담긴 눈으로 혜준을 쳐다봤다.

"당신 말대로 나 여기에 왔잖아요."

"그래. 그러니까 환영한다고."

"난 당신 환영이나 받자고 여기 온 게 아니에요."

"내가 언제 나 보러 오면 안 집사 돌려준다고 했어? 안 집사한테 아무 짓도 안 할 거라고 했지."

빙글빙글 장난치듯 단검을 빼서 돌리며 웃는 혜준의 말에, 은수는 마른침을 삼켰다.

그의 말에 끌려가지 말자. 안 집사는 이언이 찾을 것이다. 지금 해야 할 것은 윤혜준의 자백으로 인정받을 수 있는 증거를 얻는 것이다.

은수는 냉담한 얼굴로 고개를 저었다.

"살인자의 말을 어떻게 믿죠? 당신이 윤진우 회장을 죽이면서 이미 안 집사님까지 죽였을지도 모를 일이죠."

은수는 일부러 작은아버지라는 호칭이 아닌 정확하게 윤진우 회장이라고 언급했다. 다행히 혜준은 미심쩍게 생각하지 않았다.

그는 오히려 '살인자'라는 말에 반응했다. 퀭하게 푹 꺼진 두 눈을 커다랗게 뜨고 은수를 쳐다보던 혜준은 이내 고개를 젖히고 낄낄거렸다.

"살인자? 푸하하! 은수야, 나는 예전부터 널 보면 강이언을 보는 것 같은 착각이 들었어. 닮은 게 많아서 그런가. 그래서 그랬나 봐. 널 괴롭히면 꼭 강이언을 괴롭히는 것 같았어. 너나 강이언은 내가 절대 손끝 하나 댈 수 없는 존재였는데 말이야. 어쩌다 네가 내 손안에 뚝 떨어져서는……."

하아, 긴 한숨이 혜준의 입술에서 새어 나왔다.

그는 눈을 내려 손안에 쥔 단검을 가만히 쳐다봤다. 그의 간헐적인 떨림이 섞인 목소리는 마치 롤러코스터처럼 경쾌하게 높아졌다가 이내 낮게 뚝 떨어져 내렸다.

"내가…… 살인자야? 내가 나쁜 것 같아? 왜? 운 좋게 태어나서 아무런 노력도 없이 부모의 권력을 제 것마냥 누리는 니들이, 더 나쁜 거 아냐? 난, 그래, 난 내 손에 피를 묻히면서까지 얻는 건데. 살인자라고 했니, 은수야?"

혜준이 자리에서 일어나 은수에게 한 걸음 다가섰다. 그의 말에 동요하지 않으려 그가 하는 말 한 마디 한 마디에만 집중했다.

그래, 네 손에 피를 묻혔잖아. 네 아버지의 피를.

은수는 저도 모르게 주먹을 꽉 쥐었다.

"그래요, 살인자."

"웃기네. 아주 재미있어……. 네 부모를 죽인 그 살인자가 사는 집에 제발로 걸어 들어온 건 너잖아."

은수를 바라보는 혜준의 눈이 비웃음을 담고 선득하게 빛났다.

은수는 순간 그 말에 얻어맞기라도 한 듯 얼어붙었다. 겨우 떼어 낸 입술 사이로 나오는 목소리 끝이 가늘게 떨렸다.

"지금…… 뭐라고 했어요?"

혜준은 은수의 양어깨를 꽉 잡고 낮게 웃었다. 은수는 그의 손에 잡힌 어깨가 아픈 줄도 모르고 커다랗게 뜬 눈으로 혜준을 쳐다봤다.

"정말…… 널 어쩌면 좋니? 이렇게나 순진하고 고와서. 그래서 할머니가 그렇게 끝까지 눈을 못 감으셨나 봐."

"부모님을 죽인…… 살인자?"

"그래, 은수야. 기억나? 그날도 이렇게 비가 쏟아지던 날이었잖아. 넌 울며불며 엄마 아빠를 찾느라 아무것도 몰랐겠지. 내가 불쌍하다고 했었지? 내 힘으론 아무것도 할 수 없는 불쌍한 사람이라고. 아니야, 은수야. 그건 너야."

은수의 어깨를 잡은 손에 점점 힘이 들어갔다. 혜준의 눈은 광기로 번들거리고 입은 이를 드러내며 웃고 있었다.

"진실은 모르면서…… 콧대만 세울 줄 아는 공주님. 네가 뭘 할 수 있는데? 설마 네가 정말 안 집사를 구할 수 있다고 생각하고 여기에 온 거니? 네가 명령만 하면 내가 안 집사를 네 앞에 대령할 줄 알았어?"

한숨처럼 길게 흘러나온 비웃음이 텅 빈 은수의 눈동자 앞에서 흩어졌다.

해일처럼 한 번에 밀려 들어오는 진실 앞에 은수는 눈앞이 아득해짐을 느꼈다. 혜준이 어깨를 잡은 손을 놓으면 금방이라도 무릎이 꺾여 뒤로 넘어갈 듯 다리에 힘이 들어가지 않았다.

열다섯 살부터 시작된 죽음의 도미노가 여전히 쓰러진 모습 그대로 은수의 눈앞에 있었다. 그것들은 그저 우연히 스쳐 간 바람에 무너진 것이 아니었다.

판도라의 상자가 열리고 시커먼 핏물이 흘러나왔다. 눈물로 씻어 낸 줄만 알았던 부모님의 피가 은수의 발밑으로 스며들었다.

"정신차려, 은수야. 넌 더 이상 공주님이 아니야. 나의 만능 열쇠는 너였어. 내가 강이언을 이길 수 있는 유일한 방법이야, 너는."

혜준이 어깨를 불현듯 탁 놓자 은수는 털썩 그 자리에 주저앉았다. 파르르 떨리는 입술 사이로 떠듬떠듬 목소리가 나왔다.

"왜……. 대체 왜……."

"왜냐고? 넌 몰라. 넌 죽을 때까지 모를 거야. 이게 선택받지 못한 사람들의 생존 방식이야. 네가 살던 세상이랑은 많이 다르지? 근데 넌 이미 오래전부터 이 세상에 살고 있었어. 오만한 네 눈이 보지 못했을 뿐이지."

혜준이 허리를 숙여 은수를 보다가 히죽 웃고 돌아섰다.

부모님의 죽음, 할머니의 죽음.

어린 은수는 감당하기 어려운 죽음이 눈앞에 닥칠 때마다 버릇처럼 중얼거리곤 했다. 이건 꿈이야, 이건 악몽일 뿐이야.

평생 은수의 주변을 서늘한 공기처럼 머물던 죽음에게 그렇게 으름장을 놓았다.

혜준이 돌아선 순간 텅 빈 은수의 눈 안에 가죽 소파에 꽂혀 있는 단검의 서늘하게 빛나는 날이 들어왔다. 그 싸늘한 빛이 은수에게 경고했다.

정신 차려, 이게 너의 현실이야.

은수가 칼을 향해 몸을 날린 건 그 순간이었다.

혜준이 뒤에서 달려드는 은수의 머리를 확 밀쳐 냈다. 힘 조절이 되지 않아 그의 몸이 비틀거렸다.

은수의 몸이 뒤로 거세게 나동그라졌다. 눈자위가 쑥 패인 혜준의 눈이 무섭게 일그러졌다.

혜준이 몸을 곧추세우며 가죽 소파에서 칼을 뽑아 들었다. 바닥에 엎어진 은수의 위로 검은 그림자가 드리웠다.

커다란 손이 은수의 머리채를 거칠게 잡아 일으킨 순간, 차고로 곧장 이어지는 통로에서 둔탁하게 깨지고 부서지는 소리가 들렸다. 문 근처를 지키고 있던 경호원이 손잡이를 잡자마자 쾅, 하는 소리와 함께 문이 부서졌다.

"뭐야!"

총구를 겨눈 경찰들이 문 안으로 쏟아져 들어왔다. 혜준의 경호원들이 그들과 대치하다가 총구를 보고 주춤 뒤로 물러섰다.

"전부 무기 내려놓고 손 들어!"

경호원들이 혜준을 보며 눈치를 살피는 사이 경찰들이 한 발짝 더 다가왔다.

혜준이 잇새로 욕지거리를 씹어 뱉으며 은수를 잡아 일으켜 팔로 목을 휘감았다. 혜준의 손끝에서 단검이 흔들리며 시퍼런 빛을 반사했다.

"이건 또 뭐야. 명운이면 공권력도 막 갖다 쓸 수 있는 거야?"

"윤혜준, 칼 내려놔!"

경찰의 뒤로 강이수 검사와 이언이 나타났다. 어둠 속에서 나타나는 그의 모습은 지옥의 왕처럼 냉혹했다.

혜준의 앞을 막아선 남자들의 손에 들려 있던 무기들이 둔탁한 소리를 내며 바닥으로 떨어졌다.

수 개의 총구가 혜준을 향해 모아졌지만 그는 볼을 은수의 머리에 비비며 킬킬거렸다.

"아, 은수야. 난 정말 이런 순간을 기다렸다. 이런 순간을 기다렸어. 이 많은 사람들 앞에서 강이언이 내게 무릎 꿇을 순간을 말이야."

희열에 찬 혜준의 목소리가 덜덜 떨렸다. 은수를 안은 팔이 더 꽉 조여졌다.

은수는 이 순간의 공포도 잊고 이언을 바라봤다.

안 집사님은?

절박한 눈이 그를 바라보며 물었다. 심연처럼 검은 눈은 흔들림 없이 혜준을 향했다. 이수가 경찰들 사이로 한 걸음 나왔다.

"윤혜준, 다 끝났어. 칼 내려놔!"

"끝나긴 뭘 끝나. 이제 시작인데. 그치, 강이언? 우리 내기했잖아. 봐, 윤은수가 내 손안에 있어."

"그리고 난 네 숨통을 끊어서라도 윤은수를 데려오겠다고 했지."

혜준이 칼을 들어 은수의 얼굴을 가리켰다. 금방이라도 매서운 칼날이 은수의 살결을 가를 듯 가까웠다.

이언이 움찔하며 몸을 굳혔다. 그의 얼굴이 혜준을 잡아삼킬 듯 무시무시했다.

혜준이 은수의 옆머리에 키스하듯 입술을 꽉 붙였다 떼며 웃었다.

"강이언, 은수 죽일 거야? 은수가 죽어 버리면 네가 한 모든 것들이 다 의미 없잖아."

이언의 손이 앞에 선 경찰의 총으로 향했다. 그의 손이 총구를 잡고 천천히 아래로 내렸다.

혜준이 숨을 들이켰다가 내쉬며 크게 웃었다. 그가 몸을 들썩이며 웃을 때마다 날선 단도가 은수의 얼굴을 날카롭게 긁어내렸다. 볼 위로 송글 맺힌 핏방울이 흘러내리는 것이 느껴졌다.

"총 내려."

"강이언!"

이수가 이언의 어깨를 잡으며 소리쳤지만 이언은 강하게 고개를 저었다.

"절대 쏘지 마!"

경찰들의 총구는 여전히 혜준을 향해 있었다.

혜준은 은수의 얼굴을 스치며 단도를 천천히 목까지 내렸다. 단도의 끝이 은수의 쇄골 바로 위에서 목을 겨누고 멈췄다.

"뭐 해, 총 내리라잖아."

날의 끝이 하얀 살결을 꾸욱 누르며 날카롭게 파고들었다. 은수는 저도 모르게 몸을 떨며 입술을 꽉 깨물었다. 뜨겁고 새빨간 피가 주르륵 쇄골 위로 고여 들었다.

이언이 부드득 이를 갈며 한 걸음 다가섰다.

이수가 손을 살짝 내리자 경찰들의 총구가 조심스럽게 각도를 낮췄다.

은수는 까만 총 끝이 천천히 고개를 숙이는 것을 눈으로 따라가면서 생각했다.

그가 안 집사님을 찾았을까.

애초에 윤혜준은 은수가 와도 안 집사님을 놓아줄 생각이 없었다. 최악의 경우 이미 안 집사님을 죽였는지도 모른다.

바닥으로 향하는 총구를 바라보던 은수가 꽉 조여진 목으로 힘겹게 목소리를 냈다.

"쏴요."

은수의 목소리 뒤로 무거운 정적이 감돌았다. 부릅뜬 이언의 눈이 텅 빈 은수의 눈과 마주쳤다. 흘러내린 피가 가슴 위에서 뜨겁게 젖어 들었다.

은수는 다시 한 번 단호하게 말했다.

"난 괜찮으니까 쏴요."

"윤은수!"

"이 손에 몇 명이 죽었는지…… 알아요?"

은수가 떨리는 손으로 칼을 쥔 혜준의 팔을 잡았다.

"나 때문에 윤혜준을 놔 버리는 바보같은 짓은 하지 말아요. 그럴 바엔 같이 죽는 게 나아."

"윤은수, 그 손 놔."

"내가 죽은 뒤에야 쏠 거예요?"

은수가 혜준의 팔을 잡은 손에 힘을 주었다. 쑥 밀리는 칼에 혜준이 움찔 놀라 팔에 힘을 주는 것이 느껴졌다.

그 순간을 놓치지 않고 이언이 달려들었다. 그러자 혜준이 은수를 붙잡은 채로 뒤로 주춤 물러나며 칼을 앞으로 크게 휘둘렀다.

"씨발, 오지 마!"

탕!

화약이 터지는 소리가 공간을 뒤흔들었다.

혜준이 은수를 껴안은 채 몸을 아래로 움츠리다가 뒤로 나자빠졌다. 뒤로 넘어지는 순간 은수의 몸이 강한 힘에 의해 앞으로 확 끌려갔다.

얼굴이 단단한 어깨에 부딪쳤다. 이내 거대한 몸이 은수의 위로 쓰러질 듯하다가 재빠르게 몸을 굴려 바닥으로 떨어졌다.

이언의 손이 은수의 머리와 어깨를 보호하듯 꽉 끌어안고 바닥으로 쓰러졌다. 이언이 바닥을 짚고 몸을 일으켜 은수를 확인했다.

"윤은수! 윽……."

그가 순간 이를 악물면서 은수를 안은 팔에 더욱 힘을 주었다. 경찰들이 달려들어 단번에 혜준의 몸을 바닥에 처박고 팔을 뒤로 꺾었다.

"윤혜준, 너를 살인사건의 용의자로 체포한다."

은수는 이언의 품 안에서 밭은 숨을 내쉬며 그의 옷자락을 꽉 붙들었다.

뜨거운 피가 목에서 울컥거리며 흘러나오는 것이 느껴졌다. 몸이 주체할 수 없이 바들바들 떨려서 한 마디도 제대로 할 수가 없었다. 머리 위에서 이언의 뜨거운 숨결이 느껴졌다.

은수가 흔들리는 눈으로 이언을 올려봤다. 차가운 손이 피가 흐르는 은수의 목을 감쌌다. 은수도 덜덜 떨리는 손으로 그의 손을 붙잡으며 말했다.

"괜찮아요……. 난 괜찮아……. 윤혜준이 한 말들 다……."

은수가 힘겹게 말을 잇는 중간에 이언의 등 뒤에서 혜준의 웃음소리가 크게 터져 나왔다.

이수가 재빨리 이언과 혜준의 사이를 가로막고 선 경찰을 밀쳐냈다. 이언의 등 위로 칼이 한 치의 틈도 없이 꽂혀 있었다. 이수가 황급히 이언의 등이 바닥에 닿지 않도록 손으로 받쳤다.

"내가 찔렀어! 내가 널 찌른 거야, 강이언!"

"윤혜준 끌어내!"

"앰뷸런스 대기하고 있나? 들것 가져와, 당장!"

포박되어 질질 끌려 나가면서도 혜준은 계속해서 뒤를 돌아보며 소리를 질렀다.

은수가 텅 빈 눈으로 이언의 등으로 손을 뻗었다. 이언이 은수의 손목을 잡아 멈췄다.

"손대지 마."

"당신…… 다쳤어요?"

"윤은수부터 지혈해."

구급대원이 다가오자 이언이 은수의 손목을 잡아 구급대원에게 내밀었다. 은수가 그의 손에 이끌려 구급대원 쪽으로 주춤 밀려났다.

은수는 구급대원을 밀어내며 이수가 받치고 있는 이언의 등으로 손을 뻗었다. 검은 슈트로 감싸인 등이 시커먼 피를 머금어 축축했다. 깊숙이 박힌 단검의 손잡이 부분만 이언의 등 뒤에 붙어 있는 것처럼 튀어나와 있었다.

다른 구급대원이 이언의 몸을 조심스럽게 일으켰다.

"칼 길이는요?"

"이십 센티 정도, 단검이었습니다."

구급대원들과 이수가 이언의 몸을 들것에 올렸다. 은수는 구급대원의 손에 이끌려 나가면서도 죽은 듯 들것 위에서 움직임이 없는 이언의 등에서 눈을 떼지 못했다.

바싹 마른 입술이 달싹였다.

안 돼, 안 돼……. 당신, 죽으면 안 돼.

은수의 몸이 힘없이 앞으로 꺾이며 쓰러졌다.

14.

김사훈을 찾은 건 김사영에게 붙인 감시를 통해서였다.

김사훈은 한 폐공장에서 안 집사를 붙잡고 몸을 숨기고 있었다. 연로한 안 집사가 납치로 인한 충격과 그 과정에서 가해진 폭력으로 호흡곤란을 일으켰고, 어떻게든 안 집사를 무사히 살려서 잡아 놓고 있어야만 했던 김사훈은 대학병원 간호사인 동생 김사영을 불렀다.

강이수 검사는 감시조의 연락을 받고 곧장 김사영의 뒤를 쫓아 김사훈을 잡았다. 하지만 김사훈은 끝까지 자백하지 않고 버텼다.

이수는 김사훈을 심문하면서 윤진우가 형 윤재준을 죽이고 난 이후 무슨 일이 일어났는지를 이야기했다.

오랜 시간 윤진우의 충성스런 심복이었던 비서는 윤재준의 차 브레이크를 고장 냈고, 사고가 일어나자마자 윤진우가 준비해 둔 곳으로 잠적했다. 하지만 얼마 지나지 않아 그는 윤진우에게 가차 없이 토사구팽당했다.

김사훈이 자백하지 않는다면 어떻게 해도 결과는 똑같을 것이었다. 윤혜준의 죄까지 모두 뒤집어쓰든, 아니면 쥐도 새도 모르게 죽임을 당하든 말이다.

그럼에도 김사훈은 끝까지 입을 열려고 하지 않았지만, 윤혜준이 잡힌 마당에 이 모든 상황을 끝내고만 싶었던 김사영이 먼저 모든 것을 자백했다. 한 회장이 수술 후 의식불명으로 누워 있을 때 약을 주입하라고 시킨 것도 윤혜준이며, 자신이 직접 했노라 자백했다.

윤혜준은 범행을 부정하지도 인정하지도 않았다.

"내가 찔렀어……. 내가 강이언을 찔렀어……. 내가 찌른 거야, 내가."

그는 성북동에서 잡힌 뒤로 반쯤 정신을 놓은 채 끊임없이 똑같은 말만 중얼거렸다.

이수는 취조실에 몸을 축 늘어트린 채 앉아 있는 윤혜준을 힐끗 보고는 핸드폰을 들고 밖으로 나왔다.

"어, 이경아."

단검이라고는 하나 장기손상 여부를 알 수 없어서 이언은 등에 칼이 꽂힌 채로 병원으로 이송되었다.

이경은 이언의 수술이 끝나고 병실로 옮겨졌다는 말을 전했다. 다행히 칼이 장기를 피해서 지혈이 빠르게 이루어졌다고 했다.

이수는 전화를 끊고 길게 한숨을 내쉬면서 혜준이 있는 취조실로 고개를 돌렸다.

"패륜에다가 납치 및 감금에 살인미수까지. 넌 최소 무기징역은 때려 맞을 거다, 윤혜준."

은수가 병원에 옮겨져 응급처치를 하고 깨어났을 때 이언은 이미 수술이 끝나고 병실로 옮겨진 뒤였다.

문 앞에는 은수의 병실과 마찬가지로 경호원 두 명이 지키고 서 있었다. 병원 건물 앞에서는 떼지어 들이닥친 기자들과 그들을 막기 위해 경호원들이 대치하고 있는 상황이었다.

경호원이 열어 주는 문 안으로 천천히 걸음을 옮기는 은수의 얼굴이 창백했다. 차마 누구에게도 그가 괜찮은 거냐고 물어보지도 못했다. 혹시나 감당하지 못할 말을 듣게 될까 봐, 은수는 입술을 꼭 깨물고 이언의 병실로 들어갔다.

이언은 특실 안 커다란 침대에 고요하게 누워 있었다.

은수는 발소리도 내지 않고 다가가 침대 옆에 앉았다. 악몽이라도 꾸는지, 가만히 눈을 감고 있는 그의 진한 눈썹 사이 미간이 찌푸려져 있었다.

은수는 천천히 손을 뻗어 굵은 주름이 진 그의 미간을 어루만졌다.

그의 모습을 확인하러 이곳에 오기까지 짧은 시간 동안 수많은 생각들과 감정들이 휘몰아쳤다. 하지만 눈을 감고 있는 그의 얼굴을 보자 모든 것들이 머릿속에서 하얗게 사라졌다.

은수는 손을 그의 가슴 위에 올렸다. 들고 나는 숨에 그의 넓은 가슴이 천천히 오르내렸다.

꼭 감은 은수의 눈이 파르르 떨리고, 안도감이 길게 내쉬는 한숨을 타고 흘러나왔다.

달칵, 병실 문이 열리고 이경이 들어왔다.

"은수야."

이경은 눈물에 젖은 은수의 얼굴을 발견하고는 놀란 얼굴로 다가왔다.

은수는 이경을 보자 더욱 왈칵 쏟아지는 눈물을 참지 못하고 그녀의 품 안에서 한참 동안 소리 없이 울었다.

이경은 무거운 얼굴로 은수가 눈물을 그칠 때까지 등을 쓰다듬었다. 은수가 붉어진 눈을 손으로 꾹 누르며 울음에 잠긴 목소리로 말했다.

"언니."

"응."

"이 사람은…… 언제부터 알고 있었어요?"

이경은 곧장 대답하지 않고 가방에서 손수건을 꺼내 은수에게 건넸다.

"나도 정확하게는 알지 못하지만, 아마도 한 회장님 돌아가신 후에 제대로 조사하기 시작했을 거야. 미안해, 은수야. 네가 힘들어하는 걸 알면서도 말해 주지 못해서. 하지만 오빠가 갑자기 미국에 갔던 것도, 도박 같은 거였어. 언젠가는 이런 날이 올 거라고 생각했기 때문에 끝까지 고집을 부려서 갔던 거야.

절대 널 기만해서가 아니야."

은수는 푹 숙인 고개를 저었다.

그런 게 아니에요, 언니.

다시 울컥 터질 것 같은 울음을 참기 위해 은수는 입술만 꽉 깨물었다. 정작 은수는 아무것도 모르고 있는 동안 그가 홀로 고군분투했던 긴 시간이, 댐이 무너져 내린 강물처럼 은수의 마음에 밀려 들어와 가슴 한구석이 아프게 꽉 조여들었다.

아무리 날 위한 것이었다 해도, 당신은 어떻게 그렇게 제멋대로예요. 왜 당신이 내가 져야 할 짐까지 감당하려 했어요.

이경은 곧 강 회장님을 모시고 다시 오겠다며 돌아갔다.

이경이 병실을 나서기 전, 은수는 정신을 잃던 와중에도 손에 꼭 쥐고 있던 핸드폰을 이경에게 건넸다.

"이거, 강이수 검사님께 전해 주세요. 녹음파일이 들어 있어요."

이경을 보내고 은수는 눈물을 쏟아 내 텅 빈 눈으로 침대에 놓여 있는 이언의 손을 꼭 잡았다.

언제나 잡고 싶었던 커다란 손.

가장 반복하고 싶지 않았던 과거는 당신으로부터 버려졌다고 느끼는 것이었다. 그래서 끝내 이 손을 뿌리치고 당신을 떠났다. 당신은 내 손을 잡기 위해 오 년이라는 시간 동안 쉼 없이 달려왔다는 것도 모르고…….

은수는 두 손으로 꼭 잡은 이언의 손 위에 가만히 얼굴을 묻었다.

어서 일어나요. 나 여전히 당신을 기다리고 있어.

어둠을 헤치고 눈을 떴지만 이언은 여전히 어둠 속에 있었다.

뻑뻑한 눈이 점차 어둠에 적응하고 나자 닫힌 침실 문 아래로 희미하게 빛이 비쳐 드는 것이 보였다. 문득 손등에서 느껴지는 온기에 천천히 고개를 돌리자 부드러운 담갈색 머리칼이 그의 허리 옆에 쏟아져 있었다.

마취가 덜 풀렸는지 가슴께에 불편한 뻐근함이 느껴졌다.

이언은 손을 들어 조심스럽게 은수의 긴 머리칼을 쓸었다. 그의 손이 이미 치료가 끝나 하얀 거즈로 덮여 있는 은수의 목을 확인하고 역시 밴드가 붙어 있는 볼을 어루만졌다.

가려 있는 상처가 눈에 보이기라도 하는 것처럼 그가 눈썹을 찌푸렸다. 손길이 닿은 상처가 쓰라린 듯 은수가 눈을 찡긋거리다가 이내 속눈썹을 들어 올렸다.

이언은 어둠 속에 창백하게 뜬 은수의 얼굴을 바라보며 잡고 있는 손에 힘을 주었다.

은수가 지금 앉아 있는 자리는 불안을 견디며 하염없이 기다려야만 하는 자리다. 은수는 이미 오래전에 한 번 이 자리에 앉아 그의 손을 잡은 것처럼, 할머니의 손을 잡고 두려움을 견뎌야 했을 것이다.

육체를 붙들고 정신적으로 철저하게 홀로 견뎌야만 하는 자리.

은수가 다시 그 자리에 앉아 자신이 눈을 뜨기를 기다리게 만들었다는 것이, 어쩌면 자신의 이기심으로 지난 오 년을 그렇게 기다렸을 은수의 모습이 가슴에 사무쳤다.

마른 입술 사이로 낮게 잠긴 목소리가 흘러나왔다.

"미안해."

전혀 예상치 못했던 그의 첫 마디에 은수는 눈물이 고인 얼굴로 그의 손을 힘주어 마주 잡았다.

"……뭐가요?"

"불안하게 만들어서."

은수는 고개를 저었다.

"괜찮아요, 다 괜찮아 이제……."

미안하다 말하고 싶은 건 나예요. 은수는 입술을 꼭 깨물어 눈물을 참았다.

이언은 은수의 손을 끌어 볼에 붙이고 긴 숨을 내쉬었다. 은수가 그의 무사함을 확인하며 그의 가슴에 손을 올렸던 것처럼, 그도 은수의 존재를 꽉 잡은 손으로 확인했다.

"왜, 말 안 했어요?"

어쩔 수 없이 목소리에 원망이 어렸다.

이언은 은수의 손을 입술에 붙이고 꾹 감고 있던 눈을 천천히 떠 눈물 고인 은수의 눈을 마주 봤다.

"그 오랜 시간 동안 왜 말을 안 했어요? 난 바보같이 아무것도 몰랐어요. 우리 부모님의 죽음이 우연한 사고가 아니었다는 것도, 할머니의 죽음도……. 그리고, 당신이 나 때문에 떠났다는 것도."

은수는 담담하게 물었다. 그가 우려했던 것보다도 훨씬 더 은수는 담담하게 눈앞에 마주한 진실을 받아들이고 있었다.

그가 뭐라고 말할 수 있을까. 그는 두려웠다. 잔혹한 진실 앞에 무너져 내릴 은수가. 할 수만 있다면 영원히 그 진실을 외면하게 만들고 싶을 만큼.

그 두려움이 조급하게 이언을 미국으로 떠나게 만들었다. 자신이 가지고 있는 모든 것으로 은수를 지킬 수만 있다면 무엇이든 했을 것이었다.

은수를 외면하고 미국에 가면서도 자신의 결정이 옳다고 믿었다. 결국은 그의 결정이 모든 것을 바로잡을 테니까.

은수가 이해하든 못 하든 그에겐 중요하지 않았다. 그런 그의 오만과 독선이 결국 은수를 지치게 하고 끝내 떠나게 만들었다.

은수를 위한다고 했던 계획과 시간들이 결국 은수에게 더 큰 상처로 남았다.

이언의 얼굴이 고통스럽게 일그러졌다.

"난…… 내가 암흑 속에 있다고 생각했어요. 웅크리고 앉아서 빛이 비쳐 들기만을 기다렸어요. 근데 그게 아니었어. 암흑 속에 있었던 게 아니라 내가 눈을 감고 있었던 거였어. 당신이 그렇게 애쓰는 동안 나는……."

"윤은수, 그만해. 그만하고 날 봐."

이언이 힘겹게 침대에서 상체를 일으켜 앉았다. 그의 입술 사이로 흘러나오는 신음에 은수가 얼른 그의 팔을 잡아 부축했다.

그가 은수의 손을 꽉 잡고 말했다.

"네가 눈을 감은 게 아니야. 내가, 네 눈을 가린 거야. 어린 네가 쉽게 감당하고 받아들일 수 있는 일이 아니라고 생각했으니까. 내 잘못이야. 그때 너를 혼자 두는 게 아니었는데. 진작 이 손을 잡아 줬어야 했는데."

이언이 은수의 손을 잡아당기자 은수의 몸이 천천히 그의 앞으로 끌려왔다. 커다란 손안에 은수의 눈물 젖은 얼굴이 담겼다.

이언이 은수를 마음에 담았을 때 은수의 나이는 고작 열여섯 살이었다. 그 마음이 사랑인 줄 처음 알았을 때도 은수는 여전히 미성숙하고 유리처럼 바스라질 것 같은 열여덟이었다.

그의 신부는 어렸다. 보호해야 했고 지켜야 한다는 생각뿐이었다.

정작 그의 지독한 사랑 안에서 시들어 가는 줄도 모르고.

은수를 암흑 속에 밀어 넣은 건 죽음도, 윤혜준도 아니었다. 그녀를 외로움 속에 철저하게 홀로 남겨 둔 자신이었다.

"진작…… 널 사랑한다고 말했어야 했는데."

그의 손 안에서 은수의 눈이 커다랗게 뜨였다.

너를 떠난 시간도 너를 위한 것이라고만 생각했었다. 하지만 정작 네 곁에 돌아와서도 나는 네 손을 제대로 잡아 주지도, 너를 안아 주지도 못했다.

이언이 은수를 품 안에 끌어안았다.

"사랑한다, 윤은수. 처음부터 내가 원하는 건 너 하나였어."

이언은 은수의 머리에 입술을 붙였다. 어깨가 은수의 눈물로 젖어 가는 것이 느껴졌다. 그는 은수의 어깨를 끌어안은 팔에 힘을 주었다.

강이언의 유일한 신부.

"왜 그걸 이제야 말해 줘요……. 왜……."

은수는 그의 상처를 건드리기라도 할까, 팔을 축 늘어트린 채 그에게 안겨 있었다.

오 년 전, 할머니의 병실에서 그가 입맞춤으로 전했던 건 사랑이었다.

은수를 외면하고 떠나야 했던 이언은 말로 표현하지 못했고, 말로 전하지 않은 사랑을 확신하기엔 은수는 미숙했다. 다시 돌아온 그 자리에서, 은수는 눈물로 흥건해진 얼굴로 예쁘게 미소 지었다.

오랜 시간 벌어져 있던 상처가 단번에 아물 수는 없다. 하지만 이제야 마주하게 된 진실은 묵은 상처의 고름처럼 터져 나왔다.

누구라도 지독하게 사랑한다 한들, 사랑하는 이의 아픔을 대신해 줄 수는 없다. 그저 같이 견뎌 주고, 그 상처까지도 사랑한다는 것을 끊임없이 말해 줄 수 있을 뿐이다.

이언은 그 뜨겁고 아픈 상처에 입 맞추었다.

⚜

폐공장에서 구출된 안 집사는 곧장 병원으로 옮겨졌다. 다행히 생명에 지장이 있는 건 아니었지만, 연로한 안 집사에게는 충격적인 사건이었기 때문에 병원에서 안식을 취하고 추이를 지켜봐야 했다.

반면에 이언은 빠른 회복력으로 며칠 더 입원하고 있으라는 은수의 만류에도 불구하고 얼마 지나지 않아 오피스텔로 돌아왔다.

온 언론이 며칠째 H&C의 권력 다툼과 패륜에 대한 이야기로 지글지글 끓었다.

8년 전 그저 우연한 빗길 사고로만 알려졌던 윤재준 사장의 죽음이 동생 윤진우의 짓이었으며 이후 사건을 완전히 은폐하기 위해 강원도 호텔에서 비서를 죽인 것, 윤진우가 살해를 목적으로 한수나 회장에게 약물 부작용을 일으켰다는 것과 수술 후 코마 상태에서 그의 아들 윤혜준이 대학병원 간호사 김사영을 시켜 추가적으로 주입한 약물이 결국은 직접적인 사인인 심장마비를 일으켰다는 점이 인정됐다.

형과 어머니를 죽이는 패륜을 저지르면서까지 회장직에 올랐던 윤진우가 결국은 자신의 아들에게 똑같은 방법으로 죽임을 당했다는 추악한 결말까지, 언론은 마치 흥미로운 막장드라마를 시청하기라도 하는 것처럼 재벌가의 권력 다툼을 보도했다.

거기에다가 명운그룹의 강이언 이사가 직접적으로 개입되어 있으니, 파도 파도 끝이 없는 관계망에 기자들의 몸이 달아오를 수밖에 없었다.

"진단 기록?"

이언은 어처구니없는 목소리로 전화에 되물었다. 이수는 윤혜인이 윤혜준의 어릴 적 정신병원 진단 기록을 제출했다고 말했다.

– 뭐, 어떻게 해도 감형을 받거나 할 순 없겠지만…….

"어차피 죽은 사람은 죽은 사람이고, H&C라도 살려 보자 이거군."

윤혜인이 윤혜준의 진단 기록을 제출한 이유는 이랬다.

아버지 윤진우가 어릴 때부터 아내와 자녀들에게 폭언과 폭행을 일삼아 왔고, 장남인 윤혜준에게는 특히나 더욱 가혹했으며 그 때문에 윤혜준은 정신상담과 약물치료까지 받아야 했다. 윤혜준이 윤진우를 죽인 것은 단순한 권력욕으로 인한 패륜이 아니라 어릴 때부터 쌓이고 쌓인 것들이 극한으로 몰린 결과라는 것이다.

윤혜준의 판결에 선처를 바라서라기보다는, 이미 패륜으로 얼룩져 바닥으로 떨어진 H&C의 이름을 동정론으로나마 끌어올리려는 수작이었다.

"윤혜인도 몰릴 대로 몰렸나 보군."

– 아무래도 조작된 서류일 가능성이 커서 알아보는 중이야.

"조작이든 아니든, 이쪽에서도 더 얹으면 돼. 은수 병원 기록 떼서 윤혜준뿐만 아니라 윤혜인, 김여진까지 고의적인 정서적, 신체적 학대로 몰아."

- 이 가족은 무슨 범죄의 온상이냐, 뭘 파도 파도 계속 나와. 은수가 그 집에서 일 년이나 살아남은 게 용하다!

이언은 더 이상 말없이 전화를 끊고 방을 나왔다. 그는 퇴원 후 대부분의 일을 오피스텔에서 처리하고 있었다.

거실로 나오자 은수가 우두커니 앉아 뉴스를 보고 있는 뒷모습이 보였다. 이언은 그 곁에 다가가 리모콘을 집었다.

"그만 봐."

"왜요, 그냥 틀어 놔요."

"계속 봐서 뭐 해."

"계속 보면서 알아야죠. 내가 몰랐던 것도 뉴스에서 많이 알려 주던데요."

은수가 태연한 얼굴로 어깨를 으쓱했다. 그럼에도 이언은 더 가타부타 말하지 않고 은수의 손을 잡고 일으켰다.

직접 운전하려는지 차 키를 쥔 모습을 보고 은수가 걱정 어린 얼굴로 물었다.

"운전해도 괜찮아요?"

"갈 데가 있어."

은수는 의아한 얼굴로 이언을 따라 차에 올랐다.

차가 서울 시내를 벗어나자 은수는 그저 드라이브라도 하려나 보다, 생각하고 평온한 얼굴로 차창 밖을 바라봤다.

그와 드라이브라니, 꿈에서조차 상상하지 못했던 것이었다. 은수는 새삼스런 눈길로 이언이 운전하는 옆모습을 쳐다봤다.

이언이 은수의 시선을 느끼고 물었다.

"왜?"

"신기해요."

"뭐가."

"당신이랑 드라이브하고 있다는 게."

"어디서 많이 들어 본 말인데."

은수도 같은 순간을 기억해 내곤 조용히 웃었다. 신호를 받아 대기하는 중에 이언이 은수를 돌아봤다.

"넌 나와 결혼하면 어떤 삶을 살 거라고 생각했길래 모든 게 신기하다는 거지?"

"어떤 삶을 살게 될 거라고 생각했다기보다는……."

막연히 강이언의 아내라면, 화려하고 풍요로운 많은 것들을 영위하는 만큼 평범하고 사소한 일상은 포기하는 게 당연하지 않을까, 라고 생각했을 뿐이었다.

부모님의 삶이 그러했으니까.

항상 아빠가 너무 바빠서 굳이 시간을 내서 여행을 간다든지, 가족끼리 시간을 보낸다든지 하는 것은 거의 불가능했다. 아빠가 해외출장을 갈 때 따라가서 잠시 시간을 보내는 정도가 당연했고, 은수는 그것만으로도 좋았다.

그래서인지 다른 사람이라면 굳이 특별한 의미를 부여하지는 않을, 아주 사소한 순간들을 이언과 함께하고 있다는 것에 문득문득 놀라게 되는 것이었다. 아니, 단순한 놀라움보다 조금 더 마음이 간질간질한 느낌.

은수가 입술을 뾰족하게 모으고 생각하다가 이내 배시시 미소 지었다. 그 모습에 이언도 피식 웃으며 다시 차를 출발시켰다.

차는 점점 외곽으로 빠지는가 싶더니 이내 거대한 섬처럼 녹음이 우거진 곳에 자리한 저택에 멈춰 섰다. 대문 앞에 달린 감시카메라가 차를 확인하고 곧 대문이 열렸다.

그저 외곽으로 빠져 드라이브를 하는구나 생각했던 은수는 동그랗게 뜬 눈으로 이언을 돌아봤다.

"여기가 어디예요?"

"우리 집."

"우리…… 집이요?"

"얼마 전에 실내 인테리어가 끝났어. 지금은 정원을 정리하고 있지."

그의 말대로 너른 정원 곳곳에서 정원사들이 일을 하고 있는 것이 보였다. 멍한 얼굴로 차창 밖을 바라보던 은수가 허탈한 웃음을 터뜨렸다.

"대체 무슨 자신감으로 이렇게 큰 집을 지어 놨어요? 내가 영영 안 돌아왔으면 어쩌려고?"

"그건 나중에 두고 봐야지."

"두고 봐야 한다니, 무슨 대답이 그래요?"

"일단 들어가지."

이언이 차에서 내려 조수석 문을 열면서 까딱 고갯짓했다. 어리둥절한 표정을 짓고 있던 은수도 이내 그가 내민 손을 잡고 차에서 내렸다.

현관문은 도어락으로 되어 있었지만 그는 디지트를 누르지 않고 손잡이 아래에 열쇠를 끼워 넣었다.

문이 부드럽게 열리고, 이언은 은수의 손을 깍지 껴 힘주어 잡았다.

은수의 얼굴은 저도 모르게 긴장으로 경직되어 있었다. 그가 당연하다는 듯 '우리 집' 이라고 대답했을 때부터, 작게 노크를 하는 것처럼 가슴이 쿵쿵 뛰었다.

은수는 이언의 손에 이끌려 마치 다른 세상에 발을 들이는 것처럼 집 안으로 들어갔다.

아름다운 외관뿐 아니라 더할 나위 없이 깔끔하고 모던한 실내는 오랜 시간을 공들인 기색이 역력했다. 천장까지 이어진 커다란 유리창으로 쏟아져 들어오는 햇살에 대리석 바닥이 반짝반짝 빛나고, 아이보리빛의 가구들이 더욱 따뜻하게 그 모습을 드러냈다.

"와……."

은수는 작게 감탄하며 천천히 집 안을 걸었다.

은수는 여전히 얼떨떨한 표정이었다.

그가 서울 도심이 아닌 외곽에 이런 집을 지었을 줄은 몰랐다. 서울이라는 육지에서 떨어진 섬 같기도 하고, 거대한 성 같기도 한 이곳은 여러모로 효율성과 생산성을 따지는 그에게 적합한 위치는 아니었으니까.

그래서 은수는 마냥 기뻐해도 좋을지 모르겠는 애매한 얼굴로 이언을 돌아봤다.

은수의 얼굴에 드러난 그 미묘한 혼란을 감지한 이언이 천천히 은수에게 다가와 물었다.

"마음에 드나?"

"좋아요, 나는. 그런데 당신은요? 아무래도 여기선 출퇴근하기 불편하지 않나요? 아니면, 나 도망 못 치게 하려고 차 없이는 오도 가도 못 하는 곳에 지은 거예요?"

노려보는 척을 하며 짓궂게 묻자 이언은 농담기라고는 없는 단호한 얼굴로 고개를 저었다.

"아니. 이제 여기서 오도 가도 못 할 테니까 기회 줄 때 도망가라고 말하려던 참인데."

이내 부드럽게 허리를 감싸 안는 손길이 아니었다면 진심이라고 생각했을 것이다.

은수가 혼란한 얼굴로 이언을 올려봤다.

"……당신 오늘 정말 이상해요. 아까부터 하는 말마다 이해가 안 돼."

"말 그대로야. 마지막으로 딱 한 번 기회를 주지. 나랑 여기서 평생 살 자신 없으면 도망가."

"이런 집을 지어 줬는데 설마 도망 못 가겠지, 이런 뜻으로 하는 말이에요?"

이언이 낮게 웃으며 말간 얼굴을 두 손에 가득 담았다. 그의 숨결이 이마 위에서 봄바람처럼 따뜻하게 흩어졌다.

이마와 눈, 코를 따라 내려오며 지분거리는 입술이 이해하지 못할 말을 중얼거렸다.

"일 년이든 한 달이든 하루든, 나한테는 고행이 될 거라는 것만 알아 둬."

"그러니까 대체 뭐가……."

은수의 말은 이내 부드럽게 부딪쳐 오는 입술 아래서 멎었다. 그의 입술은 노크를 하듯 은수의 입술에 자잘하게 입 맞췄다.

하아, 내쉬는 뜨거운 숨과 함께 유연한 혀가 입술을 가르고 들어왔다. 은수의 손이 주춤하며 그의 허리를 끌어안았다.

때때로 그의 사랑이 감당하기 어려운 해일처럼 밀려온다고 느껴지는 순간들이 있다. 어두운 심연 가운데 잠겨 있던 감정들이 단번에 쏟아져 들어온다고 느껴지는 순간들. 내가 이걸 감당할 수 있을까, 겁이 났다가도 어느새 정신없이 그를 받아들이고 있는 순간들.

그와 입을 맞출 때도 그런 느낌이었다.

은수는 발갛게 달아오른 얼굴로 색색 숨을 내쉬며 천천히 눈을 떴다. 이언은 욕망으로 검게 흐려진 눈으로 은수를 바라보다가 그의 허리를 잡고 있는 그녀의 손을 잡아뗐다.

문득 무언가 손안에 쥐어지는 것이 느껴졌다.

"이게……."

이 집의 문을 열고 들어왔던 열쇠와 비행기 티켓이 은수의 손에 있었다.

은수가 이해할 수 없다는 표정으로 다시 이언을 향했다.

"뉴욕행 티켓이야."

"이걸 왜……."

"말했잖아, 마지막으로 도망갈 기회를 주겠다고."

"진심이에요?"

이언은 짧게 고개를 끄덕였다.

"왜, 싫어? 지난 5년간 숱하게 떠나고 싶었을 텐데."

"당신 때문에 내가 떠나지 못한 거라고 생각하는 거예요? 내가 당신을 원망하고 있을까 봐? 당신을 기다렸던 건 그때 내가 한 선택이었어요."

"그래. 하지만 많은 것들이 네 발목을 족쇄처럼 붙들고 있기도 했지. 네 선택이었다고, 네 탓이라고 그렇게 위안하지 않아도 돼. 네가 날 탓해도 아무도 뭐라 할 사람 없어."

그의 눈길이, 손길이 부드럽게 은수의 얼굴을 쓸어내렸다.

"이번엔 널 위한 선택을 해. 네가 어떤 선택을 하든, 이번에는 내가 널 기다릴 테니까."

도저히 알 수 없었던, 칠흑같이 검은 눈을 아무리 들여다봐도 알 수 없을 것이라 생각했던 그의 마음이 이제는 그의 표정에서, 말에서, 한 자락의 바람처럼 혹은 빛줄기처럼 은수의 마음까지 스며 왔다.

그는 노력하고 있다.

은수에게 상처가 되었던 그의 방식을 하나씩 하나씩 버리고 이제는 눈을 맞추며 이야기한다. 은수의 어깨를 꽉 잡은 손은 떠나지 말라고 말하면서, 그는 은수가 그 때문에 상처받고 자유롭지 못했던 순간을 돌려주려 하고 있다.

가슴 깊은 곳에서부터 벅찬 감정이 차올라 은수는 크게 숨을 들이쉬었다.

"……떠나지 못하게 할 때는 언제고, 이제는 떠나라고 등 떠미는 거예요?"

장난스럽게 핀잔하는 말에 그도 마침내 피식 웃었다.

"앞으로 다시는 혼자서 떠날 수 없을 테니까. 혼자 자유를 누릴 수 있는 마지막 기회라고 생각해."

이언이 열쇠를 꼭 쥔 은수의 손을 잡았다.

"네가 직접 이 열쇠로 문을 열고 들어올 땐, 나와 평생을 함께할 각오를 해야 할 거야."

15.

“싫어요.”

은수는 턱을 살짝 치켜들었다. 이언이 잡고 있던 손도 팩 놓고는 한 걸음 뒤로 물러났다. 이언의 눈썹이 불쑥 올라갔다.

“누구 마음대로 떠나라 마라 하는 거예요?”

이언이 고개를 비딱하게 기울이며 입술을 비틀었다. 물러난 거리를 그가 한 걸음 만에 성큼 다가섰다. 은수는 모른 척 고개를 돌린 채 말을 이었다.

“떠나든지, 결혼하든지? 둘 다 별로예요.”

“그럼?”

“난 다른 선택을 할래요.”

“예를 들면?”

이언은 장난을 치듯 은수의 한쪽 어깨에 흘러내린 머리칼을 가볍게 그러쥐었다. 그가 다가올수록 은수는 주춤주춤 물러나고, 은수가 벌린 거리만큼 이언은 좁혀 왔다.

그의 손끝에 걸린 긴 머리칼이 팽팽하게 당겨졌다가 아래로 늘어지기를 반복하는 사이 은수의 등이 거실 창에 닿았다. 그의 손이 은수의 머리 옆 창을 짚었다.

팔 안에 갇힌 은수가 볼 위에서 흩어지는 그의 숨결을 애써 무시하면서 중얼거렸다.

"예를 들면…… 떠나지 않는다든지."

"음."

"결혼을 안 한다든지……."

"뭐?"

이마에서부터 관자놀이 근처를 입술로 지분거리던 이언이 즉시 고개를 들었다. 그의 손이 은수의 턱을 잡고 그를 마주 보게 만들었다.

은수는 마른침을 꼴깍 삼키며 형형하게 빛나는 그의 눈을 올려봤다. 어쩐지 웃음이 나올 것 같은 것을 입술을 꼭 깨물며 참았다.

"결혼을 왜 안 해?"

불퉁하게 튀어나오는 목소리에 은수는 결국 참지 못하고 픕 웃어 버렸다.

이런 간질간질한 순간들이 생소하고 새롭다. 알지 못했던 그의 모습을 하나씩 하나씩 알아 가는 이런 순간들이.

첫사랑의 주체 못 할 뜨거움과 허망함만 남아 있던 자리에 새로이 알게 되는 그의 모습들이 퍼즐조각을 맞추는 것처럼 한 조각씩 들어와 자리를 잡는다.

마치 그를 처음 만났던 때로 돌아간 것 같은 설렘이 은수의 가슴을 작은 북처럼 동동 두드렸다.

은수는 잠시 말없이 눈을 꼭 감고 그 기분 좋은 울림을 느꼈다. 이언은 참을성 있게 그런 은수를 기다렸다.

은수가 빙긋 미소를 머금은 얼굴로 말했다.

"이사님, 좋아하는 음식이 뭐예요?"

"뭐?"

"싫어하는 음식은요?"

어느 날의 저녁 식탁이 눈앞에 펼쳐졌다.

테이블을 사이에 두고 멀찍이 떨어져 앉아 고요하게 식사를 했던 그날 저녁, 은수는 더없이 평온한 얼굴로 같은 질문을 했었다. 이언을 밀어내고 떠나려고만 했던 은수가 아주 조금 손에 잡혔다고 느껴졌던 그날, 은수는 보란 듯이 이언을 뒤에 남겨 두고 떠났다.

그가 회상하는 순간을 은수도 똑같이 보는 듯, 미소를 지으며 부드러운 손으로 그의 얼굴을 감쌌다.

"가장 좋아하는 책이나 음악은요?"

청아하게 울리는 목소리가 단어 하나하나마다 음계를 짚는 것 같았다. 이언은 말없이 얼굴을 감싼 은수의 손을 덮었다.

"당신은 어떤지 몰라도, 나는 아직도 당신에 대해 더 많이 알고 싶어요. 어처구니없이 사랑에 빠지기만 했지 정작 당신을 알아 갈 수 있는 시간은 없었거든요. 인정하죠? 당신이 내게 돌려주고 싶어 하는 시간들, 나는 당신과 함께 보내고 싶어요. 평범하게 다른 사람들이 하는 것처럼. 우린 너무나 많은 것들을 건너뛰고 이 자리에 서 있잖아요."

은수를 바라보는 이언의 검은 눈동자에 보일 듯 말 듯 따스한 기운이 어렸다.

은수의 말처럼 오랜 시간을 돌아왔고 많은 것들을 뛰어넘어 서로를 마주 보게 되었다. 일상보다도 먼저 비일상적인 상황 속에서 서로를 갈망했다.

은수가 왜 매번 더없이 일상적인 순간들을 '신기하다'고 말하는지 알 것 같았다. 너무나 간절하게 바라고 기다려 왔던 것이기 때문에.

꿈처럼 그려 왔던 순간이 눈앞에 펼쳐졌을 때, 일상이 비일상처럼 놀랍게 느껴지는 가슴 벅참을 이언도 느낄 수 있었다.

말없이 내려 보는 그의 눈길에 은수의 볼이 살짝 붉어졌다.

이언은 언제 그랬냐는 듯 무뚝뚝하게 표정을 굳혔다.

"그래도 결혼 무효는 안 돼."

"무효가 아니라 조금 미루고 시간을 갖자는 거예요. 그리고 나, 당신 아니면 대한민국에서 결혼 못 하게 생겼는데 무효는 무슨 무효예요? 자기가 신문에 대문짝만하게 내놓고는."

고개를 돌리고 종알거리는 말에 이언은 낮게 웃었다. 그 모습을 은수는 어느새 눈을 동그랗게 뜨고 바라봤다. 냉혹하다 할 만큼 표정 없는 그가 작게라도 웃을 때마다 은수는 마치 그 모습을 마음에 그대로 담아낼 듯 바라보곤 했다.

이언은 은수의 허리를 감싸 안고 가죽 소파에 앉았다. 자연히 은수는 그의 품 안에 안착했다.

이언은 은수의 어깨에 턱을 괴고 가만히 눈을 감았다.

"왜 그래요?"

"호박죽."

"네?"

"가장 좋아하는 음식은 호박죽."

"아, 호박죽……."

"이유도 얘기해야 하나?"

"지금 무슨 사업 보고해요?"

은수가 몸을 바르작대며 그의 어깨를 밀어냈다. 마치 보고서를 의무적으로 읊는 것처럼 딱딱한 말투였다.

은수가 밀어낼수록 이언은 더욱 어깨를 끌어안은 손에 힘을 주었다.

"비슷하군. 윤은수의 승인이 떨어져야 결혼을 할 테니까."

"그게 뭐예요!"

"육하원칙에 의거해서 호박죽을 좋아하는 이유를 말해 볼까?"

"됐어요. 그만둬요."

은수가 손을 내저으며 말했다. 하지만 이언은 아랑곳하지 않고 볼을 은수의 어깨에 붙인 채 말을 이었다.

"이건 좀 더 들을 만할 거야."

"……."

"윤은수가 좋아하는 건 종류 불문하고 한식. 뭘 가장 좋아하는지는 모르겠군. 싫어하는 건 당근. 좋아하는 작가는 피츠제럴드. 좋아하는 책은 위대한 개츠비. 음악은 주로……."

"자, 잠깐만요. 그런 건 어떻게 알았어요?"

"주로 양식이 나오는 리조트 모임에서는 음식에 거의 손도 안 대더니, 우리 집에 왔을 땐 밥그릇을 싹싹 비우더군. 접시에서 당근만 골라내고는 무안한 얼굴로 냄새를 싫어한다고 말했었지. 그리고 넌 꼭 책을 두세 권씩 동시에 읽는데, 그중에 항상 피츠제럴드의 책이 있었어. 좋아하지 않으면 읽었던 책을 몇 번이고 다시 읽지는 않겠지. 개츠비는 네가 처음 리조트에 왔던 날, 꼭 개츠비의 저택을 보는 것 같다고 했었고. 그 후에도 몇 번이고 개츠비의 이야기를 했었지. 또 궁금한 건?"

이언이 지그시 감고 있던 눈을 떠 은수를 바라봤다. 눈을 커다랗게 뜬 채 입술을 살짝 벌리고 있는 모습이 더없이 사랑스러웠다.

"내가 너에게 시간을 주기로 한 것은 변함없어. 열쇠를 준 건 온전한 선택권을 너에게 준 거야. 네가 원하는 대로 해. 그게 뭐든 나는 기다릴 테니까."

✤

태풍처럼 몰아치고 간 여름의 끝에 선선한 가을바람이 춤을 추듯 불어왔다.

은수는 타박타박 계단을 내려오다가 돌아서서 법원을 바라봤다. 법원 앞에는 기자들이 개미 떼처럼 몰려와 진을 치고 있었다.

이언은 가지 말라고 말했지만 은수는 혜준의 마지막이 무엇이든 지켜봐야 한다고 생각했다.

대기하던 경호원이 은수를 발견하고 차 문을 열었다.

은수는 무거운 얼굴로 차에 올랐다.

혜준은 무기징역을 선고받았다. 다만 윤진우는 8년 전 살해 목적으로 윤재준의 자동차 브레이크를 고장 낸 사실이 밝혀지기 전에 이미 사망했기 때문에 진상조사 후 수사는 종료되었다.

모든 것은 이언과 강이수 검사가 오랜 시간 동안 증거를 모으고 조사를 했기 때문에 빼도 박도 못한 판결이 내려진 것이었다.

혜인은 혜준의 정신과 진료기록을 제출했지만 조작된 것으로 밝혀짐으로써 의무기록 조작혐의로 검찰에 소환되었다.

여름이 끝나고 가을이 오는 것처럼, 모든 것이 순리대로 자연스럽게 흘러가는 듯 보였다.

이언이 오랜 시간 동안 바로잡고자 했던 것들이 그가 촘촘히 짜 놓은 그물 안에서 수면 밖으로 올라왔다.

감추어졌던 것들은 드러나고, 은밀하게 행해졌던 추악한 죄는 비로소 대가를 치른다. 그럼에도 은수는 무거운 추를 달아 놓은 것처럼 마음이 축 가라앉는 것을 느꼈다.

뒷좌석에 비서가 준비해 놓은 신문을 집어 들자마자 1면에 큼지막한 헤드라인이 눈에 들어왔다.

"권선징악이라……."

완벽한 권선징악, 드라마의 해피엔딩 같은 결말에 언론은 들뜨다 못해 즐거워 보이기까지 했다.

하지만 이미 돌이킬 수 없는 죽음을 겪은 사람들에게 완벽한 해피엔딩이라는 게 있을 수 있을까? 죄를 드러내고 벌할 수는 있어도 이미 스러져 버린 목숨을 돌이킬 수는 없다.

은수는 신문을 접어 내려놓고 창밖으로 시선을 돌렸다.

이언이 말한 것처럼 자책하지 않으려 해도 자꾸만 만약에, 만약에를 되뇌게 된다. 만약에 내가 좀 더 일찍 그 사실을 알았더라면, 슬픔 속에서 허우적댈 것이 아니라 좀 더 경계하고 의심할 수 있었더라면, 그랬다면 결과가 조금은 덜 가혹해졌을까.

"도착했습니다."

은수는 사뭇 경직된 얼굴로 차에서 내렸다.

이언의 최측근이 아니고서는 은수를 알아볼 사람은 없었다. 하지만 하루도 쉬지 않고 신문이며 뉴스에 이름이 오르내리는 중이라 사람들의 시선이 신경 쓰였다.

로비에서 기다리고 있던 이언의 비서와 함께 임원용 엘리베이터에 오르자 오가는 사람들이 호기심 어린 눈길로 힐끗거렸다. 이언이 굳이 은수를 명운으로 부른 것은 H&C에 대한 중대한 결정을 내려야 하기 때문이었다.

이언은 바닥까지 떨어진 H&C의 주식을 차근차근 사들였다.

윤혜인이 의무기록을 조작하면서까지 H&C를 살려 보려고 발악하는 걸 보며, 다시는 꿈도 꾸지 못하도록 꽉꽉 밟아 짓뭉개고 싶은 마음이 굴뚝같았지만 H&C 내부의 혼란을 차분히 주시하면서 아무도 모르게 주식을 사들였다.

적어도 한 회장과 윤재준 사장이 건실하게 이끌어 왔던 H&C가 공중분해되는 모습을 은수에게 보여 주고 싶지는 않았다.

이언은 H&C의 대표이사 중 한 명을 명운으로 불렀다. H&C의 이사진들도 완전히 새로운 이름으로 기업이 탈바꿈하지 않는 이상은 재기가 어려울 것이라고 의견을 모았다.

"이사님, 윤은수 씨 오셨습니다."

열린 문 사이로 은수가 서 있었다.

차분한 베이지색 투피스 차림의 은수는 법원에 다녀와서인지 조금은 지친 듯 표정이 가라앉아 있었다.

이언은 비서를 내보내고 은수의 손을 끌어 소파에 앉혔다. 말없이 바라보는 눈길에 은수는 작게 어깨를 으쓱했다.

"무기징역이에요."

"들었어."

"기자들, 여전히 많이 찾아오죠? 한남동도 난리더라구요. 안집사님이 외출을 못 하시겠대요."

"괜찮아?"

담담하게 웃는 얼굴에도 이언은 미간을 찌푸리며 물었다.

"노력 중이에요."

마냥 후련하고 개운할 수는 없음을 이언도 알고 있었다. 빙긋 미소 짓는 모습에 그는 그저 커다란 손으로 은수의 손을 꼭 잡아 줄 뿐이었다.

회의실에서 기다리고 있는 H&C의 대표이사를 만나기 전, 은수의 의견을 듣고자 했다.

이언은 되도록 H&C를 명운에 흡수시키고 싶었다. H&C의 가장 경쟁력 있는 사업인 호텔도 명운의 이름을 단다면 지금 주춤거리는 게 언제 그랬냐는 듯 사업확장에 더욱 박차를 가할 수 있을 것이다. 그걸 위해서 끊임없이 윤혜인과 접촉하며 투자했던 것이었다.

이언의 말을 가만히 듣고만 있던 은수는 고개를 끄덕였다.

"난 경영에 대해서는 아는 게 없지만, 아빠와 할머니를 보면서 배운 건 하나 있어요. 한 기업의 흥망에 생각지도 못할 만큼 수많은 사람들의 생계가 달려 있다는 거요. 난 H&C의 이름을 지키고 싶은 것보다도 더, 그 사람들에 대한 책임감을 느껴요. 명운이 H&C를 흡수해서 그 사람들이 자신의 자리를 지킬 수 있다면, 난 괜찮아요."

은수의 목소리는 담담하고 확고했지만, 잃어버린 것들에 대한 어쩔 수 없는 자책감이 말간 눈 안에 고여 들었다.

이언은 긴 한숨을 내쉬며 은수의 머리를 품에 끌어안았다. 은수도 팔을 들어 그의 등을 마주 안았다.

"괜찮아요. 할머니도 아빠도, 그걸 원하실 거예요."

"그래."

이언은 은수의 이마에 입술을 붙이며 대답했다.

그 이후로 명운의 H&C 흡수합병이 빠르게 진행되었다. 거대 기업의 합병이고, 은수의 바람처럼 최대한 H&C의 직원들을 많이 수용하기 위해 그해 겨울이 지날 때까지도 이언은 눈 코 뜰 새 없이 일에 매진했다.

그리고 은수는 마지막 학기를 마치기 위해 학교로 돌아갔다.

⚜

벚꽃 잎이 눈처럼 캠퍼스를 소복하게 덮은 봄날, 수업을 마치고 나오면서 핸드폰을 들여다보는 은수의 눈이 반달 모양으로 예쁘게 휘어졌다.

[베이징 출장. 12일 도착 예정.]

딱딱하고 사무적인 문자에 피식 웃음이 터져나와 고개를 절레절레 저었다.

전화나 문자보다는 직접 얼굴을 보는 경우가 훨씬 잦았지만, 바쁠 때는 짧은 문자로나마 스케줄을 알려 주곤 했다. 일방적으로 비서를 통해 연락을 취했던 예전과는 달리, 이언은 되도록 직접 은수에게 먼저 일러주려 노력했다.

은수는 미소를 머금은 얼굴로 가만히 핸드폰을 만지작거렸다. 평소에는 짧은 답문자만 보내고 말았지만 지금은 꼭 이 말을 전하고 싶었다.

[보고 싶어요.]

망설임 없이 전송 버튼을 눌러놓고 향긋한 봄 내음을 크게 들이쉬며 걸음을 옮기려는데, 이내 핸드폰이 다시 울리기 시작했다.

은수가 눈을 동그랗게 뜨고 전화를 받았다.

"여보세요?"

- 뭐 하는 거지? 지금 나보고 출장 가지 말라는 건가?

불퉁한 목소리에 은수가 눈을 깜빡거리며 대답했다.

"내가 언제요? 내가 언제 출장 가지 말라고 했어요? 보고 싶다고 했지."

- 그러니까, 그 말을 비행기 타기 직전에 하면 어쩌자는 건데?

그의 말에 은수는 소리 내어 웃었다.

마치 중요한 계약이라도 하는 것처럼 심각하고 진지한 얼굴로 하는 말에 그의 곁에 선 비서들의 얼굴도 덩달아 심각해졌을 것이 눈에 선하게 그려졌다. 어쩌면 비행기를 타지 못하고 돌아가야 하는 중요한 일이 터진지도 모르겠다며 조마조마하고 있을지도 몰랐다.

또르르 굴러가는 방울처럼 맑은 웃음소리에 이언도 전화기 속에서 피식 웃었다.

은수는 뭉게구름 같은 행복이 가슴 벅차도록 꽉 차오르는 것을 느꼈다.

"어쩌긴요. 돌아오자마자 나 보러 오면 되죠."

– 열흘짜리 출장이야. 그걸 참는 게 그렇게 쉬울 것 같아?

"그렇게 말하니까 엄청 심각한 일 같잖아요."

– 심각한 일 맞아.

쿡쿡, 은수는 작게 웃으며 고개를 들어 하늘을 바라봤다. 벚꽃 잎이 흩날리는 봄 하늘이 눈부시게 예뻤다.

"곧 비행기 타죠? 있잖아, 오늘 하늘이 너무 예뻐요. 꽃잎도 눈처럼 날리고. 당신도 비행기에서 창문 닫아놓고 서류만 들여다보지 말고, 가끔씩 하늘도 봤으면 좋겠어요."

– 그래, 그러지.

"조심해서 다녀와요. 난 당신을 기다리고 있을게요."

손바닥을 펴자 바람을 타고 온 작은 꽃잎이 살포시 내려앉았다.

은수는 잠시 말을 멈추고 숨을 들이쉬었다. 숨결을 따라 마음 한가운데 꽃잎이 내려앉은 것처럼 간질거렸다.

달싹이던 입술 사이로 목소리가 작게 흘러나왔다.

"……우리 집에서."

전화기 속에서 이언이 짧게 숨을 들이켰다. 잠시 동안 숨소리도 들리지 않는 정적이 전화기 사이를 감돌았다. 이미 해야 할 말을 마친 은수는 평온한 얼굴로 차분하게 기다렸다.

눈앞에 그와 함께할 일상들이 그려졌다.

오늘처럼 하늘이 맑고 볕이 따뜻한 봄날에는 정원에 한아름 씩 핀 꽃들을 바라보며 도란도란 이야기를 나누겠지.

아침에는 그의 넥타이를 매만져 주며 하루를 열고, 저녁에는 그의 옷가지에 묻어 온 피로와 고된 하루를 툭툭 털어 내 줄 수 있었으면 좋겠다.

주말에는 햇살이 비쳐 드는 거실에 앉아 함께 책을 읽고, 정원의 부드러운 흙을 맨발로 밟으며 산책을 한다면 무척 행복할 것이다.

이언이 무뚝뚝한 얼굴로 은수의 걸음만 따라 걷는 모습이 눈에 선하게 보여 저절로 미소가 떠올랐다. 그럼에도 그는 꼭 잡고 있는 손만은 절대 놓지 않을 것이다.

마침내 전화기 안에서 탁하게 잠긴 듯한 이언의 목소리가 들려왔다.

– 그래. 우리 집에서.

⚜

눈앞에 펼쳐진 순결한 신부의 버진로드가 샹들리에 빛 아래 눈부셨다.

긴장으로 경직된 은수의 손을 안 집사가 가만히 덮고 토닥였다.

"긴장되세요?"

안 집사가 인자한 목소리로 나직하게 물었다. 은수는 다른 손으로 부케를 꼭 쥐고 고개를 끄덕였다.

"네."

명운그룹의 강이언 이사가 얼마나 성대한 결혼식을 치를 것인가에 온 언론의 관심이 집중되었다.

사실 언론의 이목은 명운그룹의 성대한 결혼식보다도 모든 역경을 딛고 마침내 강이언의 손을 잡은 윤은수에게 쏠려 있었다. 드디어 H&C에서도, 명운에서도 그렇게나 꽁꽁 숨겨 온 윤은수를 볼 수 있는 기회였다.

하지만 결혼식은 최소한의 인원만 모인 가운데 명운그룹 리조트에서 비공개로 이루어졌다.

"걱정되세요?"

안 집사가 무엇을 묻는 것인지 은수는 모르지 않았다.

부모님의 죽음 이후로 끊임없이 자신을 따라온다고 느꼈던 불행. 할머니의 죽음을 마주하며 과연 이 죽음의 굴레에서 벗어날 수 있을까 불안했던 날들.

"두려우세요?"

그의 아내가 되기로 선택한 만큼 모든 과거의 이름들을 지고 스포트라이트 아래 서야 한다는 부담감.

은수는 말없이 고개를 들고 정면을 바라봤다.

그 순간 버진로드의 끝에 뒷모습을 보이며 서 있던 이언이 은수의 시선을 느낀 것처럼 천천히 돌아섰다. 멀리서도 그의 시선이 흔들림 없이 은수를 향하고 있음을 알 수 있었다.

언제나 말없이, 하지만 묵직한 무게를 담고 은수를 바라보는 그의 검은 눈을 은수도 곧게 바라보았다.

"아니요. 두렵지 않아요."

"아가씨는 분명 행복하실 겁니다."

은수는 이언에게서 시선을 떼고 안 집사를 바라봤다. 신부의 입장을 알리는 사회자의 목소리가 홀을 울렸다.

안 집사는 주름진 얼굴로 은수를 마주 보며 웃었다.

"행복해지기 위해서 그 모든 순간들을 견뎌 오셨으니까요. 그러니까 아가씨는 그 누구보다도 행복해지실 겁니다. 이 늙은 집사는 알 수 있어요."

"……."

"그래서 저도 두렵지 않습니다. 걱정도 안 해요. 이제서야 나중에 회장님과 사장님 얼굴을 뵐 수 있을 것 같습니다. 이렇게 아가씨 손을 잡아 드릴 수 있어서, 정말 다행입니다."

이언에게로 나아가는 한 걸음 한 걸음마다 면사포 아래로 눈물이 후두둑 떨어져 내렸다. 안 집사의 나직한, 그러나 확신에 찬 목소리가 은수의 귓가에 스며들었다.

거세게 몰아치는 폭풍 같은 시간 속에 살았다. 그 안에서 흔들리지 않는 무게중심처럼, 묵직하고 강인하게 중심을 잡고 은수를 붙잡아 준 것은 이 연로한 노인의 주름진 손이었다.

은수가 따뜻하고 커다란 손을 힘주어 잡았다.

"안 집사님……."

달싹이는 입술로 안 집사를 부른 순간, 그의 눈은 이미 눈앞에 다가온 이언을 향하고 있었다. 서운함과 안도, 아쉬움과 신뢰가 복합적으로 그의 눈 안에서 뒤섞였다.

그는 눈물을 보이지 않았지만, 은수는 그의 얼굴에서 눈물과 미소를 동시에 보는 것 같았다.

안 집사는 여전히 시선은 이언을 향한 채 은수의 손을 다시 한 번 꽉 잡았다.

"잘 부탁합니다, 우리 아가씨……."

남들이 보기엔 모든 걸 다 가진 듯 살았지만 정작 한순간도 행복할 수 없었던 은수에 대한 연민과 사랑이 그의 목소리에 진하게 묻어났다. 정중하게 고개를 숙인 노인의 하얗게 세어진 머리가 그대로 드러났다.

이언도 안 집사를 향해 깊이 고개를 숙였다.

"감사합니다."

버진로드 끝자락에서 주고받는 짧은 인사 속에 세 사람만이 느낄 수 있는 수많은 감정과 말들이 담겨 있었다.

안 집사는 은수의 손을 이언에게 건네주고 가만히 뒤로 물러났다. 나비처럼 내려앉은 작은 손을, 이언은 놓치지 않을 듯 꽉 잡았다.

면사포 안에서 눈물로 얼룩진 말간 얼굴이 이언을 바라봤다.

"그때……."

주례자의 중후한 목소리가 커다란 홀을 울렸다. 이언은 고개를 돌려 면사포에 가려진 은수의 옆얼굴을 바라봤다.

"내가 당신이 타고 있던 차에 뛰어들지 않았더라면, 우린 아마 이 자리에 서 있지 않겠죠?"

이언의 시선에도 불구하고 은수는 여전히 앞만 바라보고 있었다.

"만나지 않았으면 하고 후회하나?"

이언은 면사포를 들어 올려 은수의 표정을 보고 싶은 것을 꾹 참고 물었다. 마치 이 공간에 두 사람만 있는 것처럼 느껴졌다.

"후회, 했었어요. 병원에 있을 때 당신이 깨어나기를 기다리면서. 이건 결국 내 삶에 지워진 무게인데. 애초에 당신을 만나지 않았더라면, 그랬더라면 당신이 다칠 일도 없었을 텐데. 지금 당신의 옆에 서 있는 걸 후회한다는 말이 아니에요. 그냥 아주 잠깐, 그런 생각이 든 것뿐이에요. 그날 내가 차에 뛰어들지 않았더라면, 그 차에 당신이 타고 있지 않았더라면, 그랬다면 우리에게 어떤 교차점이 있었을까."

"그래서 운명은 얄궂다고들 하지."

부케를 그러쥔 손에 움찔 힘이 들어갔다.

은수는 천천히 고개를 돌려 이언을 바라보았다. 이언의 검은 눈은 언제나 그렇듯 흔들림 없이 확고했다.

"당신은 운명이라고 생각해요?"

"그때 네가 차에 뛰어들지 않았어도, 나는 널 찾아냈을 거야."

"큼, 그럼……."

바로 앞 단상에서 두 사람의 나직한 대화를 듣고 있던 주례자가 의도적으로 목을 가다듬었다.

"신랑과 신부는 남편과 아내로서 도리를 다할 것을 맹세합니까?"

두 사람은 마침내 서로에게서 눈을 떼고 주례자를 바라보며 동시에 대답했다.

"이제 신랑은 신부에게 키스해도 좋습니다."

이언은 입술을 비틀어 웃으며 멍하니 선 은수의 팔꿈치를 잡아 마주 보게 돌려세웠다. 면사포를 들어 올리자 그 아래로 은수의 말간 얼굴이 드러났다.

그가 고개를 비틀며 다가와 입 맞출 듯하다가 은수의 입술 위에서 멈췄다. 뜨거운 숨이 은수의 입술 위에서 흩어졌다.

"쓸데없는 자책하지 마. 평생 날 보면서 그런 생각을 할 건가?"

"……사랑해요."

숨을 내쉬듯 흘러나온 말에 이언의 눈이 커졌다.

"나는 말해 준 적이 없는 것 같아서……."

앞에는 주례자를, 뒤에는 수많은 하객을 두고 두 사람만의 세상에 존재하듯 주고받던 대화는 더 이상 이어지지 않았다.

고귀하고 성스러운 존재에게 입 맞추듯, 이언의 입술이 꽃잎처럼 부드럽게 은수의 위로 내려앉았다.

박수도 함성도 없이, 묵직한 정적이 홀 안을 채웠다. 경건하게까지 느껴지는 그의 입맞춤에 하객들은 소리를 삼켰다.

강 회장의 옆에 앉아 그 모습을 지켜보던 이경이 나직하게 중얼거렸다.

"할아버지의 집념인지, 오빠의 집념인지. 결국 결혼을 하긴 하네요."

"내 집념이라니, 그게 무슨 말이냐?"

"할아버지도 처음부터 은수를 점찍었던 거 아니에요? 그래서 오빠가 회사 손해를 감수하면서도 H&C 일에 끼어드는 걸 그냥 두신 거잖아요. 어쨌든 할아버지가 묵인하지 않았으면 오빠 마음대로 할 수만은 없는 일이었으니까."

"글쎄."

강 회장은 하얗게 센 수염을 쓸어내리며 미소를 지었다.

"이언이와 은수의 집념이라고 하자꾸나."

"오빠와 은수의 집념이요?"

"결혼이 어디 한 사람만 붙잡는다고 되는 것이더냐? 은수에게도 그 긴 세월 동안 붙잡고 있을 집념이 있었던 게지."

"운명, 이런 것도 아니고. 이렇게 로맨틱한 결혼식을 이루어낸 게 집념이라니, 뭔가 낭만적인 단어는 아닌데요."

이경이 장난스럽게 미간을 찡그렸다.

강단 앞에 선 이언과 은수가 서로를 마주 보고 있는 모습이, 마치 원래부터 둘이 함께였던 것처럼 어울렸다.

"인연인 게지."

그의 눈앞에 두 사람을 바라보는 한수나 회장의 뒷모습이 나타났다. 강 회장은 붉게 충혈된 눈으로 그 뒷모습을 바라보았다.

"이언이는 절대 은수의 손을 놓지 않을 걸세. 그러니 이제 그만 마음 놓고 강을 건너시게, 한 회장……."

두 손을 잡고 함께 걷는 한 걸음 한 걸음이 약속이었다. 맞잡은 손을 놓지 않을 것이라는 약속. 다시는 혼자가 되지 않게 할 것이라는 약속.

은수의 시선이 이언에게로 향했다. 굳게 입을 다문 강인한 옆모습이 보였다.

세상이 말하는 이 남자, 강이언은 누구보다도 냉철하고 강인한 사람이다. 찔러도 피 한 방울 나올 것 같지 않은, 철옹성 같은 남자가 오롯이 그녀에게만 보이는 정직하고 올곧은 사랑에 은수는 마음 한구석이 찡하게 아려 옴을 느꼈다.

내가 당신을 기다리며 혼자 외로움을 견디었던 시간 동안, 당신도 나에게 오기 위해 그 멀고 먼 길을 혼자 걸어왔을 거라는 생각이 들었다. 어쩌면 나보다도 더 외롭게, 더 힘겹게, 내가 감당해야 했던 것까지 당신의 두 어깨에 모두 지고서.

내가 그런 당신에게 무엇을 약속할 수 있을까.

물끄러미 쳐다보는 시선을 느낀 이언이 은수를 내려 봤다. 신중하게 내려 보는 검은 눈빛에 은수는 말갛게 미소를 지었다.

그의 팔을 잡고 있던 손을 내리자 크고 단단한 손이 금세 은수의 손을 마주 잡았다.

"나는 평생 당신이랑 같이 걸을 거예요. 이렇게 손잡고."

윤은수가 강이언에게 할 수 있는 약속. 당신이 내게 오기만을 하염없이 기다리지 않고, 당신을 혼자 둔 채 떠나지도 않고,

언제까지고 당신과 함께 걷겠다는 약속.

짧은 말속에 담긴 은수의 진심이 고요한 수면 위에 떨어진 작은 물방울처럼 동심원을 그리며 이언에게로 퍼져 나갔다. 그 진심의 무게가 온기를 품고 묵직하게 그의 안에 내려앉았다.

가슴 한구석이 꽉 조여들어 이언은 잠시간 말을 잇지 못했다.

절대 놓지 않겠다는 듯 은수를 잡은 손에 힘이 들어갔다.

"윤은수."

강이언의 유일한 사랑.

푹 잠긴 채 낮게 가라앉은 목소리에 은수는 눈부신 미소로 답했다.

하객들의 우레와 같은 박수 소리가 쏟아졌다.

신랑과 신부는 찬란하게 부서지는 빛 아래 함께 걸어 나갔다.

에필로그

"야, 그거 진짜야?"

거울 앞에서 립스틱을 고쳐 바르던 미영은 뒤에 가만히 선 여자에게 세면대 자리를 비켜 주며 무심하게 되물었다.

"뭐가."

"니네 강이언 이사, 그 난리 났던 H&C 딸이랑 결혼했잖아. 근데 거의 쇼윈도 부부라며?"

"뭐? 누가 그래?"

"우리 아빠가."

세진이 어깨를 으쓱하며 대답했다.

세진은 중소기업 사장의 딸로 이런저런 재벌가의 가십거리에 관심이 많았다. 그게 정말 근거 있는 가십인지, 단순히 재벌가에 대한 시샘으로 막 내던지는 헛소린지는 알 길이 없지만.

이번에도 어디선가 강이언 이사에 대한 이야기를 듣고서는 본사에 근무하는 미영에게서 근거를 찾으려는 게 분명했다.

미영은 잠시 한심하다는 눈빛으로 세진을 흘겨보고는 립스틱을 파우치에 집어넣었다.

"본사 근무하는 나도 못 들어 본 얘기를 너희 아버지는 대체 어디서 들으셨다니?"

"어머, 정말 너희 회사 내에서는 그런 소문 없어?"

"글쎄. 워낙 결혼 전에도 사생활 관리가 철저했던 분이라."

"에이, 그래도 아니 땐 굴뚝에서 연기 나겠냐고."

"글쎄, 우리 이사님은 연기 낼 바엔 굴뚝 안 쓰고 보일러 쓰실 분이라서. 그리고 굴뚝에 연기 나면 뭐, 네가 그 집 가서 잿더미라도 치워 드리게?"

"아니, 뭐……."

"행여나 허황된 상상하지 마라, 어? 그러다 네가 주워 모은 잿더미 니네 아버지 회사에 날아간다."

"솔직히 그렇잖아. 명운이 H&C 홀랑 흡수한 것도 그렇고, 그때가 결혼할 만한 상황이었냐? 그리고 그 와이프는 큰 행사 아니면 잘 보이지도 않는다며. 넌 실제로 본 적 있어? 어때? 이뻐?"

"예쁘다, 예뻐. 그러니까 그만 좀 하지?"

적당히 그만둘 것이지, 끈질기게 물고 늘어지는 세진에게 슬슬 짜증이 나려던 참이었다. 미영은 불현듯 세면대 앞에 선 여자가 꽤 오래 손을 씻고 있다는 생각이 들었다.

명운백화점 화장실에서 명운그룹 강이언 이사의 부부 생활 뒷담화라니, 불길한 느낌에 뒷목이 선득해졌다.

세진은 그렇다 치더라도 본사에서 근무하는 미영은 매달 월급 주고 상여금까지 빵빵하게 챙겨 주는 회사 오너 뒷담화는 애초에 귀를 틀어막고서라도 듣지 말아야 했다.

슬그머니 눈을 세면대 앞에 선 여자에게 돌렸다. 거울 안에서 여자의 눈과 마주친 순간, 미영은 급하게 숨을 들이켰다.

그때, 갑작스럽게 뒤에서 튀어나온 카랑카랑한 목소리가 여자화장실을 울렸다.

"사모님, 이만 가시죠?"

거울 안으로 화장실 입구에 삐딱하게 선 다른 여자의 모습이 나타났다. 미영의 얼굴은 순식간에 파리하게 질렸다. 여자는 미영을 향해 그저 빙긋 웃어 보이곤 화장실을 나갔다.

"왜 그래?"

세진이 얼굴에 팩트를 두드리며 천진하게 여자를 돌아봤다.

"아는 사람이야?"

미영은 세면대를 잡고 선 채 고개를 절망적으로 푹 꺼뜨렸다.

미쳤지, 정말. 이건…… 정원사가 집 앞마당에서 집주인 욕하다가 걸린 거나 마찬가지야. 끄아악! 신음소리가 절로 나왔다.

"뭔데, 누군데? 아까 뭐, 사모님이라고 하던데 얼굴도 제대로 못 봤어. 누군데?"

“하아…….”

상황의 심각성을 모르고 쉼 없이 가벼운 입술을 종알대는 세진의 철없음이 놀랍다. 미영은 단 몇 분 사이에 퀭하게 초췌해진 얼굴이었다.

“혹시나 너희 아버지 일이 잘 안 되면, 그건 너 때문이니까 싹싹 빌기부터 해라.”

“뭐?”

“저 사모님이, 네가 방금 쇼윈도 부부라고 주둥아리를 놀린 그 사모님이시다.”

은수는 순식간에 파리하게 질려 가는 미영의 얼굴을 보고는 그저 빙긋 미소를 지어 보이고 화장실을 나왔다.

이경은 엘리베이터 앞에 팔짱을 낀 채 서 있었다. 뜬금없이 대뜸 사모님이라고 부른 걸 보면 이경도 두 여자의 이야기를 들은 것이다.

은수는 뒤따르는 비서로부터 옷을 받아 들며 작게 핀잔했다.

“언니도 참.”

“내가 뭘? 여기서 뒷담화할 배짱이면 알고도 그런 거겠지. 나 참, 어이가 없어서. 당사자를 앞에 두고 쇼윈도 부부가 어쩌고 저째?”

“모르니까 그랬겠죠. 알고도 그럴 사람이 어디 있어요?”

“찬물이라도 확 끼얹어 주지 그랬어?”

“풉, 무슨 드라마예요? 물 끼얹게. 그것도 화장실에서?”

마냥 재미있다는 듯 해맑게 웃어 버리는 은수를 보며 이경은 쯧쯧, 혀를 찼다. 저런 소릴 듣고도 빙긋 웃고 마는 것이, 속이 좋은 건지 착한 건지 모르겠다.

이경은 콧노래를 흥얼대며 걸어가는 은수를 금세 따라잡았다.

“뭐 어때? 대놓고 이름이라도 물어보지 그랬어. 오빠한테 일러서 잘라 버리게!”

은수가 눈을 동그랗게 뜨고 이경을 돌아봤다가 이내 크게 소리 내어 웃었다. 어린아이처럼 부루퉁한 이경의 말에 얼마나 웃었는지, 눈물까지 찔끔 났다.

“뭐가 웃겨? 괘씸하잖아!”

“아하하, 정말……. 언니가 한 농담 중에 제일 웃겼어요.”

“농담 아니거든? 나라도 가서 물어볼까 보다!”

“아이 참, 맘에도 없는 소리 그만둬요.”

홱 뒤돌아서는 이경의 팔을 은수가 부드럽게 잡아 끌었다.

“모든 진실이 있는 그대로 보여질 수는 없는 법이잖아요.”

“그렇다고 없는 얘기를 지어내도 안 되는 법이지.”

“나 속상할까 봐 일부러 더 이러는 거죠? 근데 정말 괜찮아요. 사람이 다 그렇잖아요. 자기가 보고 싶은 것만 보고, 듣고 싶은 것만 듣고.”

직원들 사이에서 상사 뒷담화나 가십 정도야, 스트레스 해소의 일환으로 귀엽게 봐줄 수 있다. 회사에서 내내 냉랭하기만 한 이언의 얼굴이나 태도를 보면 누가 봐도 ‘저 인간이 집에 가서 와이프한테 따뜻한 말 한 마디 건넬 줄이나 알까' 싶을 거다.

강이언과 '따뜻한 말 한 마디'라니, 생각만 해도 소름이 돋는다.

이경은 그럼에도 은수가 그런 말을 직접 들은 게 못내 마음이 쓰였다.

H&C 사건이 만천하에 알려지게 되면서 은수는 강이언의 아내로, 어쩌면 견디기 어려울 스포트라이트의 중심에 서 있었다.

큰 행사에 종종 이언과 함께 참석했고, 대외적인 인터뷰와 모임에서도 은수는 현명하고 기품 있게 명운의 안주인 역할을 해내고 있었다.

하지만 은수를 보는 사람들의 눈빛과 시선이 어떨지 뻔했다.

괜찮다 말해도 그게 정말 괜찮을 수 있을까?

이경은 끝내 샐쭉한 표정으로 어깨를 으쓱하며 말을 돌렸다.

"그래서, 오빠 거 뭐 산다고?"

띵, 엘리베이터 문이 열렸다.

은수가 빙긋 미소 지었다.

"신발이요."

"구두?"

"음, 그 사이즈로 구두가 있을지 모르겠네요. 색도 애매하고."

뭐가 애매하다는 거야?

모호한 대답에 이경은 미간을 찌푸렸다. 은수는 아랑곳하지 않고 콧노래를 흥얼거리며 앞서 걸어 나갔다.

이러니저러니 해도 은수는 결혼 후 확실히 편안하고 안정되어 보였다. 말간 얼굴에는 오후의 햇살 같은 미소가 떠나지 않았고, 사랑받는 여자 특유의 빛이 났다.

오늘 종일 콧노래를 흥얼대는 것만 봐도 그랬다.

콧노래는 무의식이 행복하다는 증거라고 했던가? 믿거나 말거나.

게슴츠레하게 뜬 눈으로 은수의 뒷모습을 시선으로 좇던 이경은 문득 남성복 코너치고는 지나치게 주변 분위기가 밝다는 것을 느꼈다.

"여기서…… 오빠 신발을 산다고?"

⚜

바람이 지나는 것처럼 부드럽게 머리칼을 쓸어내리는 손길에 천천히 눈을 떴다.

"……언제 왔어요?"

"좀 전에."

이언이 소파 팔걸이에 기대어 앉아 은수를 내려 봤다.

검은 눈 안에 피로한 기색이 엿보였다. 그는 도통 회사에서든 집에서든 지친 기색을 드러내는 법이 없었지만, 은수는 알 수 있었다.

볼 위에 놓인 커다란 손을 잡아 끌자 이언의 몸이 저항 없이 털썩 은수의 옆에 앉았다. 가만히 그의 팔 안에 안기자 차가운 셔츠의 감촉이 느껴졌다. 이언의 손이 은수의 등을 쓸며 올라가 작은 어깨를 끌어안았다.

땅에 어둠이 내린 후 조금은 소란하게 정원을 갈무리하던 직원들이 돌아가고, 벌레 우는 소리만 정적을 메울 즈음이면 이언은 늦은 귀가를 했다.

커다란 집에서 이렇게 그를 꼭 안고 있을 때면 마치 우주와 동떨어진 둘만의 세상에 있는 것처럼 느껴졌다.

"오늘 뭐 했어?"

그가 출근한 뒤부터 퇴근하기 전까지 은수가 뭘 했는지, 비서로부터 빠짐없이 보고받았을 텐데도 이언은 매일같이 똑같은 질문을 했다.

다 알잖아요, 라고 핀잔할 수도 있었지만 은수는 그렇게 묻는 그의 말이 좋았다.

은수의 목소리로 이미 다 알고 있는 일상적인 이야기를 듣는 것이 그에게 위로이고 쉼이라는 걸, 은수는 느낄 수 있었다.

은수는 그의 품에 더욱 깊게 몸을 기대면서 말했다.

"아침에 당신 출근하고 나서 인천댁 아주머니가 오셨어요. 반찬 바리바리 싸 가지고. 안 그러셔도 된다고 했는데 아줌마 마음은 또 그게 아닌가 봐. 같이 냉장고에 정리해서 넣고, 오랜만에 차 마시면서 수다도 떨고 그랬죠. 점심때는 이경 언니 만났어요. 백화점 가서 쇼핑 좀 하고, 점심도 먹고. 곧 안 집사님 생신이거든요. 그리고 3시에 잡지 인터뷰 있었고. 아, 연말파티

때 입을 드레스도 피팅하고 왔어요. 당신 것도 같이 골라 놨으니까 나중에 같이 가서 봐요."

"음."

"고마워하라구요. 보타이로 고르려다 참았으니까."

지그시 눈을 감고 있던 이언은 굵은 눈썹을 꿈틀대며 눈을 떴다.

턱 아래서 은수가 눈을 반달로 접은 채 키득거렸다. 이언의 턱 끝을 톡톡 장난스럽게 두드리는 손길이 사랑스러웠다.

이언이 은수의 손바닥에 길게 입을 맞추었다.

"마음대로 해."

"정말요? 보타이?"

"대신 네 드레스는 내가 고르지."

이번엔 은수가 미간을 찌푸리며 고개를 들었다.

"전통의상은 어때?"

은수의 얼굴이 우스꽝스럽게 구겨졌다. 결국 목부터 발끝까지 빈틈없이 가려 버리겠다는 뜻이다.

은수가 그의 가슴을 밀어내며 고개를 절레절레 저었다.

"아, 됐어요. 내가 손해야. 당신이 보타이 해 봤자 뭐 얼마나 재미있겠어요? 표정이 무시무시한데."

이언은 피식 웃으며 다시 은수를 품에 끌어당겼다.

은수는 말없이 그의 가슴에 볼을 댄 채 꼼지락거렸다. 그가 숨을 들이쉬고 내쉴 때마다 안정적으로 가슴이 오르내렸다.

일부러 생각하지 않으려고 했지만, 낮에 인터뷰를 할 때도,

드레스를 피팅하면서도 백화점 화장실에서 들었던 여자들의 말이 떠나지 않았다.

이경에게는 괜찮다고 걱정하지 말라고 그렇게 신신당부했으면서 '쇼윈도 부부' 라는 말이 내내 마음에 걸렸다.

'니네 강이언 이사, 그 난리 났던 H&C 딸이랑 결혼했잖아. 근데 거의 쇼윈도 부부라며?'

그 난리 났던 H&C 딸. 쓴웃음이 입가에 번졌다.

모임이나 인터뷰를 하다 보면 알 수 있다. 눈앞에 앉아 있는 사람들이 입이 근질근질하도록 묻고 싶어 하는 게 뭔지.

이언이 애초에 원천봉쇄를 하는 탓에 누구도 은수 앞에서 윤혜준에 대해 언급하지 못했다. 아무리 괜찮다, 괜찮다 해도 이언은 은수가 참석하는 최소한의 모임이나 인터뷰도 못마땅하게 여겼다.

윤혜준 사건의 열기가 식지 않은 지금, 사람들이 돌아서서 은수와 H&C에 대해 어떤 이야기를 할지 그도 알기 때문이리라.

그는 여전히 불면 날아갈까, 건드리면 깨어질까 두 손안에 고이 감싼 유리알처럼 은수를 보호하려 했다.

"왜?"

물끄러미 바라보는 시선을 느낀 이언이 고개를 기울였다.

은수는 잠시 아득한 시선을 허공에 두었다가 말간 얼굴로 미소를 지었다.

"있잖아요, 당신이 나한테 선물했던 구두 기억나요? 내 생일 때."

열여덟 살의 윤은수를 너무나 설레게 했던, 꽃잎처럼 고왔던 연분홍빛 구두. 딸에게 아름다운 꽃길만을 열어 주고 싶었던 아빠를 추억하게 하고, 악몽 같은 현실 속에서도 꿈결 같은 행복을 가슴 가득 채워 주었던.

"그때 나한테는 그 구두가 꼭 부적 같았어요."

"부적?"

"주문이 걸린 구두라고나 할까."

천천히 단어를 곱씹듯 하는 말에 이언이 피식 웃었다.

"어, 지금 유치하다고 비웃는 거죠."

"아니. 그래서 안 신었던 거군. 계속해."

"당신이 비웃어도 상관없어요. 그때 나한텐 정말 그랬으니까."

괜히 그렇게 말했지만, 이언의 눈 안에 비웃는 기색은 전혀 없었다. 그는 그 진중하고 검은 눈으로 가만히 은수를 내려 볼 뿐이었다.

"다 괜찮아. 괜찮아질 거야. 그런 확신을 주는 것 같았어요. 어릴 때 아빠가 생일선물로 구두를 선물해 준 적이 있는데 그때 아빠가 그러셨거든요. 예쁜 구두는 주인을 좋은 곳으로 데려가 준다고요. 철없는 생각일지 몰라도, 그때 난 그랬어요. 그 구두를 신고 당신에게 가면 모든 게 다 괜찮을 것 같았어. 그런데……."

은수가 두 팔로 이언의 허리를 꼭 안으며 눈을 맞췄다.

"내가 맞았어요. 당신이 정말 그 구두에 주문을 걸었나 봐. 당신 손을 잡을 수 있는 하루하루가 나는 눈물이 날 만큼 행복해요."

그 누가 뭐라고 하든, 나는 당신 곁에 있어서 행복하다고 말해 주고 싶었다.

사람들이 우리를 보며 무슨 말을 하든, 나는 당신의 손을 꼭 잡고 행복하기로 결정했노라고.

이언은 조금 놀란 얼굴로 은수를 바라봤다. 은수는 말없이 이언의 품에서 몸을 일으켜 테이블 아래 놓여 있던 쇼핑백을 집어 들었다.

"은수……."

"우리에게 와 준 아이도…… 그럴 거예요. 분명히 행복할 거야."

은수의 마음이 진하게 담긴 고백 때문이었을까, 쇼핑백을 건네받은 이언의 표정은 사태를 파악하지 못한 듯 멍했다.

이언의 벙찐 표정이라니, 사진이라도 찍어 두면 두고두고 즐거웠을 텐데.

열어 볼 생각은 않고 쥐여 준 대로 쇼핑백만 잡고 있는 그의 모습에 은수가 결국 소리 내어 웃었다.

그러다 손을 뻗어 쇼핑백 안에서 분홍빛 상자를 꺼내 그의 커다란 손 안에 올려놓자 상자가 더 작아 보였다.

은수는 직접 열어 보라는 듯 싱긋 웃으며 고갯짓했다.

이언은 무언가 말하려는 듯하다가 이내 천천히 상자를 열었다.

검은 그의 눈이 흔들렸다. 그는 숨 쉬는 걸 잊은 사람처럼, 말하는 걸 잊은 사람처럼 움직임조차 없었다.

"당신이랑 내가, 행복하게 해 줄 아이니까. 그렇죠?"

그의 손가락이 두 개는 들어갈까, 싶을 만큼 작은 아기 신발이 그의 손안에 담겨 있었다.

복숭앗빛 볼에 뽀얗게 살이 오른 아이가 이 작은 신발을 신고 아장아장 어설픈 걸음마를 하는 것이 눈에 잡힐 듯 선했다.

선하고 고운 눈매는 은수의 것을 그대로 닮았으면 좋겠다. 투명하게 비칠 듯 말갛고 아름다운 담갈색 눈동자도.

가슴이 꽉 막히고 목울대로 벅찬 감정이 울컥 올라왔다.

이언은 눈도 한 번 깜빡이지 않고 아기 신발을 조심스럽게 손에 쥐었다.

윤은수와 강이언의 아이.

"아!"

짧은 신음과 함께 은수는 순식간에 그의 품 안으로 빨려 들어갔다.

한 치의 틈도 없이 꽉 껴안은 강인한 팔에서, 귀를 간질이는 옅은 숨소리에 섞인 떨림에서, 그가 얼마나 기뻐하고 있는지 느낄 수 있었다.

"고마워."

푹 잠겨 든 목소리에 코끝이 시큰해졌다. 은수가 손을 들어 그의 얼굴을 감쌌다. 이언의 두 눈도 붉게 충혈되어 있었다.

"내가 더, 훨씬 더 고마워요. 당신은 정말 모를 거예요. 당신과 이 아이가…… 나에게 어떤 의미인지."

뜨거운 입술이 은수의 이마에 닿았다. 낮게 가라앉은 목소리가 흘러나올 때마다 따뜻한 숨결이 피부를 간질였다.

"은수야, 나는……. 내가 널 사랑한 순간부터 너에게 주고 싶은 건 딱 하나였다."

가족.

강이언이 윤은수에게 무엇보다도 주고 싶었지만, 그가 가진 모든 것으로도 채워 줄 수 없었던 은수의 가장 아픈 빈자리.

그의 입술이 촉촉한 눈가에 내려앉았다. 그의 숨결이 지나간 자리에 눈물이 고여 들었다.

"알아요. 당신은 내게 울타리가 되어 주고 싶었다는 거. 다시는 누구도 나를 상처 내지 못하도록, 나의 소중한 사람들을 빼앗아 가지 못하도록 지켜 주고 싶어 했던 당신이라는 거……."

은수의 목소리가 이언의 입술 안으로 사그라졌다. 뜨겁고 붉은 혀가 꽃잎을 어루만지듯 은수의 입안을 천천히 유영했다.

유일하다고밖에 말할 수 없는 이 사랑을, 문밖에 선 그 누가 이해할 수 있을까.

다툼하듯 엉기는 입술이, 서로를 어루만지는 손끝이 말했다.

사랑해. 사랑해. 사랑해.

⚜

5년 후.

"회장님, 안녕하십니까."

강태형 회장이 돌아서자 얼마 전 승진한 홍보 1팀 한미영 차장이 고개를 숙여 인사했다.

"오, 홍보팀 한 차장 맞지? 승진 축하하네."

"감사합니다."

"과장 3년 만에 차장 승진이라고 했던가? 역시 빠르구먼."

강 회장이 선 엘리베이터 문이 열렸다. 미영은 잠시 고민하다가 "뭐 하나, 안 타고?" 하는 말에 얼른 엘리베이터 안으로 들어섰다.

미영이 17층 버튼을 누르자 강 회장이 의아한 눈으로 쳐다봤다.

"잠깐 이사님 뵈러……."

"이건 내가 자네한테만 알려 주는 건데 말이야……."

"예?"

힐끗 엘리베이터의 올라가는 숫자를 살피고는 강 회장이 거대한 몸을 수그려 미영에게 속삭였다.

"내가 또 증손주를 본다네."

"네, 회장님. 저도 들었습니다. 이미 회사에 소문이 파다하던걸요."

"근데 이건 아무도 모를걸? 이번엔 사내놈이라네!"

비밀이라면서 사내놈이라고 외치는 강 회장의 목소리가 엘리베이터를 쩌렁쩌렁 울렸다.

증손주를 보시는 것에 축하를 해야 할지, '사내놈' 에 축하를 해야 할지 헷갈리기 시작했다.

어쨌든 이러나저러나 축하할 일이니까.

"추, 축하드립니다, 회장님!"

"이 사람이. 축하라니!"

이게 아닌가?

미영의 얼굴이 당혹감으로 일그러졌다. 그러자 강 회장은 두터운 회색 눈썹을 잔뜩 찌푸렸다.

"생각해 보게, 강이언 이사를 닮은 아들이라니. 상상만 해도 얼음이 뚝뚝 떨어지지 않느냔 말이야!"

"네에. 그거야……."

"첫째는 우리 며늘아기를 쏙 빼닮아 다행이지. 강 이사를 닮은 딸이었으면 태어날 적부터 고드름을 입에 물고 나왔을 걸세!"

아, 상상된다, 상상돼.

강이언 이사의 냉담한 눈을 쏙 빼닮은 신생아라면 태어날 때 울지도 않았을 것 같다.

어쩐지 가혹한 상상에 미영은 저도 모르게 몸을 부르르 떨었다.

그럼에도 미영은 강 회장의 입가에 번지는 선명한 웃음을 볼 수 있었다. 호통치듯 소리를 높였지만, 강 회장은 누가 보아도 증손주 소식에 뿌듯하고 기쁜 기색이 역력했다.

미영의 얼굴에도 덩달아 미소가 번졌다.

엘리베이터는 어느새 17층에 다다랐다. 미영은 강 회장을 향해 정중하게 고개를 숙였다.

"정말로, 축하드립니다. 회장님."

이사실로 향하는 미영의 손에는 쇼핑백이 꼭 쥐어져 있었다. 비서가 자리에서 일어나 미영을 맞았다.

"이사님 지금 회의 들어가셨는데, 금방 나오실 겁니다. 안에서 기다리시겠어요?"

회의가 아니고서 강이언 이사를 개인적으로 만나는 건 처음이라 미영은 사뭇 경직된 얼굴로 비서를 따라 이사실에 들어갔다.

놀랍게도 문턱을 넘기도 전에 딱딱하고 차갑게만 느껴졌던 이사실 너머로 꺄르륵, 하는 웃음소리가 들려왔다. 마치 은쟁반에 옥구슬이 쏟아지는 것처럼 높고 맑은 아이의 웃음소리였다.

그런데 그보다 더 놀라운 광경이 이사실 안에 펼쳐져 있었다.

키는 멀대같이 크고 기골이 장대한 경호원들 서넛이 자그마한 여자아이를 요란하게 쫓아다니고 있었다. 잡을 듯 잡지 않는 노련한 경호원들의 연기에 여자아이는 숨이 넘어갈 듯 웃었다.

미영을 발견한 경호원 한 명이 금세 여자아이의 허리를 잡아 높이 들었다.

"자자, 손님 오셨다. 놀이 끝!"

"이잉. 더 놀고 싶은데."
비서가 빙긋 웃으며 미영을 가운데 테이블로 안내했다.
여자아이도 낯선 미영을 발견하고는 비서와 경호원들을 번갈아 쳐다봤다.
미영이 멋쩍은 웃음을 지으며 말했다.
"계속하셔도 되는데……."
누구도 말해 주지 않았지만, 미영은 슬쩍 쳐다본 여자아이가 누구인지 단번에 알았다. 말간 얼굴빛에 반짝이는 눈, 어린아이임에도 기품 있는 담갈색 눈동자가 말해 주고 있었다.
네가 바로 강태형 회장님이 너무 예뻐해서 물고 빨다가 울려 버렸다는 명운의 공주님이구나.
아이는 미영을 경계하지는 않았지만 처음 보는 사람이 어색한지 경호원의 곁을 맴돌며 미영을 살폈다. 미영은 성큼 아이의 가까이에 다가가 앉았다.
"안녕. 네가 유주구나? 강유주."
"네에. 아줌마는 누구세요?"
"어, 나는……."
홍보 1팀 한미영 차장이야, 라고 할 수도 없고.
너희 아빠한테 월급 받아서 먹고사는 사람이야, 라고 하면 다섯 살 여자아이가 이해하려나.
"그냥…… 아줌마야. 하하."
당황스러움을 이해한다는 듯 경호원들이 함께 웃었다. 동그란 눈이 반짝이는 유주만 고개를 갸웃거렸다.

미영은 빙긋 미소 지으며 말했다.

"유주, 동생 생긴다면서?"

"네에."

"와, 좋겠다. 아줌마는 동생이 없거든."

"왜요?"

"어, 아줌마한테는 동생 말고 언니가 있어."

"으응, 그렇구나. 나는 남동생이 생긴대요."

"그럼 유주, 누나가 되겠네?"

유주는 복숭앗빛 얼굴로 말갛게 웃었다. 아직 엄마의 배 속에서 꼬물꼬물 자라나고 있는 동생을 기다리는 설렘이 아이의 담갈색 눈에 가득했다.

기쁨을 감추지 못해 분홍빛 입술을 어색하게 오물거리는 모습이, 온전히 사랑스러움만으로 빚어진 아이 같았다.

왜 강태형 회장이 어딜 가든, 누굴 만나든 증손녀 이야기를 침이 마르도록 하는지 이해할 것 같다.

그때였다.

"아빠!"

유주가 미영이 앉은 자리를 지나 쏜살같이 달려 나갔다.

유주에게 아빠라면, 강이언 이사다.

미영은 침을 꿀꺽 삼키며 돌아섰다.

유주랑 이야기하면서 잠시 잊고 있었지만, 강이언 이사는 어디서 어떻게 만나도 어려운 사람인데 이렇게 개인적인 용건으로 독대하려니 절로 식은땀이 흘렀다.

유주는 두 팔을 뻗고 토다다닥 이언에게 달려가 안겼다.

미영은 저도 모르게 헉, 짧은 숨을 삼켰다. 어찌나 한결같이 냉철하고 냉담한지, 오죽하면 별명이 '아이언 맨'이라는 강이언 이사의 입술에 부드러운 미소가 걸려 있었다.

워낙에 공식적인 자리에서도 쉽게 웃는 법이 없었기에 더욱 희귀한 장면이었다.

미영은 인사하는 것도 잊고 입을 벌린 채 부녀를 바라봤다.

이언은 두 팔로 유주를 안아 들고, 유주는 익숙하게 아빠의 목에 팔을 둘렀다.

"유주, 아빠 보고 싶어서 왔어?"

"응! 고모가 데려다줬어요."

"아빠 기다리면서 심심했겠네."

"으응. 아니야. 삼촌들이랑 술래잡기했어요. 그리구 아줌마랑……."

유주가 이언의 품에 안긴 채 미영을 돌아봤다. 그제야 미영은 번뜩 정신을 차리고 고개를 숙여 인사했다.

"아, 안녕하십니까. 이사님. 홍보 1팀 한미영 차장입니다."

"그래요, 한 차장. 잠깐."

이언은 유주를 내려놓으면서 비서에게 눈짓했다. 비서가 금세 유주의 곁으로 다가왔다.

"유주야, 아빠 곧 갈 테니까 엄마 올 때까지 할아버지한테 가 있어."

"네에. 아줌마, 안녕."

유주가 방긋 웃으며 미영에게 손을 흔들었다. 딱딱하게 경직되어 있던 미영은 덩달아 마주 손을 흔들어 주었다.

이언은 미영이 서 있는 테이블 맞은편에 와 앉았다.

오전부터 쭉 마라톤 회의를 했음에도 불구하고 강이언 이사는 피곤한 기색이라곤 전혀 보이지 않는 얼굴이었다. 다만 평소와 다른 점이라면 유주를 마주하면서 보였던 부드럽고 다정한 미소의 잔재가 미영을 바라보는 그의 얼굴에 남아 있다는 것이었다.

미영은 실례가 된다는 것도 잊고 그를 빤히 바라보고 있었다.

"한 차장?"

"네? 아, 죄송합니다, 이사님. 따님이 아주 예쁘네요."

모든 남자의 DNA에는 딸바보 유전자가 장착되어 있다더니, 강이언 이사도 예외는 아닌가 보다.

유주 이야기에 그의 입가에 보일 듯 말 듯 한 미소가 걸렸다.

"사모님을…… 많이 닮은 것 같아요."

이언은 찻잔을 입에 가져가며 고개를 끄덕였다.

정말 그랬다. 첫딸은 아빠를 닮는다던데, 이언의 강한 바람 때문이었는지 유주는 한눈에 보아도 알아볼 수 있을 만큼 은수를 쏙 빼닮았다.

오밀조밀한 이목구비와 담갈색 눈동자. 선이 고운 눈매와 말간 웃음까지.

유주는 작은 은수였다.

이언이 찻잔을 내리며 물었다.

"그런데, 무슨 일이라고 했습니까?"

"업무 관련된 일은 아닙니다만……."

미영이 테이블 아래 내려놓았던 쇼핑백을 슬며시 집어 올렸다. 이언의 의아한 시선에 미영은 입술을 달싹였다.

"사모님께서 임신하셨다고 들었습니다. 정말 작은 선물이니까 개의치 마시고 사모님께 전해 주세요."

"이걸 주려고 개인적으로 왔다는 겁니까."

이언의 검은 눈이 날카롭게 미영을 주시했다. 미영은 마른침을 꿀꺽 삼키고 말을 이었다.

"따님이 태어나기 전에 사모님을 뵌 적이 있습니다. 제가 과장 달기도 전이었으니까, 꽤 오래전이죠. 그때 제가 사모님께 큰 결례를 범했습니다."

백화점 화장실에서 은수를 면전에 두고 세진이 입방정을 떨었던 날.

하지만 그때 미영은 할 수 있는 거라곤 언제 상사에게서 불호령이 떨어질까 매일 전전긍긍하는 것뿐인 대리였다. 한낱 대리가 개인적으로 강이언 이사를 찾아가서 자진납세를 한다는 것도 말도 안 되는 일이었다.

한동안은 당장 꺼낼 수 있는 사직서를 품고 다니는 직장인의 마음으로 출근했다.

차라리 화장실에서 만난 그 '사모님' 이 다른 사모님이었으면

하고 소망하기도 했지만, 창립기념행사 때 강이언 이사의 곁에 선 그녀를 보자마자 부질없는 희망사항이라는 걸 깨달았다.

"제가 드렸다고 말하지 않으셔도 됩니다. 사모님께서는 이미 잊으셨을 수도 있고요. 그냥 언젠가는 제가 꼭 사과를 드리고 싶었는데, 아무래도 사모님을 개인적으로 뵐 기회가 없어서요."

눈도 깜빡이지 않고 가만히 미영을 주시하던 이언은 이내 고개를 끄덕였다.

"전해 주죠."

"감사합니다."

"내 아내에게 범했다는 결례는 뭡니까?"

미영은 뜨끔하여 집어 들었던 찻잔을 다시 내려놨다.

"음. 그 얘기하면…… 저 오늘 실업자 될 것 같습니다, 이사님. 사모님한테 들으시고 자르시면 어쩔 수 없겠지만……."

등 뒤로 식은땀이 주륵 흘렀다.

아무리 5년이나 지났다고는 하지만, 면전에 대고 '저랑 제 친구가 명운백화점 여자화장실에서 사모님이 옆에 계시는데 이사님과 사모님이 쇼윈도 부부인 것 같다고 뒷담화 깠습니다.'라고 했다가는 바로 강이언 이사의 눈에서 불길이 일 것은 불 보듯 뻔했다.

미영의 간절함이 전해졌는지, 이언은 다행히 더 묻지 않았다.

"알겠습니다. 나가 보세요."

이사실을 나와 엘리베이터 앞에 서자 손바닥에 땀이 축축했다. 엘리베이터에 오르기 전 미영은 이사실을 돌아보며 길게 숨을 내쉬었다.

강이언 이사가 딸을 보면서 헤벌쭉한 모습을 세진이 고 지지배가 봤어야 했는데. 자기가 찧은 입방정에 내가 이 고생을 한 걸 알고나 있을까.

"쇼윈도 부부는 무슨."

꿀이라도 떨어질 듯 다정한 눈으로 아내를 쏙 빼닮은 딸을 바라보는 남자가 그 아내를 어떻게 바라볼지는 안 봐도 뻔했다.

본가에서 저녁을 먹고 돌아오는 길, 집에 다다라서 잠투정을 하는 유주를 재우기 위해 차에서 내렸다.

경호원들이 앞서 걷고, 뒤에서는 차가 헤드라이트로 길을 환하게 비추며 천천히 따라왔다.

유주는 이언의 너른 품에 안긴 채 색색 고른 숨을 쉬며 잠들어 있었다. 봄 내음을 담은 바람이 유주의 담갈색 머리칼을 부드럽게 흩트렸다.

그러던 중 이언이 불쑥 은수의 앞으로 팔을 내밀었다.

"이게 뭐예요?"

"선물."

은수는 동그랗게 뜬 눈으로 그의 팔목에 걸려 있는 쇼핑백을 쳐다봤다.

"갑자기 웬 선물?"

"너한테 전해 주라더군."

"누가요?"

"홍보팀 한 차장이."

홍보팀 한 차장?

은수가 고개를 갸웃했다.

"그렇게 말하면 내가 어떻게 알아요. 왜 주는 건데요?"

"임신 축하한다고."

"설마 내가 임신한 걸 직원들이 다 알아요?"

이언은 당연하다는 듯 고개를 끄덕였다.

"회장님이 동네방네 소문내고 다니시거든."

맙소사, 은수는 이마를 짚으며 탄식했다. 어쩐지, 오늘 회사에 들렀을 때 회장님 비서들이며 만나는 임직원들마다 축하한다고 하더라니.

결국 은수는 웃음을 터뜨렸다.

"유주 임신했을 때도 그렇게 좋아하시더니."

"안 추워?"

밤바람이 못내 신경 쓰였는지, 이언이 물어왔다. 은수는 빙긋 미소 지으며 고개를 저었다.

"힘들면 차에 타. 유주 잠들었어."

"괜찮아요. 바람 좋은데요. 별도 보이고."

도심의 빌딩숲을 볼 수 없는 외곽 지역이라 그런지 같은 서울임에도 공기가 달랐다. 새카만 하늘에는 유난히 반짝이는 별들이 점처럼 박혀 있었다.

봄이라기엔 아직 서늘한 밤바람도, 굳이 걷겠다고 고집인 은수도 마음에 안 드는 눈치였지만, 이언은 더 이상 말없이 은수의 손을 끌어당겨 한 팔로 어깨를 감쌌다.

유주는 머리를 이언의 어깨에 얹고 세상모르게 자고 있었다.

은수는 유주의 작은 등을 부드럽게 쓸어내렸다.

"당신이야말로 안 힘들어요? 내가 안을게."

"안 힘들어."

그 무엇과도 바꿀 수 없는, 세상에서 가장 사랑하는 두 여자가 그의 품에 안겨 있다.

이언은 고개를 젖혀 별을 바라보는 은수의 이마에 길게 입맞췄다.

은수가 순간 걸음을 멈추고 경직된 얼굴을 들었다. 이언이 덩달아 흠칫 몸을 굳혔다.

"왜 그래?"

"움직였어……."

은수가 두 손을 배에 붙이고 가만히 미세한 움직임을 기다렸다. 다시 한 번, 아기가 엄마의 손바닥에 자신의 존재를 선명하게 새겼다.

은수가 환하게 웃으며 이언의 손을 잡아 배에 올렸다.

"가만, 가만히……."

유주의 태동을 처음 느꼈을 땐 벅찬 가슴을 어쩌지 못해 울음을 터뜨렸던 은수가, 이번에는 함박웃음을 지으며 아이의 태동을 느끼고 있었다.

이언은 어린아이처럼 들뜨고 설렌 표정의 은수를 바라보며 피식 웃었다. 그 순간 은수의 배에 올려진 그의 커다란 손바닥으로 사내아이다운 발차기가 날아들었다.

깜짝 놀라 눈썹을 꿈틀거리는 이언을 보고 은수가 말간 웃음을 터뜨렸다.

"거봐요. '아빠, 엄마만 보지 말고 나도 좀 봐요.' 라고 하잖아."

"이렇게 세게 차면 아프진 않나? 유주는 이렇게 차지 않았던 것 같은데."

"유주는 더 빵빵 찼거든요? 아무리 강유주 콩깍지가 씌었어도 그렇지."

은수가 눈을 가늘게 뜨고 흘겨보자 이언은 멋쩍은 얼굴로 고개를 돌렸다.

"얼마나 다행이에요? 안 그래도 유주는 아빠만 찾지, 당신은 강유주 콩깍지가 날이 갈수록 두꺼워져만 가지. 흥, 나도 아들만 낳아 봐."

"말도 안 되는 소리."

"뭐가 말이 안 돼요? 당신도……."

"쉿."

투닥거리는 두 사람의 소리에 유주가 이언의 품에서 몸을 바르작거렸다. 집까지 다 와서 깨기라도 할세라, 이언과 은수는 즉시 입을 꾹 다물었다.

그때, 오물거리는 분홍빛 입술 사이로 웅얼거리는 목소리가 흘러나왔다.

"우웅. 유주는…… 누나가 될 거예여……."

이언과 은수는 동시에 너털웃음을 지었다. 따뜻한 눈길로 유주를 바라보던 두 사람이 눈을 맞췄다.

이언이 다시 은수의 어깨를 품에 꼭 안고 걷기 시작했다.

모든 것을 주어도 아깝지 않은, 세상에서 가장 사랑하는 세 사람이 그의 품에 안겨 있다.

작가 후기

한창 장맛비가 내리던 여름에 시작한 글을, 봄을 기다리는 겨울 끝자락에 마무리를 지었습니다. 참 길고 느리게도 끌어온 글이라, 마침표를 찍어 보내는 마음이 괜히 더 서운한 것 같아요.

저는 TV를 잘 보지 않는데요, 너무 고되고 힘들었던 어느 하루 끝에 그런 생각이 들었습니다. 얼음처럼 시원한 맥주 한 캔 따 놓고, 내 현실과 완전히 동떨어진 드라마 한 편 재미있게 보는 게 일상에서 가장 간편하게 할 수 있는 도피가 아닐까. 그런 마음으로 시작한 글이 〈그 남자의 신부〉입니다.

읽는 분들이 깊은 고뇌나 사색 없이, 그저 스트레스 풀 듯이 재미있게만 읽으셨으면 좋겠다는 바람이었습니다. 느리고 느린 연재에 오히려 스트레스를 더 드리기만 한 것은 아니었나, 싶은 생각이 들지만요.

그럼에도 기다려 주시고 응원해 주시고 격려해 주신 독자분들, 그리고 지금 이 책을 읽고 계시는 분들께 감사드립니다.

글을 쓰는 동안은 오히려 저에게 휴식이 되는 시간이었습니다. 길고 바쁜 하루를 마치고 새벽에 이언, 은수, 혜준과 글 안에서 씨름하다 보면 몸은 피로에 푹 절어도 마음만큼은 즐겁고 개운했거든요.

읽는 분들도 느끼셨을지는 모르겠지만, 가장 마음 쓰고 신경 썼던 캐릭터는 혜준이었습니다. 혜준은 태어날 때부터 절대적으로 악한 사람이 아니라, 그 행동 이면에 차곡차곡 쌓여 온 아픔이 만들어 낸 악함이라는 걸 전달하고 싶었어요. 그래서 제겐 혜준, 혜인 남매가 안타깝고 아픈 손가락이었습니다.

누군가를 평가할 때 단편적으로 보여지는 행동이나 말로만 그 사람을 평가하기엔, 내가 알지 못하는 그 사람의 히스토리가 너무 많더라고요. 태어나면서부터 악하게, 또는 선하게 태어나는 사람은 없고, 한 사람 한사람이 모두 각각 다른 환경 속에서 살아가면서 존재해 온 방식이 다를 뿐이니까요.

그런 의도로 쓴 글은 아니었지만, 작가가 아닌 삶에서 마음이 아프고 힘든 사람들을 많이 만나는 한 사람으로서의 바람은 그렇습니다. '저 사람은 원래 그래.' 가 아니라, 그 사람이 그럴 수밖에 없었던 행동 이면의 마음을 깊이 이해하려는 시도가 있는 사회가 되었으면 좋겠어요. 이언과 은수, 혜준과 혜인은 어쩌면 우리가 가지고 있는 모든 면들의 극단에 있는 사람들이니까요.

음, 쓰다 보니 후기가 산으로 가고 있는 것 같네요. 이제 정말로 마침표를 찍겠습니다.

처음 글을 쓰는 어리바리한 글쟁이에게 출간의 기회를 주시고, 원고 마감까지 긴 시간 동안 도와주신 뿔미디어에 감사드립니다.

연재하는 내내 응원과 격려로 기다려 주신 독자분들께도 다시 한 번 감사드립니다.

내가 오백억 로또를 맞은 것보다도 더 세상 최고의 행운아라고 느끼게 해 주는 가족들, 사랑하고 고맙습니다.

그리고 나의 하나님께 감사합니다.

2015년 2월

밤과꽃

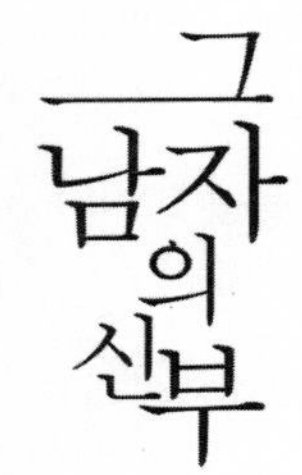

1판 1쇄 찍음 2015년 3월 10일
1판 1쇄 펴냄 2015년 3월 16일

지은이 | 밤과꽃
펴낸이 | 정 필
펴낸곳 | 도서출판 **뿔미디어**

편집장 | 이재권
기획 · 편집 | 주종숙

출판등록 | 2002년 9월 11일 (제1081-1-132호)
주소 | 경기도 부천시 원미구 소향로 17, 303(두성프라자)
전화 | 032)651-6513 / 팩스 032)651-6094
E-mail | scarlets2012@hanmail.net
블로그 | http://blog.naver.com/dahyangs
홈페이지 | http://bbulmedia.com

값 7,900원

ISBN 979-11-315-6312-0 03810

※파본은 구입하신 서점에서 교환하여 드립니다.

Scarlet
스칼렛
www.bbulmedia.com

Scarlet
스칼렛
www.bbulmedia.com